AF582939

Tilly Crow

Voyage au pays des Shinobi

Mentions légales :

Texte : ©Tilly Crow 2023

Illustration de couverture : ©Lawrageart

ISBN : 978-2-9578789-4-9

Dépôt légal : Mai 2023

Trigger Warning : violence physique et verbal

Chapitre 1

Assise près du hublot, je sautillais sur mon siège telle une puce, en observant mon avion rouler vers la piste de décollage. J'étais si heureuse de partir !

Pierre, le caméraman assis à mes côtés, finit par éclater de rire.

— Eh ben alors, Liz, tu tiens pas en place ?

Je me retournai et lui lançai un sourire flamboyant.

— Ça va, pas trop déçu d'être à côté de moi ? rétorquai-je d'un ton sarcastique. Dommage que Candice ait fait son caprice pour avoir un siège en première classe.

Pierre est fou amoureux de cette peste, qui n'hésite pas à abuser de sa gentillesse. Qu'est-ce qu'il peut bien lui trouver à celle-là ?

Perdue dans mes pensées, il me tapota l'épaule.

— Ne te fais pas de bile, ce voyage va bien se passer. On va apprendre plein de trucs cool et, à notre retour, on sera des supers ninjas ! rigola-t-il en imitant un mouvement de karaté un peu brusque, frappant le siège passager devant lui.

La petite mamie se trouvant juste devant râla et se retourna, furibonde.

Il bafouilla quelques excuses et nous l'entendîmes dire à son mari, assis à ses côtés, que de son temps, les jeunes étaient mieux éduqués.

Je pouffai en me mordant les lèvres et espérai qu'il ait raison.

L'année d'avant, j'avais quitté mon poste de professeur de français pour intégrer, comme assistante-journaliste, ce journal dédié aux endroits les plus insolites du monde. Le voyage professionnel était donc une première pour moi.

Plongée dans mes pensées, je revoyais l'annonce de notre départ.

— Liz ! Tu viens au comité de rédaction ! me lança Pierre posté à quelques mètres.

Je soupirai. Où allions-nous encore nous retrouver ? Je me levai de ma chaise et traversai l'openspace. Arrivée devant le bureau de la directrice, Pierre toqua et nous entrâmes.

Candice, postée près de sa mère, nous attendait, droite comme un I sur sa chaise.

D'un ton solennel, la directrice nous intima l'ordre de nous asseoir sur les chaises, face à elle.

— Bien, l'équipe est au complet, nous pouvons commencer. Liz, j'aurais besoin que vous preniez contact avec le chef d'un village japonais, afin d'organiser une interview, le mois prochain.

— Une interview dans un village japonais ? répétai-je interloquée. Pour quoi faire ?

Voyant mon incrédulité, elle continua.

— Cet endroit est connu pour abriter des ninjas. Vous êtes avenante et sociable, ce qui sera un véritable atout. De plus, vous parlez l'anglais couramment, ce qui vous sera très utile dans cette tâche. C'est pour cela que j'ai décidé de vous y envoyer afin de suppléer mademoiselle Arnaud. C'est une mission de trois mois, je vous…

— Trois mois ! la coupa Candice alors qu'elle se relevait de sa chaise, furieuse, et frappait la table de ses paumes. Maman, t'es pas sérieuse ? Je ne vais pas passer trois mois dans un endroit miteux, chez les bouseux ! Pourquoi tu m'y envoies ? Je n'ai pas fait mes preuves dans la dernière édition ?

— Je pense que ce reportage est idéal pour parfaire tes compétences de terrain. En tant que journaliste principale de notre magazine, tu dois pouvoir t'adapter à toutes circonstances. Je vous y envoie afin que ton équipe nous sorte le meilleur reportage de l'année. Je compte sur vous trois pour y parvenir. Ensuite, nous reparlerons de ma succession.

— Mais, Maman !

— Candice, stop. La conversation est terminée. Vous pouvez vous retirer, sauf vous Liz, j'ai à vous parler.

Les chaises grincèrent de concert et Candice me lança son habituel regard assassin quand je me retrouvai seule avec sa mère.

Je l'observai du coin de l'œil. Les mains jointes sous la table, l'inquiétude me gagna quand elle coula son regard sombre sur le mien.

— Liz, commença-t-elle d'un ton autoritaire. J'aimerais que ma fille s'implique un peu plus dans son travail. Pourriez-vous vous en tenir uniquement à votre rôle d'assistante pour cette

fois ? Avant de lui céder ma place, j'ai besoin de savoir que mon magazine est entre de bonnes mains. Cette mission sera décisive dans mon choix.

Je restai bouche bée devant ses révélations.

— Votre… choix ? bafouillai-je. Pardon, je ne comprends pas. Vous voulez dire que si Candice ne se montre pas à la hauteur, vous choisirez quelqu'un d'autre ?

— Oui. Vous.

Elle me pointa du doigt, un sourire sincère se dessina en travers de son visage.

— Je ne crois pas être…

— Tututu… me coupa-t-elle, sa paume tendue dans ma direction. Pour le moment, mon choix n'est pas arrêté. Je ne vous cache pas que j'apprécierais que ma fille reprenne le flambeau. Je lui laisse donc une dernière chance et pour ça, contentez-vous de l'essentiel : l'organisation des entretiens, l'aide à la préparation des interviews, la lecture et la synthèse des textes qu'elle vous aura transmis.

— Et si… elle refuse ?

— Dans ce cas, faites comme d'habitude. Je saurai si c'est ma fille ou non qui a réalisé ce reportage.

Un sourire en demi-teinte se dessina sur mon visage. J'étais partagée entre la joie et la peur.

Enfin ma première mission longue durée, et en plus au Japon ! Appréciant la culture asiatique et connaissant les légendes urbaines qui constituaient ce folklore, j'avais hâte de découvrir ce qui se cachait derrière tout ça.

— Merci, madame. Je ne vous décevrai pas !

— Je n'en doute pas, sourit-elle en hochant la tête. J'ai fait porter tous les renseignements disponibles à votre bureau, vous n'aurez plus qu'à organiser la rencontre. Et n'oubliez pas : je compte sur vous pour que Candice réussisse l'interview de l'année. Si l'équipe Arnaud réussit cette mission, je pourrai prendre ma retraite ! Sur ce, bonne journée !

— Youpi ! Le Japon ! m'écriai-je exagérément afin que Candice ne se doute de rien.

Des têtes se tournèrent dans ma direction et me fusillèrent du regard. Je venais d'ébranler leur matinée rythmée par les multiples cliquetis des souris et des claviers. Je m'excusai d'un bref signe de tête et me hâtai de rejoindre ma place parmi eux.

Sur mon bureau, des documents y étaient déposés. L'attente allait être longue.

Après treize heures de voyage, nous arrivâmes enfin à l'aéroport international du Kansai. Le village se situait dans la région de Kyoto et, pour nous accompagner, deux membres du clan, dont nous avions eu une brève description, devaient nous attendre dans l'aérogare.

Candice prit la tête de notre petit groupe et se mit à les chercher à travers une multitude de personnes agglutinées devant les portes de sortie. Je m'éloignai un peu de mes compatriotes et, parmi tout ce monde, je remarquai enfin l'homme aux cheveux hirsutes et argentés que l'on m'avait décrit, portant un masque chirurgical sombre.

N'empêche, c'est une drôle de couleur capillaire, surtout pour son âge ! Il doit à peine avoir la trentaine… pensai-je avant de continuer mon inspection.

À ses côtés se tenait une adolescente aux cheveux bruns, coupés au carré. Leurs tenues grises, identiques, se confondaient dans la foule, leur fournissant un camouflage quasi parfait. Mon regard insistant finit par croiser les pupilles océanes de l'homme, qui releva un sourcil interrogateur. Son air glacial me coupa le souffle et mes joues s'empourprèrent.

Il se détourna vers sa coéquipière en donnant un petit coup de tête dans ma direction. Celle-ci hocha la tête comme pour confirmer et s'approcha de moi en agrippant son acolyte par la manche de sa veste.

— Bonjour ! claironna-t-elle dans un anglais parfait. Vous êtes les journalistes français ?

Je hochai la tête tout en m'inclinant.

Après avoir retrouvé mes collègues, ils nous conduisirent sur le parking.

En arrivant devant le monospace, les deux ninjas daignèrent enfin se présenter.

— Je m'appelle Chiyome Ishikawa, et je suis une *genin* [1]du clan Sora ! s'exclama la jeune fille en bombant le torse. Et voici mon *sensei*[2]…

---

[1] **Genin** : apprentie ninja
[2] **Sensei** : Professeur/maître

Elle fronça les sourcils et donna un léger coup de coude à l'homme qui se tenait le dos appuyé contre la portière côté conducteur, les yeux clos. Il poussa un long soupir, peu ravi de devoir se coltiner notre présence.

— Je m'appelle Raiden Hanzo.

À l'intonation de sa voix grave et suave, un léger frisson courut le long de ma colonne, et je bifurquai mon regard gêné vers le sol.

— Salut ! Pierre Grosjean, je suis le caméraman, lança-t-il en pointant son pouce dans sa direction.

La manche de son sweat se releva jusqu'à son poignet, laissant entrevoir l'un de ses nombreux tatouages. Le souffle court, j'observai du coin de l'œil les ninjas froncer les sourcils.

Manquait plus que ça ! soupirai-je en me mordant la langue. *Je l'avais pourtant prévenu de cacher ses tatouages. C'est mal perçu par les Japonais.*

— Candice Arnaud, reprit cette dernière, en passant une main dans ses longs cheveux blonds, les faisant étinceler au soleil. Je suis la journaliste qui va réaliser le reportage sur votre village.

Son sourire radieux sembla ne faire aucun effet à nos accompagnateurs, elle fronça les sourcils, un brin agacée, et je pouffai intérieurement, habituée à tous ces chichis. Pour une fois que son intervention nous évitait des problèmes, je n'allais pas m'en plaindre.

Quand Candice était dans le même périmètre que moi, j'avais tendance à m'effacer et à tout supporter sans rien dire. En même temps, c'était la fille de notre directrice, alors il valait mieux ne pas faire de vague. Pour ce faire, je me tenais trois à quatre pas en arrière, toujours dans son ombre afin de la laisser sur le devant de la scène et d'éviter les ennuis, même si je me laissais de moins en moins marcher sur les pieds.

Cependant, Raiden, qui n'avait jusqu'alors daigné accorder aucun regard à mes collègues, planta ses yeux dans les miens.

— Et toi ? Qui es-tu ? demanda-t-il en relevant un sourcil interrogateur.

J'entrouvris la bouche et restai sans voix. Personne ne m'avait jamais encore remarquée quand je me mettais en retrait, comment avait-il bien pu faire ? Le cœur battant à tout rompre, je tentai de bafouiller :

— Euh… je… je suis…

— C'est mon assistante ! me coupa Candice en se postant devant moi. Elle n'est pas très importante et c'est une véritable empotée. J'espère qu'elle ne vous créera pas trop de problèmes.

Je baissai la tête et joignis mes mains.

Le rouge me montait au nez et je serrais les poings, prennant sur moi pour ne pas lui faire ravaler ses paroles.

C'est ça, moque-toi, pestai-je. *Tu ferais moins la maligne s'il leur prenait l'envie de te trancher la gorge.*

Sur ces mots, elle fit rouler ses trois valises jusqu'au coffre et Pierre me lança un regard compatissant avant d'aller la rejoindre. Je le connaissais assez pour savoir qu'il ne s'interposerait jamais entre nous.

Je me tenais toujours raide tel un piquet, au milieu du parking, et m'accrochais à ma valise comme si ma vie en dépendait.

— Pa… pardon… je m'appelle Liz De Mesmond, soufflai-je à demi-mot, la gorge serrée tout en m'inclinant, avant de m'empresser d'aller ranger mes affaires.

Fatiguée par le long périple, le décalage horaire et les plaintes constantes de Candice sur ce trajet *abominable*, je tombai dans les limbes du sommeil jusqu'à notre arrivée.

J'entendais au loin que l'on prononçait mon nom et m'éveillai enfin lorsque Pierre me secoua comme une vieille branche malmenée par le vent. De mon unique œil ouvert, je vis ses yeux pétiller de bonheur et un large sourire fendait son visage en deux.

— Viens ! On attend plus que toi ! s'exclama-t-il en me tirant par la main, m'arrachant des bras de Morphée.

Les pieds à peine posés au sol, je relevai la tête droit devant moi et restai bouche bée devant la beauté du paysage se dessinant sous mes yeux ébahis.

Une épaisse forêt se dressait, majestueuse, sous un ciel azuré d'une pureté absolue. Les couleurs éclatantes couraient loin, jusqu'au mont Daimonji, et j'inspirai à pleins poumons un grand bol d'air.

— Tu n'as jamais vu d'arbres ? pouffa Chiyome en voyant ma mine ébahie.

— Si, bien sûr ! rétorquai-je, un brin amusée, mais cette forêt est très dense et cette odeur… est si apaisante.

— Si tu veux, demain, je peux vous emmener faire un tour ?

— Chiyome ! coupa Raiden d'un ton rude, alors qu'il nous guidait aux portes du village. Le chef a été formel là-dessus ; les journalistes n'ont pas le droit de sortir d'ici.

— Pardon, marmonna-t-elle en roulant des yeux. J'avais oublié ce détail…

Je relevai un sourcil interrogateur en direction de la jeune femme dans l'espoir qu'elle m'explique de quoi il retournait, mais c'était sans compter le regard assassin de son professeur qui m'intimait l'ordre de ne pas ouvrir la bouche, sous peine de me faire découper en morceaux.

Nous marchâmes d'un pas vif vers les portes de bois, dressées sur une hauteur que j'estimais d'un immeuble de quatre étages.

Raiden héla l'un des gardes, perché sur un mirador. Un cliquetis métallique s'activa et la lourde barricade s'ouvrit lentement.

Wouah ! Impressionnant ! Mais pourquoi construire une palissade si grande ? pensai-je, intriguée.

— À partir de là, vous êtes libres d'aller où vous le voulez, nous expliqua Raiden. Cependant, retenez bien ces trois règles, afin que votre séjour ici se passe bien. Règle n° 1 : Ne sortez du village sous aucun prétexte et respectez le couvre-feu de 22 heures, parce que sinon, vous ne serez plus là pour le regretter. Règle n° 2 : Apprenez nos coutumes et soyez courtois. Règle n° 3 : Mêlez-vous de vos affaires. Si vous respectez bien tout cela, je ne viendrai pas vous tuer pendant votre sommeil. Compris ?

Le timbre grave et posé de sa voix nous fit comprendre qu'il n'hésiterait pas un seul instant à nous trancher la gorge. Ses yeux bleus brillaient d'une lueur sinistre, éveillant la flamme d'un homme qui ne craignait pas la mort. Un frisson me glaça le corps et je déviai mon regard vers le sol.

— Oui, m'empressai-je de répondre en m'inclinant, suivie par mes deux acolytes.

— Bien, vous apprenez vite.

Un sourire narquois se dessina sous son masque. Ce n'était pas gagné.

Pourquoi avoir accepté un reportage si les ninjas sont contre ? songeai-je en fronçant les sourcils.

Je franchis les portes avec une pointe d'appréhension qui disparut aussitôt en découvrant le village.

Chaque maison avait été réalisée selon les traditions. Tandis que je m'émerveillais devant cette architecture ancestrale, Candice soupira et lâcha d'un ton exaspéré :

— J'espère que nous n'allons quand même pas passer notre séjour dans ces vieilles baraques ?

— Ce ne sont pas des baraques, mais des *minka*, répliquai-je exaspérée. Ce sont leurs maisons traditionnelles, construites en matériaux locaux, d'origine végétale, parfois complétée d'argile. Elles ont la particularité d'être montées sans clous.

— Ah oui ? Et du coup, Madame la vendeuse de Bricoland, vous pouvez nous dire s'ils ont pensé à intégrer l'eau courante et l'électricité ? pouffa-t-elle en donnant un petit coup de coude à Pierre.

Je roulai des yeux, agacée, et fis mine de ne pas avoir entendu. Préférant ignorer ses attaques, je détournai la tête dans la direction opposée.

Ils nous guidèrent à travers la foule qui s'amassait sur les étals d'un marché ambulant. Une joie de vivre gagnait l'assistance, où des sourires radieux, placardés sur des visages durcis par la vie, se dessinaient au milieu de ce tumulte, où des enfants couraient en liberté, sans contraintes, jouant à cache-cache entre les jambes de leurs parents. Je m'arrêtai un instant, humant les mets de choix qui excitaient mes papilles. Alors que j'observais avec attention une espèce de mollusque gluant, un attroupement se forma autour du stand et je me retrouvai ballotée de gauche à droite, luttant contre des nylons et autres paniers en osier.

— Pardon ! Excusez-moi ! m'exclamai-je en essayant de m'extirper.

Une main ferme m'empoigna le bras et me tira de ce bourbier. Je soupirai de soulagement et découvris avec stupeur que Raiden venait de me sortir de cette mauvaise passe. Hélas, je ne contribuais pas à sa bonne humeur, loin de là. Un frisson de terreur me parcourut l'échine lorsque je croisai son regard foudroyant. À quelques mètres de là, je vis Chiyome étouffer un rire en imitant une mauvaise toux. Je m'inclinai tout en m'excusant d'avoir retardé notre guide. Pour seule réponse, il leva les yeux au ciel dans un soupir exaspéré et nous reprîmes notre marche sur le sentier, en évitant le marché.

Au bout de la route, deux voies s'ouvrirent. L'une descendant vers la vallée et l'autre montant vers la forêt.

Faites que nous allions au fond des bois ! priai-je.

Mes prières furent entendues, car il bifurqua vers la gauche. Au départ, le sentier ne me semblait pas si raide, pourtant, après quelques mètres, Candice commença à ronchonner et ordonna à Pierre, déjà bien chargé avec le matériel, de lui porter ses bagages. Ce dernier rouspéta, mais finit par accepter. Les bras encombrés, il ne sentit pas la caméra tanguer et s'abattre au sol avec fracas. Notre convoi stoppa net sa course sous les vociférations de Pierre. Ce dernier me donna toutes les affaires que j'attrapai maladroitement avant de ramasser l'objet, tout en le scrutant avec minutie. Chiyome vit mon embarras et m'aida à porter quelques bagages. D'un signe de tête, je la remerciai et lui transvasai quelques paquets. Les muscles de Pierre se tendirent à la vue d'une éraflure sur la face avant de la caméra. Il grinça des dents et Candice lui entoura le bras en minaudant des excuses.

— Ne t'inquiète pas, c'est du costaud ce genre de bébête ! répondit le caméraman en soupirant.

Je roulai des yeux tant je trouvai cela affligeant. Aveuglé par l'amour, Pierre lui sourit en se laissant entraîner par la blonde, ne se doutant pas une seule seconde qu'elle se fichait de lui. Ça m'énervait de la voir l'utiliser de la sorte.

Raiden augmenta la cadence jusqu'à ce que nous arrivions au-dessus de la butte. J'observai notre *minka*, le souffle coupé et les yeux émerveillés. La maison, faite d'un bois sombre, se tenait entre la forêt et un jardin zen. Devant nous, un cours d'eau descendait la vallée. Un soupir d'aise m'échappa alors que je contemplais avec sérénité ce paysage de toute beauté. La pelouse rase, les arbres taillés avec soin au milieu de la forêt verdoyante, toute cette harmonie m'enveloppait le cœur d'une infinie douceur.

— Pincez-moi ou je rêve, s'exclama Candice, d'un ton dégoûté. C'est là-dedans que nous allons loger ? Où est votre hôtel ?

Sa voix cinglante me sortit de ma béatitude et je m'apprêtai à lui répondre sur le même ton.

Raiden fut bien plus rapide et sa réponse me donna envie de me cacher au plus profond des entrailles de la Terre.

— C'est le premier et dernier avertissement que je vous offre, siffla-t-il entre ses dents. Si vous ne respectez pas les trois règles que j'ai mentionnées il y a un quart d'heure, je ferai en sorte que vous ne puissiez jamais revoir la lumière du jour.

Plus aucun mot ne sortit de la bouche de Candice durant toute la visite de la maison. Elle accepta même de retirer ses chaussures à l'entrée, sans rechigner, afin de marcher sur le *tatami*. J'affichai un sourire satisfait de ne plus entendre les plaintes de la blonde. Raiden nous laissa entre les mains de Chiyome, se faisant une joie de nous faire visiter les moindres recoins de notre logement. Ce qui me frappa, outre la décoration et l'ameublement minimaliste fait de bois, fut surtout les meubles au ras du sol. Les pièces, séparées par des panneaux de bois coulissant, nous permettaient de passer de l'une à l'autre facilement. Je pus entendre un soupir de soulagement de la part de la casse-pied, lorsqu'elle vit des prises électriques et des interrupteurs un peu partout.

La visite terminée, nous pûmes enfin nous poser. Pierre et Candice prirent les deux chambres du dessus, je fus ravie de ne pas devoir partager ma chambrette avec cette peste. Je déposai toutes mes affaires dans la petite armoire et installai mon *futon*[3] pour faire une sieste bien méritée. Il me fallait bien ça pour supporter les trois mois en compagnie de miss Barbie.

---

[3] **Futon** : Le matelas futon est un matelas traditionnel japonais. En japonais, le mot « futon » signifie « matelas de coton ». Utilisé depuis des siècles par les Japonais, le matelas futon est apprécié pour son confort et son côté minimaliste.

Chapitre 2

Les yeux encore mi-clos, j'attrapai mon portable posé à mes côtés et grommelai en me prenant la lumière aveuglante en plein dans la rétine. Les sept heures de décalage horaire me faisaient un mal de chien. Je m'étirai en bâillant, rangeai mon matelas et m'habillai. Ayant un petit creux, je me décidai à sortir au village afin de trouver de quoi me rassasier.

À l'instant même où je posai mes pieds à l'extérieur de la bâtisse, je sentis une présence m'épier. Cela m'aurait étonnée aussi qu'ils ne nous mettent pas sous surveillance ; après tout, nous étions là pour percer leurs mystères.

En quelques minutes, j'atteignis les abords du marché, artère névralgique du village. Le bruit de la foule m'enivrait d'une sensation nouvelle, empreinte d'euphorie et de curiosité. Les sourires et l'allégresse émanant de chaque individu me donnaient une joie de vivre encore jamais ressentie. Les enfants jouaient entre eux en toute liberté sous le regard bienveillant de leurs aînés. Certains petits me dévisageaient avec des yeux ronds, leurs index pointés dans ma direction. Pour seule réponse, je souriais en les saluant de la main. Dans la foulée, ils se firent réprimander par leurs parents pour leur impolitesse.

Je laissai mon regard courir sur les étals, ne sachant pas quels mets viendrait remplir mon estomac en cette après-midi déjà bien entamée. Soudain, une odeur alléchante titilla mes papilles. Une douce fumée s'échappait d'une échoppe. Je m'approchai et découvris un restaurant de rue. Sous une alcôve, des tabourets étaient disposés pour les clients. Quelques places étaient encore libres.

Je m'armai de mon anglais et demandai si je pouvais m'asseoir. L'homme me fixa quelques minutes avant de répliquer en japonais.

Devant mon air perplexe, il saisit que je ne comprenais pas un traître mot de ce qu'il m'expliquait. Visiblement, les *shinobi* et les *genin* étaient les seuls à parler anglais.

Je réfléchis un instant à une solution pour me faire comprendre et tentai de mimer des gestes me montrant en train de me restaurer. Un sourire s'afficha sur son visage et il me fit signe de m'asseoir. Il me tendit sa carte et m'indiqua des noms de plats. Parmi eux, je reconnus *sushi* et *ramen,* mais, vu sa joie lorsqu'il me décrivit le *okonomiyaki*[4] je décidai de lui

---

[4] **Okonomiyaki** : Recette très populaire qui est originaire du Kansai. C'est une sorte de galette à base de choux et d'une pâte préparée avec de la farine de sarrasin et de poisson séché. On y place ensuite divers ingrédients tels que de la viande, du poisson, du poulpe... L'ensemble est préparé sur une grande plaque que l'on appelle le teppan. Une fois que tout est cuit, on rajoute un œuf et la fameuse sauce Okonomiyaki. Le fumet de cette sauce fait rapidement saliver les papilles.

faire confiance. J'attendais que mon plat finisse de cuire quand on tira la chaise vide à mes côtés.

Je tournai la tête et vis un jeune homme d'à peu près mon âge, portant un uniforme que je n'avais pas encore vu. Des chaussures fines, noires, dont le gros orteil était séparé, un pantalon brun foncé serrant les chevilles et s'évasant en haut, pour finir par une épaisse veste à col montant, vert sapin, ressemblant à une sorte de gilet pare-balles. Sa tenue se fondait à la perfection avec la végétation environnante.

— La vue te plaît ? sourit-il tout en me lançant un clin d'œil.

— Qu… Quoi ? N'importe quoi ! Vous portez de drôles d'habits par rapport aux autres, voilà tout, répliquai-je d'un ton désinvolte.

Sa queue de cheval brune glissa le long de son épaule quand il pencha sa tête vers moi.

— Tu es plutôt jolie pour une *gaijin*[5] ! rit-il. Je m'appelle Tatsuya Sato et, comme tu peux le voir à mes vêtements, je fais partie des *shinobi*[6] du clan Sora.

Son sourire jovial m'inspira confiance.

— Enchantée ! Liz De Mesmond ! répondis-je en m'inclinant. Je suis assistante-journaliste.

— Ah oui, j'avais oublié ! Vous êtes là pour réaliser un reportage sur nous ?

---

[5] **Gaijin :** (外人?, litt. « personne de l'extérieur ») sont des termes japonais utilisés pour désigner les étrangers au Japon.

[6] **Shinobi** : ninja

— Oui. J'espère que nous pourrons coopérer sans trop vous gêner ?

— Ne vous inquiétez pas ! Nous répondrons à vos questions, tant que vous ne grattez pas trop, vous n'aurez rien à craindre, pouffa-t-il.

Mon sourire disparut, car derrière cette conversation sympathique, il tentait de me faire comprendre que nous devions choisir nos mots avec soin. Nous n'étions pas dans un parc d'attractions, et cet homme me rappelait qu'il pouvait mettre fin à nos jours en un claquement de doigts.

Je hochai la tête, confirmant ainsi que le message était bien passé. Ravi de son petit effet, il se leva du tabouret avant de se pencher vers le creux de mon oreille.

— Tu es plutôt futée, je suis impressionné ! chuchota-t-il d'un ton menaçant. Alors un conseil, fais passer le mot à tes petits camarades. Nous surveillons vos moindres faits et gestes, du matin au soir, rien ne nous échappe.

— Entendu, murmurai-je.

— Tu me plais bien toi ! lança-t-il en m'apposant la paume de sa main sur le sommet de ma tête. N'hésite pas à nous demander de l'aide, nous serons heureux de prêter main-forte, et puis ça nous fait travailler notre anglais. Bon, j'y vais ! Liz, j'ai été ravi de faire ta connaissance ! À plus tard.

Je ne savais pas s'il m'appréciait vraiment ou s'il s'agissait d'une façade. En tout cas, cette rencontre n'était pas anodine, ce qui confirmait bien mon pressentiment. Nous devions rester sur nos gardes afin de ne transgresser aucune des trois règles que Raiden nous avait énoncées. Je les avais trouvées assez simples à tenir, pourtant, je présageais que cela serait bien plus complexe que je l'avais imaginé.

Une fois mon succulent repas englouti, je déambulai à travers le village, grimpant les marches d'une allée, la voix de Pierre me héla à travers la foule. Je relevai la tête et le vis me faire de grands signes en haut des escaliers. Je me dépêchai de gravir les derniers mètres qui nous séparaient. Arrivée à son niveau, je le vis se tendre.

— Qu'est-ce qui t'arrive ? demandai-je, surprise par sa tête terrorisée.

— Tu as oublié ?

— Oublié quoi ?

— Nous avons rendez-vous à quatre heures avec le chef du village ! s'emporta-t-il en me collant son téléphone sous le nez. Tu as vu l'heure ! C'est 15 h 45 !

Mais enfin, pourquoi se met-il dans cet état ? C'est moi qui ai programmé le premier contact avec leur chef et nous sommes dans les temps.

En tant qu'assistante au sein de ce petit journal, j'étais en charge de caler les interviews avec les différents interlocuteurs et préparer les tournages. Et aussi servir d'esclave pour Candice, pour ça, je n'étais pas payée. C'était un deal entre la directrice et moi. En contrepartie, j'étais logée à moindres frais en plein cœur de la capitale et tous mes déplacements privés et professionnels m'étaient remboursés. Un job en or, enfin… sur le papier.

— Mais non ! m'insurgeai-je.

— Mon œil ! Candice est folle de rage, elle a dû tout préparer, seule !

— Pour une fois qu'elle fait quelque chose de ses dix doigts celle-là ! pouffai-je.

Je croisai son regard foudroyant et, à l'instant où il allait me sortir une réplique cinglante, comme à chaque fois que je parlais de son amoureuse, une voix stridente me vrilla les tympans.

— Toi ! s'époumona-t-elle, le regard noir. Tu te crois où ? En vacances ? Espèce de conne !

Le village n'étant pas goudronné, ses talons Louboutin l'handicapaient. Elle mettait un temps monstrueux pour remonter à mon niveau. Je me mordis les lèvres pour ne pas éclater de rire lorsqu'elle manqua de se fouler la cheville une énième fois.

— Prends ça !

Elle me jeta un dossier en carton au visage et je remerciai mes bons réflexes de m'avoir sauvé le nez.

— N'oublie pas ! Tu as intérêt à noter tout ce que dit le vieux chnoque, je veux avoir un article en première page !

— Et pour l'interview des habitants, on fait comment ? complétai-je la mâchoire serrée.

— Débrouille-toi ! C'était ton idée ! Je vais quand même pas aller voir ces pouilleux ! rétorqua-t-elle en affichant une moue de dégoût.

Comme à mon habitude, je hochai la tête en silence. Communiquer avec elle n'était pas une option possible, j'avais bien essayé. Au départ, elle avait fait sa mielleuse et, avec ma naïveté permanente, j'avais découvert sur le tard qu'elle s'amusait à saccager mon travail, lorsque sa mère m'avait convoquée afin de m'infliger un blâme. J'avais eu beau expliquer que je n'y étais pour rien, je n'avais aucune preuve prouvant que sa fille était derrière tout ça. Malgré tout, elle m'avait appris que Candice avait eu bon nombre d'assistantes avant moi et qu'elle pouvait se montrer dure. Sa mère avait conscience que l'attitude de sa fille posait un sérieux problème, alors j'avais décidé de faire la carpette devant mademoiselle Arnaud.

Nous marchâmes vers le centre du village où une immense *minka* sur plusieurs étages s'élevait haut dans le ciel. Perdue dans ma contemplation, je sentis mon corps basculer vers l'avant. Mon regard se posa sur Pierre m'agrippant le bras en m'entraînant vers l'entrée des bureaux. Deux gardes, habillés avec l'uniforme des ninjas, se tenaient devant nous, nous barrant la route.

— Vos pièces d'identité et autorisations, s'il vous plaît, demanda l'un d'eux.

Nous tendîmes nos papiers et l'autre *shinobi* ouvrit la porte. Il nous escorta jusqu'au dernier étage, dans un silence religieux. S'arrêtant devant deux autres gardes, armés de deux sabres à la ceinture et d'une armure métallique. Ils arboraient des masques traditionnels ; l'un en forme de renard, l'autre en forme de démon. Derrière leur camouflage, je pus sentir leurs prunelles perçantes nous analyser des pieds à la tête. J'évitai de croiser leurs regards et ancrai mes yeux sur les lamelles du plancher.

La porte finit par s'ouvrir et notre guide nous somma d'attendre.

— Hiroshi *Sama*[7] ! s'inclina-t-il. Voici l'équipe de journalistes.

— Ah oui ! Fais-les entrer, s'il te plaît.

Je reconnus cette voix rauque que j'avais entendue lors de notre échange téléphonique. Arrivé à notre niveau, je fus étonnée de voir qu'il mesurait à peu près la même taille que moi, un petit mètre cinquante. Je m'étais imaginé sa taille allant de pair avec sa voix, autant dire que je m'attendais à voir débarquer un géant ! Je souris à mon ânerie et m'inclinai respectueusement, suivie par mes deux acolytes.

La porte se rouvrit et nous nous retournâmes tous de concert pour voir apparaître quatre ninjas. Je reconnus Raiden, affublé cette fois-ci d'un masque en tissu qui camouflait son nez et toute la partie inférieure de son visage, ainsi que Tatsuya qui me salua de la main, un sourire flamboyant placardé sur

---

[7] **Sama** : suffixe honorique qui marque le respect.

sa face. À leurs côtés se tenait un homme de grande taille, aux cheveux courts et sombres. Sa musculature robuste montrait un entraînement acharné. Une cicatrice lui barrait tout le haut du front. Quant au dernier, il s'agissait plutôt d'une dernière. La jeune femme possédait de longs cheveux de jais qui lui tombaient jusqu'aux fesses, des yeux aussi sombres que la nuit et un corps bien dessiné. D'un mouvement synchronisé, ils s'inclinèrent en saluant leur maître.

— Bon ! On va pas y passer la nuit. Candice Arnaud, journaliste ! Pourrions-nous commencer l'interview, monsieur Tanaka ? s'agaça-t-elle.

Je la dévisageai avec horreur et m'excusai, au nom du journal, pour l'affront qu'elle venait de lui faire, avant que les quatre *shinobi* nous exécutent de sang-froid.

— Liz, aboya-t-elle, apporte-moi la pochette.

J'obéis sur-le-champ et la lui tendis.

— Un instant, s'il vous plaît, reprit le chef.

— Qu'est-ce qu'il y a encore ? rétorqua-t-elle.

— Je suis navré, mais un empêchement m'oblige à reporter notre entrevue. Je vais devoir vous demander de patienter et reprendrai contact avec vous, lorsque la situation le permettra.

— Pardon ? Ah, mais c'est pas possible ça en fait ! Je compte pas rester trois mois ici à attendre que vous vous décidiez à nous parler ! Et sinon, les autres là, cracha-t-elle en pointant du doigt les ninjas, ils peuvent pas le faire à votre place ?

— Candice, ça suffit ! soufflai-je à demi-mot. Comment oses-tu parler comme ça ? Tu es folle ou quoi ? En plus d'être irrespectueuse, tu as oublié une chose importante. Nous sommes dans un village ninja. Donc avec potentiellement des gens qui peuvent nous ôter la vie en une fraction de seconde !

À ces mots, je vis Tatsuya s'élancer avec vivacité vers Candice et, avant qu'elle puisse ouvrir la bouche, elle se retrouva avec un *kunai* [8]sous le cou.

— Un conseil, si tu veux mourir, continue, susurra-t-il d'une voix lugubre.

Il vit des gouttes de sueur couler le long du visage de sa victime et il retira le *kunai* tout en frôlant son cou.

Les jambes de Candice s'entrechoquaient et Pierre vint la soutenir. Ils s'excusèrent en bégayant et sortirent rapidement de la pièce, me laissant seule et choquée, au milieu de tous. Je n'avais pas bien compris ce qui s'était passé tant la rapidité de Tatsuya faisait peur à voir. Je restai plantée comme un piquet au milieu du bureau quand la voix rocailleuse du vieil homme me sortit de mes pensées.

---

[8] **Kunai** : Petit outil qui ressemble à un poignard et qui était utilisé principalement comme un couteau. C'est une arme secondaire, avec une pointe acérée et un manche court, ce fut une arme de jet très usitée. C'est aussi une arme utilisée pour le combat rapproché. Les Kunai avaient d'autres utilisations, notamment comme dispositif d'escalade, ou comme outil de martelage, une pointe de lancer, etc...

— Pardonnez-moi pour le comportement sanguin d'un de mes *shinobi.*

— Euh… p… pas de soucis, bredouillai-je. Au moins, ma collègue a peut-être compris qu'il fallait respecter les gens ? Encore pardon pour son comportement.

Il hocha la tête, un sourire en coin.

— Vous êtes journaliste, mademoiselle De Mesmond ?

— Non, je suis l'assistante. Je suis celle qui travaille dans l'ombre, je ne suis jamais sur le devant de la scène, expliquai-je d'une voix tremblante.

— Seriez-vous capable de mener une interview ? me fixa-t-il droit dans les yeux.

— Oui, enfin, non… en fait, je n'en sais rien, répondis-je en triturant mes mains moites.

— Je ne vous cache pas que cela m'importune que ce soit votre collègue qui réalise cette entrevue. Je ne suis pas certain qu'elle puisse capter l'essence même de notre village. Cependant, les *shinobi* qui vous ont observée aujourd'hui m'ont confirmé ce que j'avais pressenti lors de notre échange téléphonique. Vous êtes une personne ouverte d'esprit et vous devez regorger de bien d'autres qualités encore non dévoilées. Qu'en dites-vous ?

— Je suis honorée par votre proposition, Maître Tanaka, m'inclinai-je. Cependant, je vais devoir décliner. Ce que vous me demandez aura de graves répercussions sur mon emploi et je refuse.

— Hum… vous m'en voyez désolé. Dans ce cas, je veux bien donner une seconde chance à mademoiselle Arnaud, sachez que ce sera sa dernière occasion. Ensuite, je ne vous laisserai plus le choix, mademoiselle.

Je m'inclinai une fois encore et me dirigeai vers la sortie. Ma main sur la poignée, Tatsuya s'écria rageusement :

— Avertis-la que la prochaine fois, je me ferai un plaisir de marquer son joli minois.

Je passai le reste de la journée seule, errant dans le village. Je n'avais pas envie de rentrer et puis les mots du vieux sage et de Tatsuya se percutaient sans cesse dans ma tête. Candice ne devait jamais apprendre la proposition de Hiroshi, sinon j'étais bonne pour me faire découper en rondelles et pas par les ninjas.

Assise dans un salon de thé, je noyais mes pensées dans un thé vert.

— Liz ! s'écria une jeune fille.

Je relevai nez de ma tasse et Chiyome s'installa face à moi.

— Ça va ? Tu as pas l'air en forme ?

— C'est le décalage horaire, mentis-je en me pinçant la lèvre inférieure. Et toi, que fais-tu par ici ?

— Raiden m'a assigné une mission. Te servir de guide et de traductrice ! sourit-elle en dévoilant ses dents blanches.

— Génial ! m'emballai-je. Parfait, je vais me débarrasser avec bonheur de cette application de traduction automatique obsolète.

— Bon, je te cache pas que le mieux serait d'apprendre. Qu'en penses-tu ? questionna-t-elle tout en commandant un thé.

— Apprendre ? répondis-je, interloquée.

— Oui. Ça te dit un échange de bons procédés ? questionna-t-elle d'un ton sérieux.

— Que proposes-tu ?

— Tu m'apprends le français et moi le japonais ?

Je réfléchis à sa proposition pendant plusieurs minutes, aimais-je toujours enseigner ? Je devais en avoir le cœur net. Et puis, cela me semblait honnête, mais je voulais m'assurer d'une chose avant.

— C'est ton *sensei* qui t'a demandé de faire ça ?

— Non ! Je trouve la langue française mélodieuse et je souhaite l'apprendre, roucoula-t-elle en se balançant sur la chaise.

— J'accepte.

— Sérieux ! s'écria-t-elle en abattant la chaise sur ses quatre pieds.

— Où pourrions-nous nous retrouver pour les cours ? l'interrogeai-je.

— Chez moi ! Entre 16 heures et 20 heures ? J'en ai déjà parlé avec mes parents et ils n'y voient aucun problème. Tu pourras même manger avec nous !

— Attends ! la coupai-je, un brin amusée. Tu avais déjà préparé ton coup !

Elle se mordit les lèvres et prit un air de chien battu.

— Quand j'ai su qu'il y avait une ancienne prof de français qui accompagnait l'équipe du journal, j'en ai parlé à mes parents. Ils m'ont donné leur accord, en échange, je dois t'apprendre le japonais.

Je partis dans un fou rire monumental et mis plusieurs minutes à m'en remettre.

— Tu sais, repris-je le souffle court, je t'aurais quand même enseigné, même si tu ne m'apprenais pas ta langue.

— Tu es géniale, Liz ! soupira-t-elle.

— Merci, jeune fille. Bon, tu es prête pour ton premier cours ?

Je scrutai l'horloge de mon portable et elle bondit de sa chaise, le sourire béat.

Je terminai ma gorgée et remerciai la serveuse pour cet excellent breuvage. Chiyome s'accrocha à mon bras et m'entraîna d'un pas vif jusqu'à chez elle.

Arrivées, nous nous installâmes dans sa chambre et, pendant les deux premières heures, je lui enseignai la phonétique et les syllabes de notre alphabet. Elle se donna beaucoup de mal et notait avec attention toutes mes paroles. Je lui transmis des adresses de sites internet pour l'aider dans son apprentissage et nous fîmes une pause bien méritée.

— Tu es une super prof ! Tu aimes ça, ça se voit ! Alors, pourquoi tu as arrêté ?

Mon souffle se coupa et ces images atroces resurgirent. L'odeur du sang et les cris de terreur des enfants me hantaient chaque nuit.

— Ce n'est pas quelque chose dont j'ai envie de parler, répondis-je d'un ton sec.

— Oh, pardon. Dans ce cas, pourquoi tu t'es orientée dans le journalisme ?

— J'ai toujours aimé voyager et découvrir de nouvelles cultures, m'enjouai-je. Ma famille est plutôt aisée. Nous avons hérité de nos aïeuls français et anglais, ce qui nous permet de vivre confortablement et de voyager aux quatre coins du monde. Et j'ai eu la chance que mes parents aient tous deux des emplois haut placés, cela maintient ainsi notre train de vie de luxe.

— Wouah ! Donc tu es super riche en fait ! s'emporta-t-elle les yeux brillants.

— À vrai dire, je n'ai jamais été à l'aise avec ça, m'embarrassai-je en me triturant les doigts. Je suis la cadette d'une fratrie de trois sœurs. Elles ont toutes réussi leurs carrières et vivent à l'étranger. L'une est mariée à un propriétaire de mines de diamants et l'autre à un riche rentier.

— Oh le cliché ! pouffa-t-elle.

— Oui, je te l'accorde. J'ai moi-même bien ri lors des présentations avec mes parents.

— D'ailleurs, ils ont dit quoi quand tu as dit que tu voulais être prof ?

— Ils n'ont pas vraiment bien réagi… répondis-je, penaude. À vrai dire, mon père est entré dans une telle colère qu'il m'a sommée de partir et de ne revenir que lorsque j'aurais trouvé un travail décent.

— Nan, c'est vrai ? Il est pas sympa ton père ! Et ta mère, elle a rien dit ?

— Elle l'a calmé en lui disant que de toute manière, j'avais toujours été la tête brûlée du clan De Mesmond.

— Ah ouais… pas mieux la mère, soupira-t-elle en croisant les bras.

— Enfin bref. Bon ! Si on se mettait au japonais !?

Les heures filèrent à toute allure. Je m'appliquai tant bien que mal à apprendre les hiragana. Je m'y perdais un peu entre les différents caratères : hiragana, katakana et les kanji.

La porte coulissante s'ouvrit sur une femme portant l'uniforme des *shinobi*. Je la scrutai de haut en bas. De longs cheveux de jais noués dans une natte pendante jusqu'aux fesses, un corps bien dessiné et des yeux aussi sombres que la nuit. Je la reconnus enfin : elle faisait partie des quatre *shinobi* présents quelques heures auparavant, lors de notre présentation avec le maître du village.

— Bonjour, je m'appelle Akiko Ishikawa. Je n'ai pas eu l'occasion de me présenter tout à l'heure. Je vous souhaite la bienvenue chez nous, s'inclina-t-elle.

— Liz De Mesmond, merci de m'accueillir dans votre demeure, m'inclinai-je gauchement.

— Merci d'enseigner à ma fille. Je ferai en sorte qu'elle soit une élève exemplaire.

— Oh, elle l'est, ne vous inquiétez pas, bredouillai-je. D'ailleurs, c'est aussi un excellent professeur, même si je ne suis certainement pas aussi bon élève qu'elle.

Chiyome me donna un petit coup de coude avant d'aller embrasser sa mère qui nous fit signe de la suivre.

— Papa n'est pas rentré ?

— Il ne va pas tarder. Raiden est de garde ce soir. Tu sais comment ils sont lorsqu'ils se retrouvent tous les deux, grommela-t-elle. Ton père a dû encore le provoquer en duel !

— Pff… autant j'aime Papa de tout mon cœur et le soutiens à fond, autant le voir se battre contre Raiden, c'en est humiliant.

— Ton père a au moins le mérite d'être persévérant, soupira Akiko.

— Il a jamais gagné, murmura Chiyome. Je sais pas, depuis tout ce temps, il ne comprend pas qu'il ne peut pas le battre ?

— Raiden est le meilleur *shinobi* du village. Ces petits combats réguliers permettent à l'un et à l'autre de maintenir leur niveau. Enfin, je suppose. Ma puce, tu veux bien mettre la table ?

— Puis-je vous aider ? demandai-je en entrant dans la cuisine.

— Non, installez-vous. Vous êtes notre invitée.

Elle devait être rentrée depuis un moment, car une fois la table mise, elle nous servit un bol de soupe miso et des nouilles.

— J'espère que ce maigre repas vous convient, s'excusa-t-elle.

— C'est parfait ! Merci infiniment.

J'attrapai mes baguettes et fis attention de ne pas les planter dans mon bol. J'avais lu dans des guides touristiques que c'était très impoli. J'attrapai ma première bouchée et un bruit d'aspiration se fit entendre. J'observai d'un œil surpris les deux femmes déguster ces pâtes. Je les imitai et compris l'instant d'après pourquoi. Leurs subtils parfums ne se dévoilaient qu'en une puissante aspiration. Au début, je fus gênée d'être aussi bruyante et finis par m'habituer.

Notre repas terminé, je remerciai la maîtresse de maison et la jeune *genin* pour leur accueil chaleureux et ce délicieux repas.

M'apprêtant à partir, la main appuyée sur la poignée, la porte s'ouvrit avec fracas. Je vacillai et fus rattrapée par deux bras robustes.

— Eh bien ça, pour une surprise ! La petite Française bien sympathique. Ça va mieux ?

Je le regardai avec des yeux ronds. Lui, c'était le quatrième *shinobi*. Le grand gaillard musclé.

— Papa ! s'écria Chiyome en lui sautant au cou.

— Ah ! Mon petit trésor ! Ça a été l'entraînement, aujourd'hui ?

— Super ! J'ai mis une raclée à Joben ! Et Kiyo m'a félicitée ! rougit-elle.

— Ah, ah ! Ça, c'est bien ma fille !

— Et toi ? Tu as perdu combien à combien contre Raiden ?

Le fier sourire de son père disparut aussitôt et je crus qu'il la réprimanderait devant cette mine déçue.

— Trois à zéro, maugréa-t-il. Mais j'ai failli l'avoir sur la dernière !

— Mais oui, mon chéri ! se moqua sa femme sur un ton affectueux.

— Akiko ! Je l'aurai un jour, je l'aurai !

— Daku. Au lieu de retenir notre invitée, tu pourrais peut-être passer à table et prendre le repas que j'ai préparé avec amour, qu'est-ce que tu en penses ?

— Excellente idée ! claironna-t-il en m'ouvrant la porte d'entrée. Je vous souhaite une bonne soirée, Liz *sama.*

— Liz, appelez-moi, Liz. Je ne mérite pas de titre honorifique, pouffai-je.

— Très bien, alors bonne soirée, « Liz *sama* », plaisanta-t-il.

— Papa, gronda Chiyome, arrête ! Tu me fais honte ! À demain, Liz !

Je partis en éclatant de rire. J'aimais bien cette famille. Grâce à eux, je ressentais des sensations nouvelles. La chaleur d'un foyer, des parents aimants et s'aimant d'un amour profond.

Je ne connaissais pas.

Enfant, tout le monde me disait toujours : « Estime-toi chanceuse, tu es bien née ». Je le croyais, mais en réalité, je passais ma vie à rechercher le bonheur. Cette chose que tous ceux qui m'entouraient possédaient, sauf moi. Ils aspiraient tous à avoir de l'argent. Oh non, je ne crachais pas dans la soupe. Je me faisais un plaisir de pouvoir aider mes amis, sans rien attendre en retour. Mon seul bonheur était de voir le soulagement dans leurs yeux lorsqu'ils n'avaient pas à faire des choix cruels, comme choisir entre une paire de lunettes et le dentiste. Mais ma naïveté m'avait fait aussi rencontrer des gens peu scrupuleux se faisant passer pour des amis, me soutirant un maximum d'argent. J'avais fini par y laisser des paies entières.

Pour me punir de ma naïveté, mes parents décidèrent de ne plus intervenir financièrement dans ma vie. Je m'étais alors retrouvée à demander de l'aide à mon tour à ces soi-disant amis, qui me tournèrent le dos. La vie pouvait être terrible et, quand en plus vous aviez l'âme d'un Bisounours, elle vous renvoyait au plus profond des entrailles de la Terre. J'eus la chance d'avoir deux mains secourables.

Amaury et Apolline, deux frères et sœurs, pour qui mon excentricité dans le paysage de l'opulence était un souffle de vie. Je pouvais compter sur eux au besoin, même si je n'étais pas dupe ; ils appréciaient juste mon extravagance.

Perdue dans mes pensées, je ne vis pas que je me trouvais devant ma porte. Je fourrai mon portable dans la poche et tournai la poignée.

Le silence de la maison m'apaisait. Après cette superbe soirée, je n'aurais pas eu le courage d'affronter les discours de Candice.

Ce soir-là, je me couchai le cœur léger.

— Je veux sortir !

— Je veux pas mourir !

— Chut… murmurai-je accroupie sous mon bureau, ça va aller, les enfants. On va sortir discrètement par la porte, au fond de la classe, sans vous bousculer. Chacun son tour.

Je me retournai vers l'ATSEM postée près de la baie vitrée, donnant sur la cour des maternelles.

— Judith, conduisez les enfants chez mes collègues d'en face. Je vais voir si je peux aider de mon côté.

— Mais… Liz…

Je lui fis un bref signe de tête et elle se hâta de les faire évacuer un à un. Toujours cachée sous mon bureau, j'observai le dernier adolescent sortir. Le cœur battant la chamade et mes membres tremblant, je me relevai péniblement, jusqu'à la porte d'entrée. Mes mains moites, appuyées sur la poignée, j'entendis des coups de feu et des hurlements déchirer les couloirs.

Je m'éveillai en sursaut, haletant comme un bœuf ruisselant de sueur.

— Encore ce fichu cauchemar, pestai-je en m'essuyant le front avec la manche de mon pyjama.

J'attrapai la bouteille d'eau qui se tenait à côté du *futon* et bus d'une traite.

— Ça ne s'arrêtera donc jamais ? soupirai-je en me rallongeant.

Le sommeil vint me trouver à nouveau et cette fois-ci, je pus dormir paisiblement jusqu'au petit matin.

Chapitre 3

J'attendais Chiyome devant le restaurant Horii. La veille, j'y avais fait la connaissance de Tatsuya.

— Liz ! s'exclama-t-elle en accourant dans ma direction. Alors, prête pour une journée de folie ?

— Je suis en pleine forme ! Et toi ?

— Prête ! Commençons par ce restaurant, ce n'est pas encore l'heure d'affluence, ce sera plus facile pour poser tes questions.

Les hauts tabourets à l'extérieur du restaurant étaient tous vides et je humai les senteurs délicates qui s'échappaient de l'estanco. Mon ventre émit un gargouillement lugubre et je lançai un regard affolé autour de moi. Personne ne sembla avoir entendu et je poussai un soupir de soulagement.

Munie d'un stylo et d'un carnet, je notai toutes les questions qui me paraissaient intéressantes, sans être trop intrusives.

Ma première rencontre fut très instructive. J'appris que la famille Horii avait toujours habité ici et que ce restaurant était entre les mains de la sixième génération.

— Monsieur Horii, en quoi les ninjas sont-ils bénéfiques pour votre commerce ?

Tout en pétrissant de la pâte, il me lança un sourire chaleureux.

— Ils me permettent d'importer des produits d'autres régions en toute tranquillité. Les chemins étant peu sûrs, avoir des *shinobi* sécurise la marchandise et nos ninjas sont les plus brillants que j'ai jamais vus !

Cela me touchait de le voir parler avec fierté de ces personnes que la société classait dans la catégorie « folklore ».

— Par quels moyens maintiennent-ils la sécurité ? Par exemple, chez nous, pour transporter l'argent, nous avons des fourgons blindés. Vous avez ce type de véhicule ?

— Je ne sais pas, ils sont entraînés pour ça, répondit-il en hochant les épaules.

Son sourire disparut.

Ah ! Ça y est. Le mur vient de se dresser. Je vais éviter d'aller plus loin, je n'ai pas envie de me retrouver la gorge tranchée. Mais je me demande bien comment s'organise leur défense ? songeai-je en changeant de sujet.

Le reste de la conversation tourna autour de ses recettes et de celles qu'il proposait grâce à l'échange de nourriture.

— Du coup, vous les accompagnez durant le trajet ? Vous vous êtes senti en danger ou au contraire, grâce à eux, vous partiez tranquille ?

Chiyome prit le temps de formuler ma question et je le vis hocher la tête en réfléchissant à sa réponse.

— Eh bien, c'est toujours un peu stressant de partir avec des marchandises. Certaines ont beaucoup de valeur sur le marché noir. Mais je reconnais qu'ils ont tendance à apaiser mes craintes ! Et puis, je n'ai jamais connu de perte, rit-il en tapotant un panier en osier. C'est incroyable comme ils arrivent à se battre sur deux fronts à la fois.

Il se tut aussitôt, me voyant gribouiller toutes ses réponses sur mon carnet.

— Euh, mademoiselle. Ça vous dérange de retirer la dernière phrase que vous venez d'écrire ?

Je relevai un sourcil, surprise par sa question. Je la relus à voix haute en demandant à Chiyome s'il voulait que je retire : « je n'ai jamais connu de perte ». J'avais bien compris que ses véritables derniers mots ne devaient pas être retranscrits et avais pris l'initiative de m'arrêter ici. Il écouta attentivement et me lança un sourire empli de gratitude.

Je continuai mon questionnaire en évitant que mon interlocuteur ne commette d'impairs. Je faisais attention à m'entretenir toujours avec politesse et bienséance.

L'heure du déjeuner approchant, nous terminâmes alors qu'une nuée d'adolescents se ruait vers le restaurant.

— Youpi ! s'extasia Chiyome. Pour une fois que j'ai une place tout de suite !

— Vous souhaitez manger, mesdemoiselles ? demanda monsieur Horii.

— Volontiers ! s'écria Chiyome qui m'invita d'un signe de tête à venir déjeuner.

Notre repas fut bruyant et l'un des jeunes se montra un peu trop brusque ; il s'incrusta entre Chiyome et moi, jouant des coudes pour avoir une petite place, quitte à manger debout. Son coup d'épaule sur la mienne fut plus brutal que prévu et je me sentis partir sur la droite avec le tabouret, en direction de la file d'attente qui se tenait juste à côté de moi. Pensant finir le nez par terre, je refermai les yeux et plaçai mes mains devant moi afin d'amortir la chute. Je poussai un cri de stupeur lorsqu'au lieu de sentir le sol dur et gravilloneux, je percutai un corps robuste.

— Ça va ? demanda la voix grave.

Oh mon Dieu ! Cette voix… Je relevai la tête et vis le *sensei* de Chiyome me tenant contre lui.

— Vous allez bien ? reprit-il en relevant un sourcil interrogateur.

— O…oui ! bredouillai-je me sentant rougir.

— Bien, dit-il en relâchant son étreinte. Joben ?

— Pa… Pardon, Madame ! Je ne voulais pas vous faire tomber, s'inclina l'adolescent.

— Ce n'est rien, répondis-je en me réinstallant afin de finir mon repas. Je termine vite et je te laisse la place, d'accord ?

— C'est sympa, merci !

— Ça va, Joben, pas trop mal hier soir ? se moqua Chiyome.

— Chiyome ! gronda son instructeur alors qu'il patientait dans la file d'attente.

— Désolé, Raiden *sensei*, marmonna-t-elle.

Alors c'était lui le gamin à qui elle avait mis une raclée la veille. Il dépassait ma petite élève d'au moins deux têtes et était bien plus costaud qu'elle.

— Bien joué ! chuchotai-je à son attention.

Elle rougit en affichant un sourire vainqueur.

— Pourquoi l'encouragez-vous à montrer sa supériorité à son camarade ? Ça ne fera que renforcer l'adversité qui subsiste entre eux au lieu de souder le groupe, souffla Raiden au creux de mon oreille. Ils sont déjà assez indisciplinés comme ça, pas besoin d'en rajouter.

Son souffle chaud dans le creux de mon cou et sa voix suave firent grimper mon baromètre à une température si élevée que je crus un instant avoir attrapé un rhume.

— Je pensais bien faire, bégayai-je.

— Abstenez-vous d'interférer dans mes méthodes d'instruction et contentez-vous de faire votre travail. Votre charmante collègue a déjà failli mourir plus d'une fois, occupez-vous déjà de la contrôler.

— Je suis son assistante, coupai-je d'un ton sec. C'est-à-dire qu'elle est hiérarchiquement au-dessus de moi. Pour faire simple, je ne suis pas en position d'ouvrir ma bouche et d'exprimer tout ce que je pense de son comportement vulgaire et impoli ! Donc, monsieur Hanzo, je comprends votre point de vue et je vous rassure, je n'empiéterai pas sur vos plates-bandes !

Je ne m'étais pas rendu compte que je m'étais levée de mon siège pour venir lui faire face, les bras croisés sur la poitrine.

Ce qui me fit comprendre que j'avais changé de position fut le silence pesant qui venait de tomber sur le restaurant. Une multitude de paires d'yeux me dévisageait comme s'ils s'étaient retrouvés face à un extraterrestre.

— Vous avez de la répartie, mademoiselle, dommage que vous ne puissiez en faire usage.

Derrière son masque, je crus percevoir le haut de ses joues rougir. Il passa une main dans sa chevelure argentée, où j'entrevis des reflets blancs. Ses yeux bleus plongèrent dans les miens et je crus défaillir. Cet homme devait être beau comme un dieu sans ce fichu bout de tissu qui lui mangeait la moitié du visage. D'ailleurs, je me voyais bien lui arracher.

— Chiyome ? Tu as fini ? m'empressai-je de dire en l'attrapant par le bras.

Il fallait que je m'en aille et vite. Bon sang ! Ce mec !

La jeune fille me fit signe qu'elle était prête et je m'empressai de m'éloigner le plus loin possible de lui.

— Liz, je pense que c'est bon. On est assez loin, se moqua-t-elle.

— Pourquoi vous m'avez tous regardée comme ça ? C'était vraiment gênant…

— Tu es la première fille qui lui rentre dans le lard ! sourit-elle. Nous avons plus l'habitude de le voir se faire draguer par toutes les célibataires du coin que de se faire retrousser les bretelles par l'une d'elles. Je compte même plus le nombre de demandes en mariage qu'il a reçues.

Cette fois, elle se tenait les côtes et riait à gorge déployée.

— C'est vrai qu'il n'a pas l'air moche… Il n'empêche, ça ne lui donne pas le droit de me parler comme ça !

— Voilà, c'est ce que je dis à tout le monde ! Ne te laisse pas amadouer par sa gueule d'ange, crois-moi, il a le diable au corps ! C'est le genre de *sensei* à te faire faire des tours et des tours de terrain jusqu'à ce qu'il ait décidé que tu as assez couru. Ensuite, il ne te laisse même pas le temps de récupérer qu'il enchaîne avec un entraînement de…

Elle s'arrêta, livide.

— Oublie ce que je viens de dire, pitié, je n'ai pas le droit de t'expliquer nos entraînements.

— Cela me semble compliqué. Par contre, je peux faire semblant de n'avoir rien entendu.

Je me bouchai les oreilles, un sourire en coin. Chiyome regarda l'heure sur son portable et s'exclama :

— Tu es trop chouette ! Bon, il faut que je te laisse, j'ai cours.

— Pardon ? Mais du coup, qui va me guider cette après-midi ?

— Je ne sais pas, Raiden m'a dit que je t'accompagnais ce matin. Il ne m'a rien dit pour après. Attends devant chez Horii, je lui envoie un message.

Elle se mit à courir et je m'exécutai. À peine aperçus-je l'enseigne du restaurant que je vis Raiden. Le dos collé au panneau de bois, les yeux clos et les bras croisés sur le torse. Je remarquai enfin qu'il portait sa tenue de *shinobi*. Je le scrutai de haut en bas et le trouvai plutôt agréable à regarder. Un frisson de terreur me parcourut lorsque je croisai son regard noir.

— C'est vous qui allez me servir de guide ? hésitai-je.

— Hélas pour moi, oui, soupira-t-il en levant les yeux au ciel.

— Vous ne pourriez pas être un peu plus amical, c'est d'un désagréable ! Nous n'avons pas la même culture, cela se voit.

Il émit un petit rire sarcastique.

— Vous les Occidentaux, pensez être au-dessus de tout. Vous ignorez l'essence même de l'existence et vous vous croyez plus puissants que la nature. Vous nous prenez pour des phénomènes de foire et j'en ai la nausée.

Son ton me terrifiait, mais il me fallait rétablir la vérité.

— Nous ne sommes pas là pour vous tourner en ridicule. Je ferai mon possible pour montrer aux gens que vos actes ont de belles conséquences. J'en ai eu la preuve ce matin et je pense que les autres villageois seront unanimes concernant les ninjas.

— *Shinobi*... murmura-t-il.

— Pardon ?

— Je n'aime pas le mot « ninja ». C'est trop... occidental.

— D'accord, soufflai-je avec douceur en déposant une main sur son avant-bras. Je tâcherai de ne plus l'utiliser. Et si nous enterrions la hache de guerre ? Ne pensez-vous pas qu'une bonne entente nous permettrait de terminer plus vite ?

Il acquiesça et prit la tête de notre duo. Je me laissai entraîner vers une boutique de livres et je réitérai mon questionnaire. Raiden prenait soin de retranscrire les mots exacts du libraire. L'employé vantait les mérites des ninjas et ce que ces derniers apportaient à son commerce, mais aussi en tant que citoyens. Raiden ne devait pas être habitué à tant d'éloges de la part des habitants. Je remarquai que lorsqu'il était gêné, il passait toujours une main dans ses cheveux.

Le libraire s'extasiait devant le *shinobi* et parlait à une telle vitesse que ma sténo fut mise à rude épreuve.

— Je suis le seul libraire et je connais toutes les lectures des villageois. Voyez, les romans favoris de ce *shinobi*…

Raiden s'arrêta un instant, la tête entre les mains, et répondit à notre interlocuteur dans sa langue natale. Cela semblait être assez gênant, car l'instructeur essayait de le calmer alors que ce dernier me montrait différents romans. Je me pinçai les lèvres en observant le *shinobi* à mes côtés. Raiden lui attrapait les livres un à un en faisant attention que je n'y mette pas le nez dedans. L'un d'eux tomba et je me penchai afin de le ramasser, en commençant à le feuilleter. Les caractères japonais ne me permirent pas de comprendre ce qu'il s'y disait, mais à la couverture, je devinai qu'il s'agissait de romance.

— Moi aussi, j'aime bien ce genre de roman, même si entre nous, les mangas sont bien mieux ! souris-je en tendant le roman à Raiden, alors qu'il agrippait monsieur Ikeda par le col.

Ce dernier ne paraissait même pas surpris, ses provocations envers le ninja le plus apprécié du village devaient être monnaie courante.

Le libraire parut comprendre mes mots, car dans la minute qui suivit, il partit au fond de son échoppe et revint avec une pile de mangas.

— Non, non, m'exclamai-je en gesticulant les mains en reconnaissant les couvertures. C'est bien aimable à vous ! Mais je les ai déjà tous lus et puis je ne parle pas le japonais…

Ma mine frustrée ne parut pas le décourager pour autant et il repartit en emportant le tas avec lui. De retour, il tenait un manga pour enfant ou je vis un petit chaton tigré dessiné dessus.

Il me le tendit en souriant en m'adressant quelques mots.

— Il vous l'offre, répondit Raiden d'un ton jovial. Un cadeau de monsieur Ikeda, ça ne se refuse pas.

— D'ac… d'accord. Merci beaucoup ! m'inclinai-je.

Ravi, il me tendit une carte de fidélité en y ajoutant un tampon dessus. Il nous salua d'une main en nous souhaitant une bonne fin de journée.

— Alors comme ça, vous aimez les mangas ? demanda-t-il d'un ton moqueur.

— Eh bien oui, rétorquai-je un brin embarrassé. Vous n'avez jamais vu de fille de mon âge en lire ? Et vous, alors ? Avec vos romans à l'eau de rose.

Piqué au vif, il détourna le regard en ronchonnant.

— Je ne critiquais pas vos goûts, reprit-il. Au contraire, j'étais surpris que vous aimiez ça…

— Mais je ne vous ai rien dit non plus, pouffai-je devant sa mine de chien battu. C'est surprenant de voir un grand gaillard comme vous lire ce genre de roman.

— Vous voulez un thé ? proposa-t-il alors que nous passions devant un salon de thé.

— Avec plaisir !

Il commanda un gyokuro[9] auprès de la serveuse qui vint le préparer devant nous. Je scrutai avec minutie chacun de ses mouvements en tentant de fuir le regard azuré du *shinobi* qui me jaugeait de haut en bas, tout en triturant mes doigts sous la table.

Pourquoi me met-il dans un tel état? songeai-je tout attrapant la tasse qu'elle me remit ainsi qu'une petite pâtisserie.

Perdue dans mes pensées, je saisis mes baguettes et attrapai un premier morceau qui s'échappa et roula sur la table, se dirigeant tout droit sur le *shinobi*. Je tendis mes doigts avant qu'il ne l'atteigne, mais Raiden fut plus vif. Nos mains s'effleurèrent pendant quelques secondes, qui me parurent durer une éternité. Mon cœur se mit à battre à tout rompre et une intense chaleur se diffusa dans tout mon corps. Je risquai un coup d'œil dans sa direction et le vit se passer une main dans les cheveux. Il retira ses doigts des miens tout en s'excusant. Le haut de ses joues s'empourpra aussi.

Après cet incident, nous bûmes sans un mot. Tandis que le beau ninja se perdait dans sa lecture, Tatsuya apparut devant nous.

— Salut ! Alors comment tu vas, petite *gaijin* ? s'exclama-t-il en attrapant une chaise, se collant à moi plus que de raison.

---

[9] Le **thé gyokuro** (玉露, rosée précieuse) est considéré comme le thé vert le plus prestigieux du Japon.

— Liz… murmurai-je en avalant une gorgée du breuvage délicat.

— Ah oui, pardon ! Je t'autorise à m'appeler Tatsu, c'est plus simple pour toi, se moqua-t-il en apposant une main sur son cœur.

— Tatsuya n'est pas trop compliqué non plus, rétorquai-je vexée par son attitude désinvolte et moqueuse.

D'un geste brusque, je reposai ma tasse. Le liquide tangua pour laisser échapper quelques gouttes que je m'empressai d'éponger avec la petite serviette en papier, pliée en forme de lotus, que la serveuse m'avait remise tout à l'heure.

— Oh oh ! pouffa-t-il en reposant sa tête sur ses mains accoudées à la table. Il faut pas trop te chercher ! Raiden, tu crois qu'elle mord ?

— La seule chose dont je suis sûr, c'est qu'elle va finir par t'en mettre une, si tu continues ton cirque. Et au pire, c'est moi qui me chargerai de ton cas, répondit-il d'une voix lugubre, les yeux perdus dans sa lecture.

Le ton de sa voix contredisait son attitude posée, comme si un orage grondait en lui et qu'il menaçait de sortir à tout moment. Je pressentais qu'il ne valait mieux pas que le brun le cherche encore un peu. Il dut comprendre son avertissement, car son attitude amicale changea du tout au tout.

— Je suis venu te chercher. Hiroshi *sama* veut nous voir de toute urgence.

Il se leva et repoussa sa chaise contre la table.

Raiden releva les yeux de son roman, le referma d'un coup sec et le glissa dans sa poche avant.

— Liz, je suis navré, je ne pourrai pas continuer à vous guider aujourd'hui.

— Ce n'est pas grave, vous avez un problème ?

Je m'inquiétais devant leurs airs graves.

— Rien qui vous concerne, rétorqua Raiden.

Il sortit de la monnaie de sa poche qu'il déposa près de ma tasse. Sur ces mots, ils disparurent rapidement au milieu de la foule.

Bon, deux interviews, c'est déjà bien !

Je sortis mon portable et envoyai un message à Chiyome pour lui demander si nous nous retrouverions ce soir pour réviser. Sa réponse positive fut instantanée.

Comme la veille, je l'attendis devant le restaurant.

Il était vingt heures passées quand Akiko ouvrit la porte. Vêtue d'un joli *kimono* grenat, elle avait relâché ses longs cheveux raides et ébène. Son sourire laissait entrevoir une dentition parfaite. Les traits de son visage, fin et longiligne, faisaient ressortir ses prunelles sombres.

— Bonsoir toutes les deux !

— Maman ! s'écria-t-elle avant de se blottir contre sa poitrine.

— Bonsoir, madame, m'inclinai-je.

— Vous venez manger ?

— Madame Ishikawa, cela me gêne de m'inviter chez vous à chaque dîner. Je ne veux pas interférer dans ce moment familial.

— Vous n'avez pas d'inquiétude à avoir, vous ne nous dérangez pas, sinon, je ne vous proposerais pas de rester, sourit-elle.

Nous nous installions pour le repas lorsque le père de famille rentra.

— C'est moi !

— Papa ! s'exclama ma jeune élève.

Elle sauta dans ses bras et je trouvai ça mignon du haut de ses quatorze ans.

— On n'attendait plus que toi, mon chéri !

Il câlina sa femme avant de me saluer. La chaleur que dégageaient ces trois êtres me réchauffait le cœur.

— Alors, adressa-t-il à mon attention, Raiden vous a fait un peu visiter, il m'a dit. Vous avez découvert notre excentrique libraire ?

— Oui, souris-je, j'apprécie beaucoup monsieur Ikeda.

— Ah ! Ah ! rit-il d'une voix puissante. Lui aussi avait l'air de vous apprécier ! Mais dites-moi, on ne voit pas beaucoup vos collègues se promener dans le village ?

— Euh eh bien, en fait, la journaliste a beaucoup de travail de rédaction à faire et le caméraman à des montages en cours, bredouillai-je, embêtée de mentir.

Je ne pouvais par lui dire que Candice passait son temps à faire des vidéos beauté sur les réseaux sociaux et Pierre à streamer[10] toute la journée.

— Je vois. Du coup, c'est vous qui êtes sur le terrain et qui travaillez ? Pourquoi avoir choisi de cibler les villageois ?

Je comprenais leur réticence à ce que je fouine partout et je n'étais pas dupe non plus ; si je devais dîner chez les Ishikawa, c'était aussi pour me soutirer des informations. Je jouais le jeu et puis, je ne n'avais rien à craindre si je me tenais loin de la limite.

— J'ai pris l'initiative de prendre contact avec les gens du village, car ils sont les premiers à être impactés par vos agissements. Je voulais savoir ce que ça leur apportait au quotidien d'avoir des *shinobi* au sein de leur communauté. C'était agréable de voir toute la positivité que vous leur procurez ! les félicitai-je.

— C'est une très bonne idée que vous avez eue là, répondit Akiko. Nous étions tous un peu réticents à votre venue, car nous ne savions pas trop à quoi nous attendre, mais votre manière de nous aborder et de vous dévoiler est bien vue parmi la population. Je crois que les cours avec Chiyome vous permettront de vous intégrer encore un peu plus.

---

10 Le **Streamer** est un individu retransmettant en direct ses « parties de jeux vidéo ». Streamer est reconnu comme un vrai métier-passion.

Tous me souriaient. Après le repas, je restai un peu au salon et le reste de la soirée tourna autour de la France, de ma culture et de mes plats préférés. L'enthousiasme avec lequel l'adolescente parlait me fit prendre conscience à quel point Paris était un cliché. Elle me bombarda de questions en tout genre jusqu'à ce que sa mère lui demande d'aller faire ses devoirs. Chiyome ronchonna, mais fut des plus coopératives quand elle croisa le regard assassin d'Akiko.

— Pourquoi vous n'avez pas continué comme professeur ? m'interrogea Daku en saisissant la bouteille de saké.

— Il y a eu un terrible incident et j'ai eu un choc post-traumatique qui m'a empêchée d'approcher une école à moins de 100 mètres, soupirai-je en m'agrippant au verre de saké qu'il me tendait. Grâce à votre fille, je m'aperçois que j'aime toujours enseigner et peut-être que je reprendrai ce travail dans quelques années, mais, pour l'instant, je réalise un autre de me rêves ! Mon poste actuel me permet de voyager à travers le monde entier à la découverte de peuples et de cultures différentes. J'aime cette diversité qu'on peut rencontrer et l'ouverture vers l'humain se fait naturellement, même quand on ne parle pas la même langue !

Une boule commença à se former au fond de ma gorge et mon cœur me comprimait la poitrine. Je m'ouvrais peu à peu à cette petite famille japonaise qui m'accueillait les bras ouverts sans rien attendre en retour… enfin, presque.

Vingt-deux heures passées, je me levais pour partir lorsque la porte d'entrée s'ouvrir à la volée.

C'est une habitude chez eux ou quoi ? pensai-je en enfilant ma veste.

Des pas rapides et légers accouraient jusqu'à nous et le *shoji*[11] s'ouvrit avec fracas.

---

[11] **shoji** : Ce sont des cloisons coulissantes faites de bois et de papier de riz, remplaçant les portes à l'intérieur des habitations.

Chapitre 4

— Daku, Akiko ! s'écria Raiden. On a besoin de vous. Udo a retrouvé l'un des…

Il stoppa sa phrase lorsqu'il m'aperçut.

— Qu'est-ce qu'elle fait ici ? siffla-t-il d'un ton menaçant. Vous savez bien qu'il y a un couvre-feu à partir de 22 heures ?

— Oh mince, nous n'avons pas vu le temps passer, s'affola Akiko. Dépêchez-vous de rentrer, Liz.

Elle plaça une main dans mon dos et m'accompagna jusqu'à la porte d'entrée.

— Ah oui, le couvre-feu ! m'inquiétai-je. Pourquoi ? Qu'est-ce qui se passe ?

— Je vous l'ai déjà dit, rien qui vous concerne, riposta Raiden.

Ses yeux bleus me foudroyaient.

Akiko me referma la porte au nez et je me hâtai de rentrer.

Les allées désertes, faiblement éclairées par des lampadaires suspendus sur les devantures des magasins, donnaient un air lugubre à cet endroit si festif la journée. Un petit vent frais soufflait et un frisson me parcourut l'échine. D'un geste rapide, je refermai le zip de ma veste. Les mains fourrées dans les poches, j'écoutais la nuit s'éveiller. Le hululement des oiseaux rythmait mes pas.

Soudain, une ombre traversa la ruelle, tel un fantôme. Je me figeai sur place. Les battements de mon cœur cognaient avec violence et je sentais le sang pulser jusque dans mes tempes. Le souffle court, je jetai des coups d'œil affolés dans tous les sens.

J'essayais de reprendre le contrôle sur la peur qui me paralysait en inspirant de grandes bouffées d'air.

Mon instinct me poussait à suivre cette ombre et j'accélérai le pas afin de la rattraper.

Elle disparut à l'angle.

Je reconnus un jeune enfant et redoublai de vitesse. Je ne voulais plus qu'il m'échappe.

— Petit, tu vas où ? m'écriai-je.

Il ne répondit pas et j'eus juste le temps de le voir se glisser au-dehors, par une petite trappe construite au travers de la clôture du village. J'hésitai un instant avant que ma conscience me rappelle à l'ordre. Il était hors de question que je laisse un gamin courir les bois tout seul et au diable le couvre-feu. Je m'y glissai à mon tour, tel un ver de terre, et je me remis à courir comme une furie.

Les rayons de la lune émettaient leur pleine lumière, me guidant à travers la forêt.

Les trois règles de Raiden me revinrent en mémoire et je fis alors le moins de bruit possible pour ne pas attirer l'attention. J'étais bien trop jeune pour mourir !

Je récupère le petit, le ramène chez lui et hop, ni vu ni connu !

J'haletais comme un bœuf. Malgré ses minuscules jambes, il détalait comme un lapin et j'avais du mal à suivre le rythme.

Je ne comprenais pas pourquoi il courait ainsi en pleine nuit. S'était-il disputé avec ses parents ? Ou bien avait-il perdu quelque chose ?

Après plusieurs minutes, nous sortîmes enfin des bois. Je poussai un soupir de soulagement en voyant que cette course effrénée prenait fin grâce au ravin.

Mon sang ne fit qu'un tour quand je le vis s'élancer en direction du gouffre. J'utilisai mes dernières ressources dans ce sprint de la mort et le rattrapai de justesse sur le bord.

— Je te tiens ! hurlai-je en le plaquant au sol.

Les membres tremblants, je lui parlai avec douceur.

— Ça va ? haletai-je.

Je lui ébouriffai les cheveux.

Il y avait quelque chose qui clochait. Le petit ne semblait rien entendre et son regard vitreux me donnait l'impression d'être hypnotisé.

— Eh ! le secouai-je. Réveille-toi bon sang !

Il releva la tête d'un geste brusque et se mit à pleurer.

— Chut… Ça va aller, murmurai-je.

Je le plaquai contre ma poitrine et dessinai de petits cercles dans son dos avec la paume de ma main.

Eh bien, c'était moins une !

Je me soulevai avec difficulté. Mes jambes cotonneuses étaient lourdes à lever avec le môme dans les bras. Après quelques pas, un mouvement dans les buissons me surprit. Mon souffle se coupa. Je blêmis et serrai la mâchoire alors qu'une dizaine d'hommes m'encerclaient. L'un d'eux s'avança vers moi, le regard noir, un *kunai* en main.

— Qu'est-ce que vous me voulez !? Je n'ai rien sur moi ! bégayai-je.

— Oh ? Une étrangère à Sora ! s'exclama-t-il en anglais. Ça va être plus amusant que je ne le pensais.

Un sourire sadique fendit son visage lacéré.

Il bondit vers moi avec une telle rapidité que j'eus tout juste le temps de me mettre dos à lui pour protéger l'enfant.

Je plissai les yeux, anticipant la douleur. Au lieu de ça, un bruit métallique résonna dans la nuit.

— Raiden… le dragon blanc de Sora ! Mon vieil ennemi. Ça m'étonnait aussi que l'élite du clan ne soit pas sur le qui-vive.

Je me retournai pour voir mon sauveur. Dos à nous, posté en position de défense, ses cheveux argentés virevoltaient dans le vent frais de la nuit et je me retins de ne pas pleurer de joie.

— Tout va bien ? me questionna-t-il sans bouger de position.

Il tenait son *ninjatō* [12]dans une main et un *kunai* dans l'autre.

— Oui, je crois, bredouillai-je.

— Écoute-moi. Quand je te demanderai de courir jusqu'au village, obéis-moi. Akiko t'attend aux portes. Surtout, ne te retourne pas. Tu penses pouvoir le faire ?

— Oui, répondis-je d'un ton assuré, afin d'effacer la terreur qui m'habitait.

— Oh comme c'est mignon, tu protèges une étrangère. Pourquoi ? Elle te plaît ? railla l'adversaire.

Raiden ne répondit pas à cette provocation. Il scrutait les hommes, analysant leurs moindres faits et gestes et tentait d'anticiper lequel chargerait en premier.

— Tiens-toi prête, souffla-t-il dans un murmure à peine audible.

J'inspirai à pleins poumons et me campai sur mes jambes. Je n'avais jamais été très bonne en course et pourtant, ce jour-là, il me fallait dépasser le record de sprint d'*Usain Bolt* ! Cet homme était dingue de parier sur une fille aussi faible que moi pour sauver la vie d'un enfant.

— Maintenant, s'écria-t-il alors qu'il parait un *kunai* au vol.

---

[12] Le ***ninjatō*** (忍者刀) est une arme blanche à lame droite, d'une longueur approchant les 50 cm, maniée par les ninjas au Japon.

Je m'élançai aussi vite que possible, mes pieds avalaient les mètres à une vitesse que je ne me connaissais pas. Le vent cinglait mon visage, le regard droit devant moi, je n'entendais plus rien. Mes poumons en feu me suppliaient de ralentir, mais la peur qui me rongeait me l'interdisait. Je sautai avec agilité par-dessus un tronc échoué au milieu du passage.

L'enfant se mit soudainement à hurler. Je tournai la tête vers l'arrière et compris pourquoi quand un *kunai* me lacéra la joue.

— Aïe ! gémis-je.

Je continuai ma course, malgré les picotements douloureux.

Visiblement, mes efforts n'étaient pas suffisants. Je ne sais par quel miracle, j'arrivai encore à accélérer. Mon souffle se faisait de plus en plus rare, mes jambes souffraient le martyre et mes poumons n'arrivaient plus à suivre ce rythme atroce.

J'entendais les pas de mon adversaire se rapprocher et le petit se remit à hurler.

Mince ! Par où il va attaquer ? pensai-je.

Le garçonnet me donna une petite tape sur l'épaule gauche et je réussis à esquiver de justesse.

Je remerciai mes années d'animatrice en colonie de vacances à jouer à la balle aux prisonniers avec les enfants ! Comme quoi, c'était utile !

Je galopais comme un cabri et scrutais chaque parcelle de la forêt.

— Liz ! Où es-tu ? hurla Akiko.

À l'appel de mon nom, je fis l'erreur de ralentir et mon adversaire en profita pour me tomber dessus. Il se tenait face à moi, faisant tournoyer son *kunai* autour de ses doigts. Comment allais-je sortir de là ? Je pratiquais le krav-maga[13] depuis pas mal d'années, mais ce ne serait peut-être pas suffisant. Je déposai l'enfant au sol, derrière moi, et lui soufflait au creux de l'oreille « Akiko ».

En position de défense, j'attendais que mon adversaire m'attaque. Il ne prendrait pas au sérieux ce combat, ce qui était avantageux pour moi, cela me permettrait ainsi de viser ses points vitaux sans trop de difficulté.

— Akiko ! s'époumona le petit sans discontinuer.

— Approche, fis-je signe à mon adversaire.

Il se rua sur moi et je lui administrai un coup de pied frontal en plein dans l'abdomen. Le souffle coupé, il se plia et j'en profitai pour passer dans son dos. De mon bras droit, j'enserrai son cou. Mon biceps et mon avant-bras appuyèrent de concert contre sa carotide. Je le maintins dans cette position jusqu'à ce qu'une main chaude se pose sur ma tête.

— Relâche-le, ou tu vas le tuer.

---

[13] **Krav-maga** : Le krav-maga privilégie les techniques de défense permettant de neutraliser un assaillant de la manière la plus rapide et efficace possible. Ainsi, les techniques visent essentiellement les points faibles du corps humain, en particulier les testicules.

J'obéis et desserrai ma prise. Des larmes roulèrent sur mes joues.

— Hiroshi *sama*, pleurai-je. Merci d'être venu !

Je me jetai contre lui.

Nous restâmes ainsi un moment, le temps que je reprenne mes esprits.

Je réalisai que je me trouvais dans les bras du vieillard et reculai de quelques mètres. Le nez plongé vers le sol, je vis une paire de pieds se poster juste devant moi.

Je relevai la tête et découvris le visage soulagé d'Akiko. Elle me prit par les épaules et m'attira contre elle.

Nous restâmes ainsi, sans un mot, lorsque des éclairs bleutés fendirent le ciel, là où quelques minutes plus tôt je me trouvais.

Je sursautai et pointai le doigt dans leur direction.

— C'est quoi ça encore ?

— Ne t'inquiète pas, tout va bien, me retint-elle alors que j'essayais de m'enfuir.

— Mais Raiden est là-bas !

— Tout va bien, je te dis.

— Non ça ne va pas ! Une bande de malades a essayé de tuer un gosse qui avait perdu toute raison. Et là, maintenant, je vois la foudre s'abattre en plein milieu des bois alors qu'il n'y a pas la moindre trace d'orage ! Je vois bien que vous essayez de cacher des choses, mais je ne suis ni stupide, ni en train de rêver !

— Nous parlerons de tout cela plus tard, mademoiselle De Mesmond, répondit calmement Hiroshi. Pour le moment, allez vous faire soigner.

Il fit signe à Akiko de m'entraîner alors qu'il s'enfonçait dans la forêt, accompagné de plusieurs *shinobi*.

Arrivées à l'hôpital, elle désinfecta ma blessure superficielle sans un mot. Ses sentiments et sa raison semblaient lutter avec acharnement.

— Pardon… chuchotai-je. C'était stupide de quitter le village en pleine nuit.

— Ah ça tu peux le dire, cingla-t-elle.

Elle appuya fort sur le coton imbibé d'alcool. Je grimaçai et elle se remit à tapoter avec un peu plus de douceur.

— Mais qu'est-ce qui t'a pris ? Pourquoi tu n'es pas venue nous trouver ?

— Parce que vous auriez découvert un cadavre.

— Pardon ?

— J'ai rattrapé de justesse le gamin qui allait se jeter de la falaise. Alors, si j'avais fait un détour par chez toi, vous n'auriez rien pu sauver.

— Sauf que c'est toi qui l'as sauvé, pas nous, murmura-t-elle.

Elle apposa le pansement avec délicatesse.

— Si Raiden n'était pas intervenu, je ne serais pas ici à discuter avec toi, docteur Ishikawa.

Elle émit un petit rire.

— Quoi ? demandai-je en relevant les sourcils.

— Je me disais que ta présence ici pouvait peut-être être bénéfique. Et au fait, chapeau, tu as réussi à tenir tête à un *shinobi* ! Félicitations ! C'était bien joué ! Ta technique de combat est singulière, mais efficace.

— Merci, rougis-je, il ne s'attendait pas à ce que je me batte, il n'a juste pas été méfiant, sinon, je ne suis pas sûre que je m'en serais sortie indemne. J'étais à bout de force.

— Tu sais, sous la pression, le corps te permet de faire des choses incroyables.

— Comme les éclairs de tout à l'heure ? demandai-je d'un ton curieux.

Elle s'apprêtait à me répondre quand la porte s'ouvrit avec lenteur pour laisser apparaître la tête de Tatsuya.

— Tu as fini de la soigner ?

Akiko acquiesça et j'évitai Tatsuya du regard. Il s'approcha du lit et déposa sa main sur ma tête.

— Merci pour ce que tu as fait, Liz. Allez, je te ramène chez toi.

— Et Raiden ? m'inquiétai-je en quittant la chambre, suivie par Akiko. Il va bien ? Il n'est pas blessé ?

Il pouffa alors que nous circulâmes dans le couloir.

— Raiden ? Pff… autant dire que le seul qui peut lui faire mordre la poussière n'habite plus ici depuis des lustres.

— Pourtant, tout à l'heure, un homme avec une cicatrice qui lui barrait le visage a dit : « mon vieil ennemi ».

Notre convoi stoppa et les deux *shinobi* se dévisagèrent d'un air effrayé.

— Quoi ? demandai-je affolée.

— Tu es… sûre ? bafouilla Akiko.

— Certaine !

— Akiko, reste ici. Je l'emmène auprès d'Hiroshi, il doit être revenu et ensuite, je pars l'aider ! courut Tatsuya en direction de la sortie.

— Akiko ! m'affolai-je.

— Ne t'en fais pas, tout va bien se passer, Daku et les autres sont venus lui prêter main-forte. Vas-y !

Son ton autoritaire ne me laissait plus le choix.

Nous marchâmes d'un pas vif à travers les allées jusqu'à l'entrée du bâtiment où Tatsuya m'abandonna.

— Ramène-le ! criai-je à son attention.

Je ne sus s'il m'entendit et mon cœur se comprima dans ma poitrine. Je ne voulais plus être témoin de la mort d'une personne. Je parcourus avec difficulté les étages qui menaient au bureau du Grand *Sensei*. Arrivée devant les gardes masqués, je m'effondrai au sol.

— Vous n'avez pas l'air bien ? dit l'un d'eux en m'aidant à me relever.

Je secouai la tête et montrai mon plus beau sourire de façade. Ils m'ouvrirent la porte et je découvris

Hiroshi assis à son bureau. Il discutait avec un *shinobi* que je n'avais pas encore eu l'occasion de rencontrer.

— Entrez, me fit signe Hiroshi. Je vous présente mon petit-fils, Udo Tanaka.

Ce dernier s'inclina et je voulus en faire de même, mais manquai de finir le nez à terre.

— Udo, installe-la sur une chaise. Vous voulez boire quelque chose, mademoiselle ?

Je hochai la tête d'un geste négatif. La fatigue me terrassait et je luttais pour ne pas dormir.

Le fracas avec lequel la porte s'ouvrit me sortit de ma léthargie.

— Raiden ! s'insurgea Akiko. Laisse-moi te soigner ! Tu as une sale blessure !

— Je dois lui parler ! On verra après pour les soins, cingla-t-il, un bras en écharpe autour du cou de Tatsuya.

Il boîta jusqu'au maître et vint lui murmurer des mots qu'aucun d'entre nous ne put entendre. Cependant, malgré sa retenue, Hiroshi blêmit.

— Merci. Akiko, emmène-le dans la pièce d'à côté.

Raiden détourna le regard pour glisser ses prunelles céruléennes dans ma direction. Je m'attendais à ce qu'il ne soit pas très satisfait, mais je devais dire que je ne pensais pas à me faire atomiser du regard. Je me recroquevillai sur ma chaise tel un escargot rentrant dans sa coquille. Il sortit sous la pression d'Akiko et, pendant ce temps, Tatsuya et

Daku se chargèrent de raconter ce qu'il s'était passé dans la forêt.

— Quand nous sommes arrivés, commença Daku, Raiden était aux prises avec Satoshi Fujimoto.

— Alors, il a refait surface, soupira Hiroshi. Je ne pensais pas qu'il oserait revenir après ça…

— Maître, devons-nous renforcer notre défense ? questionna Daku.

— Oui, je suis navré, mais les jeunes recrues devront aussi y participer. Nous ne serons pas assez nombreux sinon. Par ailleurs, Raiden n'a pas trop utilisé son Seiki ? Il semblait épuisé ?

Tatsuya me lança un regard inquiet quand il m'aperçut me ronger les ongles. Du sang perlait le long de mon index et je lui lançai un sourire simulé. Dès lors, la conversation vira au top secret, grâce au japonais et je me sentis exclue. À plusieurs reprises, je vis le regard anxieux des quatre hommes se poser sur moi.

Après de longues minutes qui me parurent une éternité, la porte du bureau se rouvrit sur Akiko et Raiden.

— Nous voici, Maître, déclara Akiko. Nous pouvons commencer.

Daku fit asseoir Raiden de force sur la seconde chaise, à mes côtés.

— Tu vas bien ? murmurai-je.

— Un conseil, ne m'adresse pas la parole, répondit-il d'une voix funeste. Après ce que tu as fait, j'ai juste envie de te faire la peau…

— Bon, commença le Grand Maître. Je ne vais pas passer par quatre chemins. Liz a aperçu ton Seiki, Raiden.

— Je m'en doutais, mais je n'ai pas eu le choix, gronda-t-il.

— Son quoi ? dis-je d'une voix faiblarde.

— Le Seiki est l'énergie vitale qui vit en chacun de nous, reprit le maître. Lorsque cette énergie est poussée au maximum, elle se matérialise hors de notre corps. Ensuite, grâce à notre affinité avec les éléments naturels, nous pouvons utiliser leurs pouvoirs. Ce que vous avez aperçu était le Seiki de la foudre, une variante de l'élément du vent que seul Raiden maîtrise.

Je l'observai, bouche bée, ne sachant pas si je devais rire ou appeler l'asile psychiatrique.

Je dois être en plein délire psychotique. Au secours ! Réveillez-moi !

Je me pinçai le bras dans l'espoir de me réanimer. Bon sang ! Où étais-je tombée ?

— Chef, souffla Akiko, je suis pas sûre qu'elle gère bien ce que vous venez de dire…

Il releva sa paume alors que Raiden posait sa main sur les miennes, m'empêchant de me torturer.

— Tu ne rêves pas, chuchota-t-il dans le creux de mon oreille. Regarde.

Il tendit son autre main vers moi et je vis avec effroi de minuscules éclairs bleutés s'activer dans le creux de sa main. Le cliquetis caractéristique de l'électricité me fit prendre conscience que je me trouvais bien dans la réalité.

— C'est beau, murmurai-je.

Il attrapa le bout de mes doigts qui étaient bien trop proches et resserra sa poigne.

— Surtout dangereux, réprimanda-t-il. Tu as un grain ? Tu veux te faire électrocuter ?

— Merci… pour tout à l'heure, sans toi, je…

— Tu serais morte ! s'emporta-t-il. Tu te rends compte de la dangerosité de ton acte ? Tu es toujours aussi inconsciente comme ça ou quoi ? Si je ne t'avais pas vue te glisser sous la barricade, j'aurais retrouvé ton cadavre demain matin !

— Ça n'aurait pas était une très grande perte, marmonnai-je.

— Idiote, s'écria Akiko.

Elle s'élança vers moi. Ma tête vacilla sur le côté et une brûlure irradia ma joue droite. Je la regardai, incrédule.

— Comment tu peux dire ça ! hurla-t-elle. Chaque vie est unique et tout aussi importante ! Ne la gâche pas !

Elle avait raison, pourquoi je me retrouvais avec ce genre de pensée ? Ce n'était pourtant pas dans mes habitudes.

— Pardon, m'excusai-je, quand je suis fatiguée, je dis n'importe quoi.

— Mademoiselle De Mesmond. Pouvons-nous vous faire confiance ? Il ne faudrait pas que ce pouvoir soit dévoilé au monde entier, reprit Hiroshi.

Je scrutai la petite assemblée d'un œil gêné et hochai la tête d'un geste affirmatif.

— C'est une affaire entendue. Vu l'heure et ce que nous venons de vivre, Akiko, Daku, pourriez-vous la loger cette nuit ?

Le couple sourit et Akiko me tendit une main bienvenue. Je m'y accrochai comme à une bouée de secours.

— Quoi ! C'est tout ? Vous ne la punissez pas ? s'énerva Raiden.

— Non, je crois que cette soirée l'a déjà assez punie. Par contre, il se pourrait que je sois moins clément avec toi. Nous sommes en alerte rouge et toi tu décides de partir seul ! Certes, tu as averti Akiko et les autres, mais qu'est-ce qui t'a pris, toi qui prônes le travail d'équipe ?

— Je ne sais pas… lorsque je l'ai vu quitter le village, mon sang n'a fait qu'un tour et mes jambes ont agi avant ma cervelle, soupira-t-il.

— Hiroshi *sama*, suppliai-je.

Je me postai devant Raiden avant de reprendre :

— Il m'a sauvé la vie au péril de la sienne. Ne soyez pas trop cruel envers lui.

— Puisque vous semblez bien vous entendre, dorénavant, Raiden tu accompagneras Liz dans tous ses déplacements. Cela permettra à l'un d'expier sa faute et à l'autre de ne pas divulguer notre secret. Pour l'heure, allez tous vous coucher, les prochaines semaines vont être éprouvantes.

À ces mots, Raiden et son maître échangèrent un long regard empli de sous-entendus. La découverte du *shinobi* ne pouvait être partagée.

— Allez, viens-là, Raiden, soupira Tatsuya.

Il mit son bras gauche au niveau de la taille du blessé et, d'une main experte, il agrippa le bras droit de Raiden qu'il plaça en écharpe au-dessus de sa nuque.

Nous leur emboîtâmes le pas. Arrivés à l'extérieur, les deux hommes nous saluèrent.

J'eus un léger sursaut quand je sentis les doigts de Raiden effleurer les miens. Derrière son masque, je crus entrapercevoir un sourire empli de gratitude que je lui rendis maladroitement.

Je suivis mes deux hôtes d'un soir, ma main toujours arrimée à celle d'Akiko.

Daku prépara ma chambre et sa femme m'aida à me changer. Mes membres raides n'étaient plus très conciliants après l'effort surhumain que je leur avais demandé. Alors qu'Akiko m'aidait à enfiler un tee-shirt, j'éclatai en sanglots.

— Ça fait un peu beaucoup pour toi, s'excusa Daku dans l'embrasure du *shoji*. Nous aurions dû être plus vigilants. Nous s…

— Daku, coupa sa femme d'un ton sec.

Blottie dans ses bras, je venais de m'endormir paisiblement.

Chapitre 5

Lovée dans la couette, je peinais à relever la tête de mon oreiller.

Je revêtis mes habits avec lenteur, mes muscles engourdis témoignaient bien que je n'avais pas rêvé.

Je tirai le *shoji* et trois voix me saluèrent en chœur.

— Bien dormi ? s'inquiéta Chiyome.

Je marmonnai un faible « oui » avant de venir m'installer prendre une tasse de thé fumant.

— Mes parents m'ont dit que tu avais sauvé un gosse des griffes du clan Mizu ? Wouah ! Tu ferais une super *shinobi* ! s'exclama-t-elle admirative.

— Chiyome, reprit sa mère d'un ton calme. Ne la brusque pas.

— C'est gentil, mais je ne suis pas en sucre, répondis-je en me triturant les mains.

— Je le sais, sinon tu n'aurais pas mis une raclée à ce type, ça, tu peux me croire. Je veux préserver ton mental qui a plutôt bien souffert hier soir.

— Vous aussi, vous pouvez faire des éclairs avec vos mains ? la coupai-je.

Chiyome relâcha ses baguettes qui rebondirent sur son bol de riz.

— Vous lui avez dit ! s'écria-t-elle.

— Ne parle pas si fort !

— Ton père a raison, ne crie pas, Chiyome. Et pour répondre à ta question, Liz, eh bien non. À part Raiden, personne ne maîtrise l'élément du vent et toutes les variations du Seiki. Pour ma part, mon élément est le feu et mon Seiki celui de la lave, tout comme ma fille. Quant à mon mari, il possède celui de la roche. Mais il faut savoir qu'un *shinobi* accompli maîtrise trois des quatre éléments de la nature.

— C'est quoi la différence entre un élément et un Seiki ? questionnai-je, intriguée.

— À la naissance, notre énergie vitale, appelée Seiki, se lie à l'un des quatre éléments. Grâce à son pouvoir, un *shinobi* peut invoquer la puissance de son Seiki, au travers de son élément qui prendra la forme la plus appropriée pour lui. Cependant, il existe quatre Seiki ultimes. Celui de la foudre, de la glace, du diamant et du soleil. Pour faire simple, les Seiki sont des sous-éléments.

— Donc, si je comprends bien… Par exemple, disons que mon élément est l'eau et parmi tous les multiples moyens de l'utiliser, je suis capable de geler les gens. Ça veut dire que mon Seiki est celui de la glace ?

— Exactement !

— Et ça vous sert à quoi ?

J'avalai une gorgée de mon thé et vis leurs longs échanges de regards. Daku haussa les épaules. Il enfourna une bouchée et dit :

— De toute façon, autant ne rien lui cacher.

— Eh bien, continua sa femme, cela nous sert à protéger le village et assurer nos missions.

J'écoutais avec attention tout en buvant mon thé vert. Voilà ce que cachait le clan Sora et pourquoi les *shinobi* ne voulaient pas de nous ici.

— Je me doute que si Raiden a utilisé cette technique, c'est que son adversaire devait maîtriser lui aussi un Seiki ?

— Oui, Satoshi Fujimoto est un ancien membre de notre clan. Depuis tout petit, Raiden et lui sont rivaux. Ils possèdent tous deux les Seiki les plus rares, celui de la foudre et celui de la glace. Il y a de cela quinze ans, le clan Mizu a monté une rébellion visant à agrandir son territoire et englober Sora. Lors d'un combat entre les deux anciens rivaux, Raiden a fini par foudroyer son adversaire lorsque ce dernier a aidé les *shinobi* de Mizu à entrer dans Sora. Nous le savions vivant, mais le revoir en chair et en os a dû mettre notre pauvre Raiden dans tous ses états.

— Enfin, coupa Daku le sourire aux lèvres. Il n'y a pas que ça qui l'a mis dans tous ses états, notre prodige.

Il m'adressa un clin d'œil empli de sous-entendus.

— Daku… soupira sa femme.

Elle attrapa un bout d'omelette avant de le déposer dans son assiette.

— Tu as raison, Papa, pouffa l'adolescente en enfournant une bouchée de légumes marinés.

— Pourquoi vous dites ça ? C'est à cause de moi hier soir ? Vous pensez que je dois encore m'excuser ?

Mon regard bifurqua vers le sol.

Chiyome et son père prirent un fou rire que la mère de famille eut bien du mal à calmer.

— Pardon, Liz, s'excusa Akiko. Le mieux serait que tu ailles voir Raiden, il habite la *minka* juste derrière.

J'engloutis mon repas et sortis à la hâte.

Pourquoi est-ce qu'ils m'ont dit ça ? D'accord, j'ai enfreint la première règle. Mais c'était pour la bonne cause ! Et puis, pourquoi j'ai mis Raiden dans tous ses états ? J'ai assurément dû lui causer plein de problèmes…

Je toquai à la porte et attendis quelques secondes qu'il daigne l'ouvrir. Il apparut devant moi, vêtu d'un jogging et d'un débardeur noir. Ses biceps gonflés et ses abdos saillants témoignaient d'un travail acharné.

Je l'observai, la bouche entrouverte, avant de déglutir.

— Ça va ? La vue te plaît ? se moqua-t-il derrière son masque.

Il cala son épaule contre l'embrasure de la porte et croisa les bras.

— Qu… quoi ? bafouillai-je, ne dis pas n'importe quoi !

Je sentais mes joues rougir.

— Qu'est-ce que tu viens faire là ?

— Je… je suis venue te présenter mes excuses, m'inclinai-je le plus bas possible.

Il passa une main dans ses cheveux argentés.

— C'est bon. Je pense que le Grand Maître a raison, t'as été assez punie.

— Je suis désolée que tu doives te charger de m'escorter. Tu as sûrement autre chose à faire ?

— Oui ! maugréa-t-il. Mais au moins, je vais pouvoir me reposer un peu.

Il tapota sa jambe et je me souvins qu'il ne pouvait plus marcher.

— Comment tu vas ?

— Très bien, c'est qu'une égratignure et la fatigue d'hier n'a pas arrangé la chose.

— Pardon…

— Liz, arrête, trancha-t-il. Tu as bien réagi hier, bien mieux que moi, bien mieux que n'importe qui d'ailleurs. Même si tu es folle d'y être allée seule !

— Mais à cause de moi, tu es blessé, répondis-je la voix chevrotante.

— Liz…

Une boule se forma dans ma gorge et les larmes vinrent me brouiller la vue.

— Entre et viens t'asseoir. Tu veux une tasse de thé ?

J'acquiesçai alors qu'il m'entraînait vers un canapé. Il me força à m'asseoir et disparut de mon champ de vision.

Je laissai courir mon regard dans la pièce.

Face à moi se trouvait une télé posée sur un meuble où une importante collection de DVD, alignée à la perfection, remplissait les deux rangées de l'étagère. Sur ma gauche, une immense bibliothèque, sans la moindre trace de poussière, prenait l'entièreté du mur. Sur ma droite, un *shoji* me bloquait la vue. Je me retournai et l'observai s'affairer dans une cuisine équipée d'électroménager dernière génération.

C'est une bonne situation shinobi, pensai-je.

Dos à moi, il ne vit pas que je le dévorais des yeux.

Une tasse en main, il se dirigea dans ma direction.

Il s'assit à mes côtés et la déposa sur la petite table basse.

— Ça va ?

Il effleura le pansement de ma joue gauche.

Je sentis le rouge me monter aux joues et essayai de fuir le plus loin possible.

— O…oui.

Pendant plusieurs minutes, aucun de nous ne pipa mot. J'évitai de croiser son regard, tout comme lui.

Je soufflai sur le breuvage afin de le refroidir avant d'en prendre une gorgée. Sentir le liquide chaud et amer couler le long de mon œsophage me réchauffait quelque peu.

Raiden soupira et passa un bras par-dessus mes épaules. Il m'attira contre lui et fit basculer ma tête contre son épaule.

Nous restâmes ainsi pendant plusieurs minutes. La chaleur de son corps contre le mien déliait mes muscles noueux. Je savourais ce moment et n'osais bouger de peur qu'il ne s'enfuie. Pas besoin de mots pour comprendre que nous avions besoin de vivre ce moment. Nos corps s'ancraient l'un à l'autre. Les yeux clos, j'écoutais le vent emporter avec lui le chant strident des cigales qui s'engouffrait par la fenêtre de sa cuisine. La brise délicate du matin frôlait ma peau et me tira quelques frissons. Rompant le charme de ce moment.

— Tu m'as fait une belle frayeur hier soir, grogna-t-il. Je ne pensais pas arriver à temps.

— Et pourtant… murmurai-je.

Je caressai sa joue avec le dos de ma main avant qu'il ne me repousse d'un geste délicat. Il passa une main dans ses cheveux avant de reprendre :

— Bon. Tu te sens de continuer tes interviews ?

J'acquiesçai et terminai de boire mon thé pendant qu'il se changeait pour revêtir l'uniforme des *shinobi*.

Nous marchâmes pendant plusieurs minutes l'un à côté de l'autre, où nous nous frôlâmes de temps en temps. Nous nous éloignâmes à chaque fois pour revenir nous coller la seconde d'après. Cet accordéon naturel nous invitait à partager cette lancinante danse. Je ne comprenais pas encore ce que cette attirance représentait et quand bien même, avais-je le droit d'y penser ? Après tout, j'étais ici dans l'unique but de réaliser un reportage, pas de flirter avec un *shinobi*. J'étais du genre fleur bleue, à tomber amoureuse du premier venu, dans l'espoir de vivre l'amour avec un grand A. Mon dernier compagnon m'avait quittée au bout de cinq ans de vie commune, parce que mon désir de mariage lui mettait une trop grande pression. Dès lors, je m'étais jurée ne plus en reparler à aucun homme afin de ne pas l'effrayer.

Raiden me sortit de mes pensées lorsqu'il émit un son plaintif. Je le vis boiter et fronçai les sourcils.

— Tu veux t'asseoir ? lui demandai-je alors que le salon de thé n'était qu'à quelques mètres.

— Pour quoi faire ?

Je m'arrêtai et croisai les bras sous ma poitrine, le regard pointé sur sa jambe droite.

— Ce n'est rien, te fais pas de bile, c'est juste une éraflure.

— Une éraflure ne fait pas boiter, Raiden.

Il n'en fit qu'à sa tête.

Il continua sa route d'un bon pas en direction d'un commerce que nous n'avions pas encore visité, et cette fois, il fit tout son possible pour ne pas clopiner.

Exaspérée par son attitude désinvolte, je ne comptais pas le laisser dans cet état.

— Aïe !

Je plaçai ma main sur ma blessure.

En une fraction de seconde, Raiden, qui se trouvait devant moi, se posta sous mon nez.

— Qu'est-ce qui t'arrive ? s'angoissa-t-il.

— Je n'en sais rien, ça me brûle.

— Je t'emmène voir Akiko, répliqua-t-il d'un ton intransigeant. Le kunai qui t'a entaillé devait être empoisoné.

Génial, ça fonctionne ! Tu vas être surpris, pensai-je, fière qu'il ait mordu à l'hameçon.

Durant le trajet, il ne cessa de me lancer des coups d'œil inquiets.

À l'hôpital, nous fûmes pris en charge par Akiko.

— Qu'est-ce qui t'arrive ? me demanda le médecin.

Elle s'apprêtait à retirer mon pansement et je l'arrêtai d'une main.

— Moi, ça va. Mais Raiden n'arrête pas de boiter depuis tout à l'heure et cela m'inquiète.

Le *shinobi* qui se trouvait à côté de moi resta les bras ballants.

— Tu… pourquoi ? bafouilla-t-il.

— Je m'inquiète ! Et tu ne voulais pas venir voir Akiko, alors je n'ai pas eu le choix !

— Bien joué ! pouffa-t-elle. Allez, le blessé, fais voir ta jambe.

Il dut obéir à son amie et s'allongea sur la table d'auscultation.

Akiko releva son pantalon et je vis avec effroi un pansement assez large envelopper la quasi-totalité de son mollet.

Elle enfila une paire de gants en latex et reprit :

— Liz, si tu es sensible, je te demanderai d'attendre dehors.

À ces mots, je serrai les poings.

— C'est bon, lui assurai-je.

Malgré la douceur de ses actes, les compresses collées à la chair fraîche refaisaient saigner la plaie. Lorsqu'elle eut tout retiré, je découvris avec horreur une profonde entaille lui lacérer le mollet. Raiden paraissait insensible à la douleur, les bras le long du corps. Il paraissait détendu.

J'imaginais le supplice que cela devait procurer et ne comprenais pas comment il pouvait rester aussi stoïque. Akiko prit le temps de nettoyer la plaie avec le plus grand soin pour enfin lui remettre un bandage propre.

— Il te faudra quelques jours de repos avant de reprendre le travail.

— Nous n'en avons pas et tu le sais, cracha-t-il alors qu'il réajustait son pantalon.

— Tu n'as pas le choix, ordonna-t-elle d'un ton sec. Sinon, la blessure ne guérira pas et vu le peu de soins que tu y apportes, tu risques l'infection.

— Tu es pas là pour éviter ça ? répliqua-t-il d'un ton glacial.

— Imbécile ! s'écria-t-elle. Tout le monde se fait du souci pour toi ! Regarde la tête de Liz, elle est meurtrie !

Il jeta un regard en biais et ses sourcils se relevèrent.

— Liz… tu pleures ? murmura-t-il.

— Pardon ? répondis-je la voix enraillée.

Je passai mes mains sur mes joues humides et les essuyai d'un geste brusque. Je ne les avais pas senti couler.

Raiden approcha ses doigts et mon instinct me fit reculer de plusieurs centimètres.

— Je… je suis désolée… pleurai-je, c'est ma faute. Tout est de ma faute.

Je me ruai vers la porte et sortis en trombe du bâtiment. Je courus à travers les allées du village, sans trop savoir où mes pieds m'entraînaient.

Le cœur serré, je tentai de retenir cette boule coincée au fond de ma gorge. *Pourquoi je me mets dans cet état pour cet homme enfin !? Qu'est-ce qui m'arrive ?* pensai-je.

Je finis par stopper ma course, à bout de souffle. Je relevai enfin la tête et découvris avec horreur que je me trouvais devant une porte de bois sur laquelle un écriteau était accroché. Je tentais de déchiffrer les caractères lorsque cette dernière s'ouvrit. Je manquai de me prendre la porte et l'évitai de justesse en me mouvant sur le côté.

— Liz ? Qu'est-ce que tu fais là ? Ça va ? s'inquiéta Tatsuya.

Mes yeux et ma face rougis n'aideraient pas à sortir une excuse montée de toutes pièces.

— Je ne sais pas, mes jambes m'ont transportée jusqu'ici.

Il pencha la tête et fronça les sourcils. Sa queue de cheval brune balayée par le vent caressait ses larges épaules.

— Qu'est-ce que cela veut dire ? demandai-je le doigt pointé vers l'écriteau.

— Terrain d'entraînement.

Je dus laisser transparaître ma curiosité, car il m'invita à le suivre à l'intérieur.

Un large terrain vague se dessinait sous mes yeux, entouré par l'épaisse forêt. Sur ma droite se dressait une imposante glycine. Des fleurs mauves s'épanouissaient de la base jusqu'à l'extrémité de la longue grappe, suivies de gousses veloutées et vertes semblables à celles de gros haricots. Cet arbre, sans doute d'un âge vénérable, possédait un tronc d'un diamètre impressionnant, projetant ses fleurs sur plusieurs centaines de mètres. Les rameaux de la glycine, suspendus à un treillage, créaient une ambiance magique et irréelle.

À l'ombre de cette dernière se trouvaient des bancs, répartis en un cercle parfait.

— C'est ici qu'on entraîne les jeunes à maîtriser leur Seiki.

— Tatsuya… soufflai-je ébahie devant se miracle de la nature. C'est magnifique. Tu crois que je pourrais voir un entraînement, un jour ?

— Je ne pense pas, s'excusa-t-il avant d'enfoncer les mains dans ses poches.

Je soupirai, déçue de ne pas pouvoir en apprendre davantage sur eux.

— Bon, maintenant tu vas me dire comment tu as réussi à te débarrasser de Raiden ? pouffa-t-il.

— Je l'ai laissé à l'hôpital.

— Sérieux ! s'écria-t-il. Comment tu as fait pour qu'il accepte ?

— Je lui ai menti, avouai-je penaude. Je lui ai fait croire que j'avais mal et, arrivée devant Akiko, j'ai tout révélé.

— Et alors ? C'était pour son bien, non ? Tu sais, il n'a jamais eu un tel comportement avec qui que ce soit. Je crois qu'il t'aime beaucoup.

Il posa ses deux mains sur mes épaules, puis reprit d'un air sérieux :

— Liz, écoute. J'ai peut-être la solution à ton problème !

Sous son regard sérieux, je le soupçonnais d'avoir monté un plan plus que douteux. Il me l'expliqua quelques instants plus tard.

— Ça va pas la tête ! rougis-je.

— Il ne t'intéresse pas ? Tu ne l'aimes pas ?

— Je trouve Raiden plutôt mignon, mais de là dire que je l'aime… il y a un fossé !

— Oh ! Arrête, s'il te plaît ! Tout le monde voit comment vous vous comportez l'un avec l'autre.

— Vraiment… soupirai-je à moitié résignée. Je ne suis pas sûre que ce soit une bonne idée.

— Laisse-moi faire ! On y verra que du feu !

Il m'entraîna vers l'extérieur et, alors que nous déambulions dans les allées, nous aperçûmes Akiko et Raiden.

Tatsuya enroula ses bras autour de ma taille et murmura à mon oreille :

— Suivons le plan.

Je soupirai et il reprit :

— Eh ! Par ici !

Toujours campée dans ses bras, je dévorai le sol du regard comme si une rivière de diamants y coulait. J'étais littéralement morte de honte. Dans quoi m'étais-je encore embarquée ?

— Tat…suya, c'est quoi ce cirque ? s'offusqua Akiko qui plaqua ses mains devant la bouche.

Je daignai relever le nez et vis Raiden atomiser du regard ce pauvre Tatsuya qui ne semblait pas avoir conscience des problèmes qu'il était en train de créer.

— Oh eh bien, Liz et moi on a un peu discuté et on s'est rendu compte qu'on avait beaucoup de points communs ! m'étreignit-il.

— Lesquels ? cracha Raiden les yeux exorbités.

— Ça suffit, siffla Akiko entre ses dents. Regarde dans quel état de gêne se retrouve Liz.

— De quel état tu parles ? Ça ne va pas, *neko-chan.*[14]

---

[14] **Neko-chan** : petit chat

— Tss… répliqua froidement Raiden. Votre comportement est plus que déplacé ! Tu fais honte à notre profession, Tatsuya. Tiens-toi correctement ! Et toi, je te pensais plus vertueuse que ça, mais j'ai dû me tromper. Vous êtes tous les mêmes, les Occidentaux.

Je restai sans voix sur cette action et glissai un regard médusé vers Tatsuya, se tenant droit comme un piquet, les yeux ronds devant ce virulent discours.

— Ne me touche pas, me menaça-t-il, en reculant de quelques pas alors que je tendais mon bras vers lui. J'espère que tu t'es bien amusée, parce que le gentil Raiden, c'est fini.

Il me lança un regard glaçant et tourna les talons, repartant je ne sais où.

J'avais raison, pensai-je le cœur en morceau. *C'était une très mauvaise idée.*

Chapitre 6

Raiden et moi devions collaborer afin que je puisse mener à bien le reportage. Cependant, ce dernier suivit à la lettre les paroles du Grand Maître : « Tu accompagneras Liz dans tous ses déplacements ». Il n'avait jamais évoqué le fait qu'il devait m'aider à traduire. Je pensais qu'il s'amuserait à me ridiculiser le premier jour avant de comprendre que cela était stupide. Le lendemain, il recommença son petit manège et je saisis que le contact était bel est bien rompu.

À plusieurs reprises, je tentai de lui expliquer ce que Tatsuya avait voulu faire, en vain.

Nous déambulions dans les allées noires de monde et, afin de ne pas le perdre de vue, je m'accrochai à un pan de sa veste. Il dut le sentir, car il effectua un mouvement brutal, me faisant lâcher ma prise.

— Raiden ! Attends-moi, s'il te plaît ! l'implorai-je.

Je remarquai alors un groupe de femmes s'agglutiner près de lui. Elles gloussaient telles des pintades en chaleur. D'habitude, il ne leur prêtait aucun intérêt, mais aujourd'hui, il s'arrêta et s'amusa à flirter avec elles.

L'une d'elles osa même s'accrocher à son bras et une colère noire monta en moi. Les poings serrés, je me retins de lui refaire le portrait !

Qu'est-ce qu'elles lui veulent celles-là ? Elles lui tournent autour comme des vautours ! rageai-je.

D'un pas nerveux, je me dirigeai vers lui.

— Ça va ? Je ne te dérange pas ? m'insurgeai-je les bras croisés sous la poitrine.

Il émit un petit rire amusé et fit un signe de tête aux sept greluches qui le suivirent. Leur caquètement incessant me donnait la nausée. Vu le regard hautain et les sourires narquois qu'elles m'adressaient, je compris qu'elles se moquaient de moi.

Je voulus le rejoindre pour lui dire ses quatre vérités en pleine face, mais il disparut dans cet océan noirâtre de monde.

Désespérée, je ne m'attendais pas à voir une main secourable me tirer de ce pétrin.

— Liz, s'exclama Chiyome à bout de souffle. Suis-moi, dépêche-toi !

Elle m'attrapa par la main et me tira à travers cette foule. Les voix des passants se faisaient de plus en plus fortes, atteignant un niveau de décibel insupportable qui recouvrait le froissement des nylons en plastique. Les arômes de poissons et de viandes se mélangeaient à ceux des fruits et légumes. Tantôt les odeurs devenaient alléchantes, tantôt répugnantes. Il y avait une telle cohue que je dus marcher sur quelques pieds, j'essayais de m'excuser alors que je me trouvais déjà à deux mètres de là.

Je ne compris pas où elle m'emmenait jusqu'à ce que je reconnaisse l'allée.

— Pourquoi allons-nous chez toi ?

— Parce qu'il faut que tu apprennes vite le japonais, Liz, au moins les bases. Tout à l'heure, les bonnes femmes t'ont insultée et tu n'as même pas pu répliquer.

— Elles peuvent bien se moquer, je m'en contrefiche et il me faut du temps pour l'apprendre !

— T'en as pas ! riposta-t-elle. Tatsuya m'a tout raconté et le chef n'apprécie pas le comportement de tes collègues qui restent enfermés à longueur de journée, alors que toi tu te démènes ! Je te cache pas qu'il pense de plus en plus à faire l'interview avec toi. À présent, il faut que tu sois autonome ici et pour ça, tu dois apprendre notre langue !

Je la dévisageai un instant, avant de m'excuser pour l'irrespect de mes camarades. Sans un mot, elle me fit rentrer et s'empressa de refermer la porte.

— Allez, au boulot !

— Et l'école ? m'inquiétai-je.

— Nous en sommes exemptés quelque temps, car les *genin* ont été retenus pour faire des rondes de nuit. Et puis, c'est pas le sujet. Reprenons ton apprentissage.

Nous n'avions pas encore assez de contenu pour effectuer notre interview et le Grand Maître venait à nouveau de refuser la demande de rencontre. Prétextant qu'il devait s'absenter quelque temps. Chiyome sauta sur l'occasion et, durant tout le mois, nous travaillâmes plusieurs heures par jour. Elle ne lâchait rien, en me répétant les mêmes choses, jusqu'à ce que ça rentre. Elle me fit ensuite tester mon vocabulaire lors de séances réelles auprès de clients qui appréciaient mes efforts.

J'endurais de longues journées et en plus, je devais, comme tous les jours, faire les courses pour Madame prout-prout et son caniche. Ce soir-là, alors que je venais à peine de franchir le seuil de la maison, je l'entendis glousser sur le canapé.

— Roooh Pierre, petit coquin, va ! pouffa-t-elle.

Elle remonta les bretelles de son débardeur. Je claquai la porte et arquai les sourcils, un brin agacée.

— Ça va ? Je ne vous dérange pas trop ? demandai-je les bras chargés et ma bouteille d'eau dans le creux de mon aisselle.

— Si, se leva-t-elle pour venir m'arracher les sacs de courses des mains. Tu veux pas te casser voir tes potes « les bridés » ? Il semblerait que tu t'entendes bien avec eux ?

— Sale peste ! m'emportai-je en lui jetant ma bouteille. C'est moi qui suis en train de réaliser le reportage alors que Pierre et toi ne levez même pas le petit doigt ! Vous êtes mal vus par tout le monde parce que vous ne respectez rien ! La preuve, tu les traites de « bridés », tu n'as pas honte ? La seule qui sauve l'honneur ici, c'est moi !

— Tu as quand même pas cru que j'allais réaliser ce reportage en allant sur le terrain ? s'offusqua-t-elle. C'est ton boulot ça, pas le mien ! Et je te rappelle que ma mère espère beaucoup de nous, alors ne me déçois pas, il y a une promotion à la clé et pour ma part, se sera moi la nouvelle directrice du journal !

— Tu n'as même pas compris ce que ta mère attendait de toi, Candice ! Tu crois que le monde tourne autour de ta petite personne ? Détrompe-toi ! Ton attitude va te coûter cette place.

— Quoi ? aboya-t-elle. Qu'est-ce que ça veut dire ?

J'en avais trop dit et ressortis de la maison au pas de course. Je dévalai la pente et pestai à voix haute contre ces deux abrutis. Mes pas me guidèrent jusqu'à chez Chiyome. Je ne savais pas trop si c'était bien poli de frapper chez les gens à vingt-et-une heures passées.

La porte s'ouvrit. Daku se tenait dans l'embrasure, vêtu d'un pyjama.

— Liz, il y a un souci ?

— Je… croyais avoir oublié mon portable ! Mais en fait il était dans la poche de ma veste, mentis-je, gênée de le voir vêtu de la sorte.

— Daku ? Qui est-ce ? entendis-je au loin Akiko.

— Pardon pour le dérangement. Bonne nuit ! m'empressai-je de dire avant de tourner les talons.

— Liz ! Attends ! m'interpella Akiko.

Au contraire, je pressai le pas. Je savais qu'elle pourrait facilement me rattraper si elle le désirait.

Je rentrai et scrutai l'heure, afin de ne pas empirer mon cas à cause du couvre-feu.

Je tournai les clés dans la porte et l'ouvris. Les cris enjoués de mes collègues en plein ébat arrivèrent jusqu'à mes oreilles. Déjà que je n'avais pas très faim, ils venaient de me couper l'appétit.

Je m'enfermai dans ma chambre et remerciai le ciel que les pièces soient séparées. Armée de mes écouteurs, je m'endormis sur les rythmes lents des mélodies de relaxation.

Le réveil fut rude le lendemain. La sonnerie stridente de l'alarme de mon portable sonnait depuis plusieurs minutes quand je me décidai à lui lancer un oreiller dessus, histoire que ce vacarme cesse. Je dus me rendormir, car je fus tirée de mon profond sommeil par une voix enjouée.

— Allez, lève-toi ! C'est l'heure de bosser ! s'exclama Chiyome.

— Pas maintenant, marmonnai-je, j'dors… encore… un peu…

— Liz ! Debout ! hurla-t-elle.

Je bondis hors de mon *futon*, la tête dans le coaltar.

— Hein ? Quoi ?

— Habille-toi et viens avec moi. Je t'attends dehors, parce que je peux pas me la voir l'autre blonde, grommela-t-elle. C'est une vraie harpie…

Je ne pouvais que lui donner raison.

J'enfilai un jean, un tee-shirt et mes Sneakers et courus jusqu'à l'extérieur.

— Il y a une urgence ? demandai-je, intriguée qu'elle vienne à ma porte dès sept heures trente.

— Le premier entraînement d'un groupe de petits, répondit-elle avec fierté.

Je relevai un sourcil et attendis qu'elle m'en dise un peu plus.

— Hiroshi *sama* veut que tu assistes à un entraînement.

— Sérieux ? m'enjouai-je.

— Oui, il a dit que ce serait bien que tu en saches un peu plus et vu que personne n'a le droit de t'en parler sans son accord…

— Je comprends. Et vous n'avez pas peur que je révèle votre secret ?

— Toi ? rit-elle. Tu es pas ce genre de personne !

— Qu'est-ce que tu en sais ? rétorquai-je.

— Liz, soupira-t-elle en se dandinant de gauche à droite. Je sais que tu ne le perçois pas, mais tu dégages une énergie très pure. Le Maître voulait que tu voies comment on apprivoise notre Seiki et comment on le maîtrise afin de créer le moins de dommage collatéral possible. Et puis, on ne va pas se mentir, depuis que vous êtes là, on peut moins utiliser notre énergie, donc il devient primordial de la laisser couler un peu, car trop se contenir peut devenir dangereux. Du coup, tous les dimanches matin, les petits ont cours et l'après-midi, les *shinobi* viennent au terrain se vider un peu.

— Est-ce douloureux ?

— Non, pour ma part, je dirais que c'est plutôt doux et chaud.

— Ah oui, dis-je à voix haute, tu as l'élément du feu, c'est cela ?

— Exactement ! Mais depuis peu, je maîtrise aussi celui de la terre, affirma-t-elle en pointant son pouce vers le haut, puis ouvrit la porte.

— Salut la compagnie !

— Chiyome ! cria un jeune garçon.

Je l'observai et souris alors qu'il courait vers l'adolescente. Je compris quelques bribes de leur conversation quand une voix grave s'éleva dans mon dos.

— Asseyez-vous, nous allons commencer.

Je restai plantée comme un piquet, sous la glycine. Une chevelure argentée me passa sous le nez, sans un mot, et Chiyome me demanda de m'asseoir d'un discret mouvement de la main.

Un miaulement adorable retentit du côté de Raiden et il déposa un petit chaton roux au centre du cercle.

Tous s'extasièrent devant sa petite bouille trop mignonne.

— Bon, je vous explique. Je vais attaquer ce chat et vous devrez le protéger. Si vous échouez, il mourra.

J'écarquillai les yeux et secouai la tête. Il venait de dire quoi ? Qu'il tuerait le chat ? Il avait perdu la raison ! Non, ce n'était pas possible ! J'avais mal traduit ?

J'allais me relever pour secourir le pauvre minet lorsque je vis Chiyome me faire non de la tête.

— Raiden *sensei*, ne lui faites pas de mal ! supplia une voix enfantine.

— Alors à vous de le sauver, affirma-t-il alors qu'il caressait la boule de poils.

Raiden ferma les yeux et inspira profondément. Le sol, pourtant dur et sec, se transforma en un bourbier vaseux qui englua le pauvre animal traumatisé qui émit un miaulement strident. Certains enfants se mirent à pleurer et je sentis la colère monter en moi.

— Qu'est-ce que vous attendez ? demanda Raiden d'un ton calme. Sauvez-le.

L'un d'eux se leva et tendit la paume de sa main vers l'animal. Il ferma les yeux, les doigts étirés au maximum. La tension qu'il émettait dans ses membres dut alerter Raiden.

— Détends-toi et visualise ton Seiki, reprit l'instructeur. Laisse l'énergie couler en toi et libère-la.

Les épaules du gamin se relâchèrent et une lueur verte s'illumina dans sa paume. Une petite liane rampante apparut et s'allongea peu à peu, jusqu'à atteindre la bête. Elle s'enroula autour de sa patte et il le tira vers lui.

Je restai incrédule devant cette scène surréaliste. Les pleurs cessèrent à l'instant même où le petit animal atterrit dans les bras de son sauveur. Des cris de joie fusèrent du cercle et tous vinrent féliciter le garçonnet.

— C'était bien joué, le complimenta Raiden.

Il posa une main sur le haut de sa tête et ébouriffa le jeune garçon.

Je vis un sourire se dessiner sous son masque et ses yeux se plissèrent. Il était fier de sa jeune recrue.

— Bon, allez ! reprit-il. Recommençons. Chacun d'entre vous doit le sauver au moins une fois, afin de déterminer quel est votre élément de base.

Les enfants perdirent instantanément le sourire et, malgré leurs yeux suppliants, ils ne réussirent pas à faire fléchir leur intransigeant professeur.

Pendant plus de deux heures, tous se plièrent à ce cruel entraînement. Il n'en restait plus qu'une qui peinait à extérioriser son pouvoir. Raiden redoublait d'ingéniosité pour que le déclic se fasse, cependant, il ne semblait pas avoir conscience que la petite était dépassée.

— Allez, Uta. Tu peux y arriver. Sauve-le, ordonna-t-il d'un ton autoritaire.

Le ciel se mit alors à gronder, lui qui jusque-là était resté doux dans son traitement de tortionnaire, finit par déchaîner le Seiki de la foudre. Il ne vit pas le regard terrorisé de la gamine et cette fois, je ne pus m'empêcher d'intervenir.

— Stop ! m'écriai-je. Regarde-la à la fin !

Le tonnerre cessa.

— Je te demande pardon ? siffla-t-il entre ses dents, le regard noir.

— Je... Je crois qu'elle n'est pas prête. Elle a trop peur, m'approchai-je d'un pas peu assuré.

— Reste à ta place de *gaijin*. Je ne comprends déjà pas pourquoi le Maître a voulu que tu assistes à ça.

Je me levai et tendis les bras vers la petite qui s'y jeta, en larmes.

— J'ai une petite idée du pourquoi il m'a demandé de venir, répliquai-je d'un ton sec. Tu n'as aucune manière avec les enfants et contrairement à toi, je sais y faire et je sais détecter lorsqu'ils ont atteint leur limite, et là, c'est le cas.

Je soulevai Uta dans mes bras. Elle se lova dans le creux de mes épaules et enroula ses petits bras autour de mon cou. Je lui frottai le dos en de petits mouvements circulaires.

Je lui murmurai quelques mots apaisants que j'avais appris durant le moins intensif avec Chiyome. Après plusieurs minutes, elle descendit, essuya ses larmes avec le rebord de ses manches et renifla un bon coup.

Ses prunelles luisaient d'une détermination sans faille. Elle fit signe à Raiden qu'elle était prête. Ce dernier décolla son dos de la glycine et relança son attaque, mais au lieu de faire gronder le tonnerre, le cliquetis caractéristique de l'électricité se fit entendre. Au creux de sa main, une multitude de minuscules éclairs bleutés zébraient sa paume. Il s'élança et la gamine se mit à hurler de rage. Le sol se mit à trembler et se fissura tout autour du cercle.

J'ordonnai à Chiyome ainsi qu'à tous les enfants de reculer le plus loin possible et me dépêchai de les réunir. Une fois tout le monde en sécurité, je me retournai et vis de la vapeur s'échapper des entrailles de la Terre.

Soudain, la vapeur laissa place à d'immenses flammes. En leur centre, Uta paraissait maîtriser leur intensité. Je compris trop tard sa détresse quand elle essaya d'en sortir.

L'ardent brasier devint incontrôlable.

Une vague déferlante zigzagua autour du feu qu'elle engloutit sur son passage. Raiden maîtrisait la situation avec calme et semblait trouver cela tout à fait normal.

Uta sanglotait à chaudes larmes alors que la dernière flamme disparut dans les flots.

— Pardon… je n'ai pas fait exprès, Raiden *sensei.*

— Je le sais bien, soupira-t-il.

Il souleva la petite qui se blottit contre lui.

— Bien ! reprit-il. Vous avez tous réussi. D'ici demain, vous pourrez tous intégrer une classe.

— Vous serez notre instructeur ? demanda Uta d'une petite voix suppliante.

— Non. Il paraît que je n'ai pas les compétences pour gérer des mômes de votre âge.

Il plongea ses pupilles azuréennes dans les miennes et relâcha la petite qui s'empressa de rejoindre ses parents qui se tenaient devant l'entrée.

Peu à peu, tous les enfants quittèrent le terrain, aussi joyeux qu'à Noël devant le sapin rempli de cadeaux.

— Toujours aussi impressionnant, Raiden ! ironisa une voix d'un ton sarcastique.

Je fis volte-face et vis Udo, le petit-fils du Grand Maître, applaudir les exploits du *shinobi*. Avec ses cheveux courts et bruns, il ressemblait à un hérisson. Il s'approcha de nous d'une démarche mollassonne et Raiden se déplaça de quelques centimètres devant moi.

— Qu'est-ce que tu veux ? répliqua Raiden d'un ton sec.

Plus la distance qui les séparait s'amincissait, plus une certaine animosité régnait.

— Je venais juste voir comment se déroulait l'entraînement de nos jeunes recrues, minauda-t-il alors qu'il m'observait sous toutes les coutures.

Son regard scrutateur me mettait mal à l'aise. Je n'aurais su dire pourquoi, mais cette façon désinvolte de répondre et ses gestes calculateurs ne correspondaient pas à l'image du gars cool et détendu qu'il tentait d'imiter.

— J'espère que ça t'a plu ? Sur ce, à plus tard, répondit Raiden.

Sur ces mots, il m'entraîna avec lui par le bras.

Udo émit un petit rire jaune avant d'attraper ma main.

— Toi, tu restes avec moi, j'ai des choses à te transmettre.

Son sourire clownesque ressemblait à celui du *Joker* dans *Batman* ce qui ne me manquait pas de faire frissonner de terreur.

— Lâchez-m…

Tout alla si vite. Ma main tenue par Udo fut arrachée de cette cage pour venir se loger dans celle de Raiden.

— Ne la touche pas, gronda-t-il d'une voix caverneuse.

— J'ai à lui parler. C'est un ordre de mon grand-père, répondit-il d'un ton fier en laissant apparaître une missive.

Il me fit signe de le suivre et je lançai un regard suppliant à Raiden qui n'eut pas le choix que de me laisser entre les griffes d'Udo.

Ce dernier s'adressait à moi d'un ton mielleux, mais son corps n'exprimait aucune douceur. Sa forte poigne enserrait mon poignet. Il me tira ainsi de temps à autre d'allée en allée. Je ne savais pas où nous nous dirigions et cette partie du village m'était totalement inconnue.

Il s'arrêta devant une vieille échoppe, fermée. Il frappa trois petits coups secs et deux autres plus fort, sur le bois usagé. Une trappe s'ouvrit et une paire d'yeux apparut.

— Qu'est-ce que tu veux, Udo ? souffla la voix d'un air dépité.

— J'ai la fille qu'il a demandée ! s'exclama-t-il.

— Mais qu'est-ce que vous me voulez ? m'inquiétai-je.

— La ferme, *gaijin* ! menaça-t-il.

J'entendis les verrous de la porte s'ouvrirent. De là, l'homme à travers la trappe nous ouvrit. Je m'attendais déjà à me retrouver dans une cave où pire encore. Je fus agréablement surprise et relevai les sourcils, étonnée de voir une auberge lumineuse, où des rires festifs éclataient en même temps que les verres s'entrechoquaient.

Udo me poussa vers la table la plus éloignée, où une personne nous tournait le dos, et me força à m'asseoir face à l'homme.

— Tat…suya ! bégayai-je. Qu'est-ce… que… tu fais ici ?

Il remercia Udo d'un petit geste de la tête et se tourna vers moi.

— Liz, je devais te parler en privé.

— C'était nécessaire qu'Udo se montre si terrifiant ? Tu sais où j'habite, non ? m'emportai-je. Alors pourquoi tu n'es pas venu me voir là-bas ?

— Non, ce n'était pas nécessaire, Udo a simplement voulu te faire peur. Et non, je ne pouvais pas venir chez toi. Nous vous avons mis sur écoute…

— Vous… quoi ?

— On ne voulait courir aucun risque. Avec la disparition des enfants, nous devions être discrets.

— Stop ! m'exclamai-je en plaçant mes mains en x devants moi. Reprends depuis le début, je ne comprends rien à vos histoires !

Il inspira à pleins poumons avant de me servir un verre de saké, que je n'osai refuser.

— Depuis trois mois, des enfants disparaissent la nuit. Nous ne savons pas comment ils réussissent à nous échapper.

— Il y a une trappe dissimulée dans la barricade, répondis-je d'un ton neutre.

— Oui, nous l'avons trouvée. Mais il doit avoir d'autres points de sortie, car hier, encore, un gamin a disparu.

Je plaquai une main devant ma bouche et écarquillai les yeux, incrédule, tandis qu'il buvait d'une traite sa gorgée de saké.

— Vous l'avez sauvé ? demandai-je d'un ton hésitant et imitai son geste.

Le verre fut à peine reposé qu'il le remplit.

— Non. Il s'est volatilisé et Raiden n'a trouvé aucune trace.

— Et donc ? Pourquoi vous me dites tout ça ?

— Parce que certains gosses réapparaissent et volent des documents qui compromettent la sécurité du village. Nous pensons que le clan Mizu est derrière tout ça et nous soupçonnons qu'un traître se cache parmi nous. Grâce à ces papiers, nos adversaires peuvent détruire notre clan. Les cinq enfants que nous avons pris la main dans le sac sont formels. L'un de nous les escorte jusqu'aux archives et seul un *shinobi* de Sora peut déjouer les pièges de cette salle sans déclencher l'alarme.

— Et les gosses ? repris-je en fronçant les sourcils. Vous ont-ils dit qui les accompagnait ?

— Non, soupira-t-il. À chaque fois, nous les retrouvons dans un état second. Nous pensons qu'ils ont été hypnotisés. Ils racontent tous la même version, encore et encore.

D'un geste désespéré, il prit sa tête entre ses mains.

— Que disent-ils ?

— Eh bien… c'est assez étrange. Ils parlent d'une voix qui leur chuchote quelque chose à l'oreille. Ils disent tous l'avoir entendue au marché. Le soir, alors qu'ils sont couchés, la voix les appelle et ils ne peuvent lutter contre. À partir de là, c'est le trou noir pour eux, jusqu'à ce qu'ils reviennent ici. Ils se souviennent qu'un *shinobi* du village les menait au cœur de leur mission, mais ils ne voient jamais son visage.

Il sortit quelques dessins de sa sacoche, qui représentaient un ninja de Sora avec un nuage sombre sur la tête. On y voyait des rayonnages de livres et de documents en tout genre. En fonction de sa mission, le dessin s'attardait sur certaines parties. Je le scrutai dans l'espoir d'y voir apparaître un indice.

— Depuis tout ce temps, vous n'avez aucune piste, soufflai-je, penchée sur les croquis.

— En fait…

Embarrassé, il se mit à se gratter le front.

— Tatsuya, les faits sont là, s'emporta Udo qui était resté en retrait depuis le début de la conversation.

— Vas-y, crache le morceau, insistai-je à l'attention de Tatsuya.

— Raiden… grommela-t-il. Les soirs où les gamins ont disparu et où ils ont réapparu, c'était dans la zone de garde de Raiden.

Je manquai de m'étouffer avec ma gorgée de saké et toussai comme une tuberculeuse.

— Pardon ? m'égosillai-je. Tu es malade ou quoi ? C'est lui qui m'a sauvée ! Comment il pourrait être coupable ?

Tatsuya et Udo échangèrent un long regard. Ils ne me disaient pas tout.

— Hier, nous avons retrouvé un mot sur le bureau d'un gosse et la mère est formelle. C'est bien l'écriture de son rejeton. Elle l'a retrouvé dans la poubelle.

Il me tendit un bout de papier froissé et je pus lire : Hanzo Raiden.

Je restai sans voix et me mis à réfléchir afin de trouver une solution.

— Tatsuya, Udo, je suis certaine que ce n'est pas lui ! Quelqu'un essaie de lui faire porter le chapeau.

— Je n'en sais rien, soupira Tatsuya. En tout cas, il sera surveillé de près. J'espère pouvoir trouver le coupable et c'est pour ça, Liz, que je t'ai fait venir.

Udo et moi le regardâmes, incrédules.

— Nous sommes tous trop impliqués dans l'affaire et un œil neuf dans cette histoire pourrait peut-être nous éclairer.

— Tu es complètement inconscient ! s'écria Udo.

Il se leva d'un geste brusque et la chaise recula de quelques centimètres.

— Liz, je sais que c'est dangereux, mais je ne sais plus quoi faire…

— J'accepte !

— Vous êtes cinglés ! aboya Udo alors que toutes les têtes de l'auberge se tournaient vers nous. Je me casse !

Tatsuya attendit qu'Udo sorte avant de se pencher vers moi.

— Tu te rappelles le soir où tu as sauvé le gamin et qu'ensuite je t'ai emmenée chez Maître Hiroshi ?

J'acquiesçai et il reprit.

— Raiden a glissé à l'oreille de notre *Sensei* quelque chose. Tu veux savoir ce qu'il a dit ?

Je hochai la tête d'un geste affirmatif.

— « L'un de nous est un traître et s'il faut, je suis prêt à porter le chapeau le temps que vous l'arrêtiez. »

— Quoi ? Mais pourquoi tu ne l'as pas dit à Udo ? m'exclamai-je, les yeux écarquillés.

— Parce que personne n'a confiance en lui. Nous avons découvert que son père fait partie du clan Mizu et sa mère, la fille de Hiroshi, s'est donné la mort lorsqu'elle l'a appris, il y a des années de ça. C'est le Grand *Sensei* qui l'a élevé et je crois qu'Udo porte une certaine rancœur envers ce dernier. Il le tient responsable de la mort de sa mère. Je pense que le traître, c'est lui, et pour ça, je vais avoir besoin de toi pour mener à bien cette tâche. Alors, partante pour ta première mission, jeune *genin* ? sourit-il avant de m'adresser un clin d'œil.

— Prête ! Mais avant, pourquoi tu as demandé à Udo de venir me chercher et pourquoi est-il resté, alors que tu le suspectes ?

— Je voulais tester ses réactions et de ce que j'ai vu, il semblait plutôt nerveux que tu participes. Non pas parce ce qu'il s'inquiète pour toi, mais plutôt pour ses petites fesses.

— Comment on procède ? Alors que vous n'avez aucune piste.

Il émit un petit rire satisfait.

— Tu ne croyais tout de même pas que j'allais dévoiler mon plan avec Udo à côté ? Et puis, nous sommes enfin sur le point de l'attraper.

Dorénavant, il est dos au mur. Il ne nous manquait plus qu'un appât de choix. Toi.

Je ne sus combien de temps nous restâmes ici à établir une stratégie. Pour nous aider, il demanda l'aide d'Akiko et de Daku, qu'il prévint par message afin qu'ils nous rejoignent ici.

À nous quatre, nous parvinrent à établir un plan d'attaque et j'espérais sincèrement blanchir l'honneur de Raiden.

Chapitre 7

Durant les jours suivants, Raiden ne put plus m'accompagner dans mes interviews de ce fait, Chiyome se fit une joie de le remplacer.

Alors que nous quittions une échoppe, elle s'arrêta et s'inclina respectueusement. Je relevai la tête de mon carnet et vis Hiroshi *Sensei* s'avancer vers nous.

— Ah, Liz, justement je vous cherchais.

— Bonjour à vous, Hiroshi *sama*, m'inclinai-je à mon tour. Que puis-je pour vous ?

— Avez-vous pu relever toutes les informations que vous souhaitiez pour l'interview ?

— Euh… eh bien, je pense que j'ai assez d'éléments pour mener à bien ce reportage.

— Dans ce cas, je propose de rencontrer votre collègue la semaine prochaine ?

— Je vous demande quelques minutes, bafouillai-je en tirant mon portable de ma poche.

Au bout de trois sonneries, elle décrocha.

— Qu'est-ce que tu me veux ?

— Le Grand Maître souhaite réaliser l'interview, la semaine prochaine. C'est bon pour vous deux ?

— Enfin ! s'écria-t-elle. Eh bah, il en aura mis du temps, le vieux chnoque. Dis-lui que c'est OK.

Elle raccrocha et j'annonçai la bonne nouvelle. Enfin, bonne nouvelle… nous n'avions pas encore réussi à mettre la main sur l'hypnotiseur et Raiden était toujours sous bonne garde. Si l'interview se faisait, je devrais rentrer. Le temps jouait contre nous.

Je le remerciai et il reprit sa route. Perdue dans mes pensées, je n'entendis pas l'adolescente me parler.

— Eh oh ! Liz ? me secoua-t-elle.

— Tu disais quoi ?

— Raaah ! Écoute. Maman a dit que tu devais la rejoindre.

— Où ?

— Bah au marché ! s'esclaffa-t-elle. Je te laisse, je vais retrouver Kiyo !

— Il est gentil ? la questionnai-je alors qu'elle virait au rouge.

— O…oui et il est plutôt mignon. Et toi ? Comment tu trouves Raiden ? argua-t-elle, fière de sa réplique.

Aïe… bien joué.

Alors qu'elle s'éloignait en de grandes enjambées, j'aperçus Raiden accompagné de deux gardes masqués, comme ceux qui protégeaient l'entrée du bureau d'Hiroshi, se diriger vers le marché.

Tiens, quand on parle du loup…

Je le dévisageai de haut en bas en prenant soin de m'attarder sur chaque parcelle de son corps, pour atterrir sur ses yeux bleus. Je ne pus m'empêcher de rougir quand il plongea ses prunelles dans les miennes.

Il s'engagea dans ma direction.

— Liz ! Qu'est-ce que tu fais par ici ?

— Euh.. je venais acheter des *shiitakés*[15] pour mon repas de ce soir, inventai-je.

Il prit un air surpris et releva les sourcils.

— Tu sais le cuisiner ?

— Pourquoi, il y a une cuisson particulière ?

Il soupira et m'intima l'ordre de le suivre d'un simple geste de la tête.

Je me postai à ses côtés et jetai un bref coup d'œil aux deux gardes qui venaient de reculer de quelques pas en arrière.

Que font-ils ?

— Même s'ils doivent me surveiller, ils respectent mon intimité, devina-t-il alors qu'il me murmurait au creux de l'oreille.

Son souffle chaud percuta ma nuque fraîche. Un long frisson remonta le long de ma colonne et je ne pus cacher mon visage rougi.

Sans un mot, il me conduisit à l'entrée du marché où un stand rempli de champignons de variétés diverses, dont j'ignorais l'existence, affichait déjà une

---

[15] **Le shiitaké** est un champignon que l'on retrouve beaucoup dans les cuisines japonaise et chinoise. On le reconnaît grâce à son pied blanc et à son chapeau marron. Attention à bien les cuire. En effet, lorsqu'il est consommé cru ou insuffisamment cuit, le shiitaké peut entraîner une dermatite toxique « en flagelle » sur tout le corps, provoquant de fortes démangeaisons.

longue file d'attente. Raiden attrapa ma main avec douceur et nous prîmes place en bout de queue.

— Tu n'as pas répondu à ma question, osai-je enfin parler après de longues minutes de silence.

Je relevai un regard intrigué et je crus percevoir un léger sourire sous son masque.

— En effet... Je vais te montrer comment nous les cuisinons ici.

— Pardon ? Et les deux types qui te suivent, ils vont te laisser faire ?

Il s'esclaffa avant de s'adresser en japonais aux gardes derrière nous. Je ne compris pas ses paroles, mais cela dut être drôle, car ils rirent à leur tour quelques minutes.

Je croisai les bras et tentai de cacher mon sourire. J'aimais le voir aussi détendu et insouciant, malgré sa situation compliquée.

Raiden se reprit et racla sa gorge.

— Ne t'inquiète pas, ils ne nous dérangeront pas pendant notre repas.

— Notre repas ?

— Tu n'as quand même pas cru que je faisais la queue par plaisir ? Tu es longue à la détente, se moqua-t-il.

Pff... toi aussi tu es long à la détente...

— Tu vas faire comment pour cacher ton visage ? Tu vas enfin te dévoiler ! m'écriai-je.

— Je ne crois pas, non, répliqua-t-il d'un ton ironique. J'ai plus d'un tour dans mon sac, même si dans ton cas, je n'aurai qu'à mettre mon autre main devant mon visage et tu détourneras le regard.

Je me hissai sur la pointe des pieds et me rapprochai de sa face, mes yeux plongés dans les siens.

— Et si je ne coopère pas ? Hum ?

— Dans ce cas, il se trouve que tu vas déjeuner en présence d'un *shinobi*. Pour faire simple, je peux te tuer sans même te toucher. Alors, si j'étais toi, j'y réfléchirais à deux fois avant de faire cette bêtise.

Je roulai des yeux et lui administrai un grand coup de coude qu'il dévia avec facilité.

— Ce n'est pas comme ça que tu arriveras à me toucher, railla-t-il.

Il m'adressa un clin d'œil et, par automatisme, je bifurquai la tête à l'opposé afin de cacher une énième fois mes joues rouges.

Malgré le bruit de la foule qui s'amassait autour de nous, j'entendais les battements de mon cœur tambouriner dans ma poitrine à une vitesse folle et le sang pulser jusque dans mes tempes.

— Ça va ? s'inquiéta-t-il.

— Oui, oui, mentis-je afin de cacher mon trouble. J'ai juste faim.

Je posai une main sur mon estomac où des gargouillis vinrent donner raison à mon mensonge.

Il hocha la tête comme pour confirmer qu'il avait compris mon problème et sortit de la queue un instant avant de se remettre à mes côtés.

— Il ne reste plus que trois clients avant nous, après, je te préparerai mon plat favori ! Tu penses tenir encore un peu, ou tu vas te jeter sur moi ?

Je l'observai avec des yeux ronds, le sourire aux lèvres.

Incroyable ! Il est doué pour faire des blagues et détendre l'atmosphère ! J'en découvre tous les jours sur lui.

— Dites-moi que je rêve, où est passé le véritable Raiden Hanzo ? Je crois qu'on l'a échangé ? pouffai-je.

— Moque-toi encore un peu et tu peux dire adieu à ton déjeuner, me menaça-t-il d'un nouveau clin d'œil.

— Oh non ! Pitié, je *meurs* de faim ! Et je n'ai pas envie de décéder à cause d'un champignon. Je suis trop jeune pour ça !

— C'est que mademoiselle De Mesmond a de l'humour ?

— Je vous retourne le compliment très cher, me moquai-je en faisant une courbette.

Nous partîmes dans un fou rire complice jusqu'à ce que notre tour arrive.

Avec une aisance que je ne lui connaissais pas, il sélectionna lui-même chaque champignon. Ses yeux experts passèrent en revue l'étal et, en à peine deux minutes, nous nous retrouvâmes avec un sachet plein de plusieurs variétés.

Par respect pour nous, les deux gardes prirent de la distance et j'en oubliai leur existence même.

Arrivés chez lui, il m'invita à franchir la porte en premier. J'ôtais mes chaussures dans l'entrée quand j'entendis Raiden leur adresser quelques mots avant qu'il ne referme la porte sur eux.

— Ils ne mangent pas avec nous ? ne pus-je m'empêcher de dire.

Il me regarda déposer ma paire sur le côté et il répondit d'un ton froid :

— Ils sont là pour me surveiller à l'extérieur. À l'intérieur de chez moi, je suis libre.

— Raiden, je peux te poser une question ?

Il hocha la tête et m'invita à le suivre dans la cuisine, le sachet en main. Je restai à l'entrée de la pièce, à côté du frigo, une épaule appuyée sur le mur. De là, j'avais une vue imprenable sur le beau *shinobi*.

Il sortit un grand saladier et alluma l'eau, avant d'y déposer les champignons. Il dirigea sa main vers le placard du dessus pour en sortir deux bouteilles qu'il déposa sur le plan de travail, avant de refermer le robinet.

— Es-tu le véritable coupable ? demandai-je la voix tremblante et les bras croisés, alors qu'il ouvrait la porte du frigo pour en sortir des oignons nouveaux.

Il se figea un instant avant de continuer la préparation de notre repas.

Seuls les coups de couteau qui venaient frapper la planche à découper à un rythme effréné rompaient ce lourd silence.

— Tu as déjà râpé du gingembre ?

Son ton s'emplit d'une pointe d'amertume qui me laissa perplexe un instant.

— Tss, il faut tout t'apprendre ! ronchonna-t-il.

— Euh… non, non ! m'empressai-je de répondre. Je sais faire !

Hors de question qu'on se dispute ! On passe enfin un moment ensemble !

Je relevai mes manches, me lavai les mains et m'armai de l'économe qu'il avait laissé sur le côté.

— Je sais que tu apprécies que je m'occupe de toi, mais tâche de ne pas te couper un doigt, se moqua-t-il.

— Et si ça m'arrive quand même ? répliquai-je alors que je prenais l'épice en main.

— Hum… eh bien tout dépend de la gravité de ta coupure. Soit c'est moi qui te soigne, mais il paraît que je ne suis pas très tendre. Sois je t'envoie auprès d'Akiko dans l'espoir qu'elle puisse te recoudre… pouffa-t-il.

— Bref, une belle journée en perspective, ironisai-je.

— Bon, quand tu auras fini, tu pourras laver les champignons ? Je vais préparer la marinade.

J'acquiesçai et continuai à l'aider jusqu'à ce qu'il reprenne en main la recette.

Dans un wok, il fit revenir les échalotes et les champignons. Je l'observai faire avec attention, n'ayant jamais utilisé ce genre de poêle.

— Tu veux essayer ?

— Volontiers ! m'exclamai-je, ravie qu'il ait remarqué mon envie d'apprendre.

Je m'installai devant la plaque, le manche du wok en main, j'essayai de reproduire ses mouvements.

Il étouffa un rire et se plaça derrière moi. Je sentis son buste se coller à mon dos et j'eus un léger sursaut à son contact. Il mit sa main sur la mienne et murmura près de mon oreille :

— Tu es trop raide. Détends ton poignet et assouplis-le. Voilà, comme ça.

Sa main imprimait les bons gestes dans la mienne. Malgré mes joues en feu et l'envie irrésistible de me blottir contre lui, je continuai tant bien que mal.

— Tu t'en sors bien pour une première ! s'exclama-t-il d'un ton fier.

— J'ai eu un bon *sensei,* répondis-je le souffle court.

Je bifurquai ma tête dans sa direction et me stoppai. Il se trouvait là, au niveau de mon épaule, son visage à quelques centimètres du mien.

Mon regard passa de ses lèvres camouflées à ses yeux et je perçus une lueur illuminer son regard.

Je ne sus combien de temps nous restâmes ainsi, jusqu'à ce qu'une odeur de grillé nous monte au nez.

Il s'excusa et me repoussa d'un geste délicat sur le côté.

Je restai immobile, perdue dans mes pensées.

Qu'est-ce qu'il vient de se passer ? Et cette tension entre nous… c'était quoi ? Je n'ai encore jamais éprouvé ça ! Est-ce que lui aussi l'a ressentie ? Oui. J'en suis sûre. C'était comme si… comme si on voulait se protéger et se posséder en même temps. C'est la première fois que ça m'arrive… je ne savais pas que c'était possible d'avoir ce genre d'envie. Est-ce de l'amour ? Ou une simple attirance ?

— Liz ? Liz ?

— Hum…

— C'est prêt. Viens manger.

Il m'invita à passer à table et aucun de nous n'osa parler. Nous évitâmes même de nous regarder. Le nez plongé dans mon bol, je ressassais ce qui venait de se passer.

De temps à autre, je jetais un œil dans sa direction. Lui aussi se perdait dans les limbes de son esprit. Le regard absent, il semblait en plein conflit intérieur. Les sourcils froncés, je l'entendais marmonner.

Il maniait ses baguettes d'une main experte, tandis que l'autre camouflait son visage. Je ne me risquais pas à l'observer. Il ne manquait plus que je m'attire son courroux.

— Sinon… finit-il par lâcher, tu aimes bien notre village ?

Il me lança un bref regard avant de piquer du nez dans son bol.

Je restai dubitative avant de répondre d'un ton hésitant :

— C'est différent de nos villages de campagne et c'est bien loin de ce que j'avais imaginé ! Pour être franche, je m'attendais à voir un lieu de vie comme dans *Mon voisin Totoro,* pouffai-je.

Il leva les yeux au ciel.

— Ah… les Occidentaux et la culture asiatique. C'est fou comme votre panel de clichés est énorme ! Tu as quand même remarqué que nous avions l'eau courante, l'électricité et même des voitures ?

Je dodelinai de la tête et rétorquai le sourire aux lèvres :

— Cliché ? Tu trouves que ma représentation est clichée ? Vous avez su garder des traditions ancestrales et continuez à les transmettre à la génération future. Malgré tout, vous avez réussi à évoluer dans un monde urbain en expansion, ou la technologie de pointe a fait un bond en à peine cinquante ans ! Je suis plutôt admirative de vos prouesses. Alors oui, j'ai trouvé ici quelques clichés qui ont su toucher mon cœur et mon âme avec toute la beauté et la philosophie de ton pays.

Il me fixait avec des yeux ronds, ses baguettes en suspension au-dessus de son bol, il pinçait ses nouilles avec fermeté.

— Je… ne m'attendais pas ça, murmura-t-il. Tu sembles être sincère et apprécier notre culture. Pourquoi tu n'es pas venue au Japon plus tôt ?

— Eh bien, répondis-je avant d'essayer d'attraper mes nouilles qui s'échappaient de mes baguettes. Avant d'être assistante-journaliste, j'étais professeur. Mon rêve était de venir ici au printemps, au moment de la floraison des cerisiers, et avec mon ancien métier, je ne pouvais pas.

Il acquiesça avant d'engloutir sa dernière portion et remit son masque.

— Tu dois être contente, si tout se passe bien, vous serez encore présents lors de l'éclosion.

— J'y compte bien ! m'exclamai-je.

Raiden plissa les yeux et, derrière son masque, je devinais un franc sourire.

Le repas terminé, je remerciai le shinobi de m'avoir accueillie pour déjeuner et le félicitai pour sa cuisine.

Il passa une main dans ses cheveux avant de répondre :

— Reviens manger quand tu veux. Ça m'a fait plaisir de partager mon repas avec toi, et puis… j'aime bien passer du temps à tes côtés.

— Me…merci, m'inclinai-je pour exprimer ma gratitude et cacher mes joues rougies. À bientôt alors !

Je me hâtai de rejoindre Akiko au marché, nous devions trouver l'hypnotiseur et vite.

Le soleil brillait haut dans le ciel, la main en visière, je scrutais la foule se presser sur les étals. Parmi toutes ces têtes brunes, je tentais de trouver Akiko.

— Keiji ? Ça va ? Keiji ! s'écria une femme en secouant son enfant qui paraissait dans le vague.

Je fronçai les sourcils. Le gamin réagissait comme celui que j'avais sauvé. L'hypnotiseur était là. J'épiai chaque personne dans mon champ de vision dans l'espoir de voir quelque chose de suspect tout en avançant avec lenteur. Concentrée sur ma mission, je percutai une vieille femme qui ronchonna en se frottant l'épaule, alors que quelques-unes de ses provisions finissaient au sol.

— Pardon, madame ! m'inclinai-je tout en me penchant pour l'aider à ramasser ses légumes.

Elle me semblait plutôt amicale avec son sourire angélique. Alors que je l'aidais, elle s'adressa à moi d'une voix monocorde.

Soudain, tout devint noir…

À mon réveil, je me trouvais sur le bas-côté, assise à même le sol. J'étais éreintée et ne comprenais pas vraiment ce que je faisais ici. Je me relevai avec difficulté et finis par trouver mon amie. Elle observait l'étal aux poissons et écoutait les conversations alentour.

— Liz ? Tout va bien ? Tu m'as l'air fatiguée ?

Je plaçai une main devant ma bouche et bâillai avant de répondre :

— Oui. Je ne sais pas ce qui se passe, j'étais en train d'aider une dame à ramasser ses courses et après… j'ai perdu connaissance.

— Va te reposer à la maison, m'ordonna-t-elle. Tu travailles beaucoup trop ces temps-ci, regarde-toi, tu ne tiens même plus debout.

J'acquiesçai et la laissai mener les investigations. D'un pas lent, je marchai en direction de la *minka*. Sur le chemin, je recroisai Raiden, entouré de deux gardes masqués.

— Liz ? s'inquiéta-t-il en s'approchant d'un pas vif.

— Raiden… soufflai-je avant de me laisser tomber dans ses bras.

— Qu'est-ce qui se passe ?

— Je ne te laisserai pas tomber et je découvrirai qui t'a fait ça, je te le promets, chuchotai-je la gorge serrée. Je sais que tu n'es pas coupable.

Il me serra contre lui avant de murmurer :

— Liz... Pourquoi tu te donnes autant de mal pour moi ?

Je perdis connaissance avant même de pouvoir lui répondre.

Je m'éveillai en sursaut dans le *futon*. Une voix m'appelait sans discontinuer depuis quelques minutes. Dans un état second, je l'écoutais attentivement et la laissais me guider. Focalisée sur le chant mélodieux qui résonnait dans ma tête, je quittai la maison et déambulai dans la nuit profonde, à moitié dans les vapes. La voix m'ordonna de stopper mes pas, alors que je me trouvais devant un bâtiment de forme ovale. Surgit alors un ninja. Vêtu des vêtements classiques des *shinobi* de Sora. Son visage dissimulé derrière un sombre brouillard ne me permit pas de le reconnaître. Il me tendit la main et je l'attrapai sans rien pouvoir faire. Tel un pantin, je ne pouvais que subir ce que ces traîtres attendaient de moi.

Il ouvrit une porte métallique et nous nous y introduisîmes. La voix chantonnait, évitant ainsi de rompre ma servitude. Le *shinobi* me tendit une feuille et je reconnus le visage de Raiden.

Une boule se forma dans ma gorge. Je ne voulais pas lui faire du mal.

Le volume de la mélodie augmenta, laissant éclater toute sa puissance. Ma conscience ne m'appartenait plus, enfermée dans une cage. Dès lors, le vide se fit à nouveau. Je luttai contre cette marée noire qui envahissait mon esprit. Comme un marin peu aguerri envoûté par les sirènes, je n'étais plus maître à bord. Mon corps et mon âme ne m'appartenaient plus. Aucune émotion ne m'habitait, je ne ressentais plus rien.

— Liz !

Ce hurlement guttural dépassa le maléfice. Perdue dans ma conscience, je me retrouvai face à un escalier en colimaçon, taillé dans du granit grisâtre dont je ne voyais pas le bout. Des lanternes en pierre parsemaient le chemin, m'invitant à les suivre.

Malgré cet appel lointain, je m'arrimai de toutes mes forces à cette voix grave et franchis la première marche, puis une autre, et ainsi de suite, courant à en perdre haleine. Mon cœur battait à tout rompre et je m'accrochais à ce ton suppliant me déchirant l'âme. J'avalai les mètres sans jeter un seul regard vers l'arrière. Son timbre chevrotant me paraissait plus distinct et j'aperçus enfin le bout du chemin. Je plongeai à l'intérieur d'un portail lumineux et, comme si un bouchon d'oreille sautait, je retrouvai mes esprits.

— Liz ! Ressaisis-toi, je t'en supplie, gémit Raiden en me tenant contre lui.

— Rai...den, articulai-je avec difficulté avant de perdre connaissance.

Des bips stridents m'arrachèrent de ma rêverie et j'ouvris les yeux. Le plafond blanc, illuminé par de puissants halogènes, me fit plisser les yeux.

— Où... suis-je ?

— Liz ? Tu m'entends ?

— Hum...

Je reconnus la douce voix d'Akiko.

— La vieille dame... c'est elle l'hypnotiseuse... je l'ai trouvée.

— Chut, garde le peu de force qu'il te reste. Tu reviens de loin.

— Je la veillerai, tu peux partir, répliqua Raiden. Je lui dois bien ça...

Le son de sa voix me fit sourire et j'essayai de tendre la main vers lui afin de sentir sa présence. Il dut deviner ma vaine tentative, car il noua ses doigts aux miens.

Durant plusieurs minutes, aucun de nous ne rompit ce silence, jusqu'à ce qu'il resserre ses doigts.

— Merci d'avoir risqué ta vie pour moi, murmura-t-il.

— Je… te… laisserai… pas… tomber, prononçai-je avec difficulté.

Il émit un petit rire et je sentis ses lèvres se poser sur mon front. J'en eus le souffle coupé. Pourquoi le seul jour où il retirait son masque, j'étais incapable d'ouvrir les yeux ?

— Tu sais que tu es vraiment têtue ? se moqua-t-il gentiment.

— C'est bien… pour ça… que tu… m'apprécies ?

— C'est vrai, j'aime bien qu'on me tienne tête ! sourit-il. Surtout quand la personne affronte un *shinobi*.

— En même temps… je n'en connais pas beaucoup de… shinobi… qui aiment… les romans… à l'eau de rose.

Je sentis de nouveau qu'il déposait un baiser sur mon front. La chaise grinça lorsqu'il se rassit.

— Liz. Réponds-moi avec sincérité. Pourquoi tu as fait ça hier soir ?

— Pour… t'impressionner ? plaisantai-je.

Il soupira, exaspéré.

— J'ai dit « avec sincérité ».

— De toute ma vie, personne… n'a été aussi… affectueux et honnête… avec moi. Tu as été à la fois… patient, drôle… et gentil. En somme, tu as… toujours été… présent. Quand j'ai eu besoin de toi…

tu es venu. Tu n'attendais rien… en retour. Tu l'as fait… pour moi… comme… je l'ai fait… pour toi.

— J'ai juste été moi-même. Je crois que tu m'idéalises un peu trop… toussa-t-il, gêné.

— Raiden… je ne sais pas… ce que ça fait… d'avoir une relation… aussi naturelle. Entre nous… il n'y a pas… d'acte intéressé. Toi… et… moi… c'est… particulier.

Un blanc s'installa un moment, avant qu'il ne reprenne d'un ton hésitant :

— C'est vrai. Je reconnais qu'entre nous, il y a un lien particulier…

Il caressa un moment le haut de ma main avec douceur. Je finis par pousser un long soupir d'aise qui lui fit reprendre ses esprits.

— Bon, je vais te laisser dormir. Tu en as besoin et ce n'est pas avec mes questions que tu vas pouvoir vite te rétablir.

Il enfila sa veste et je trouvai le peu de force qu'il me restait pour le retenir par la manche.

— Reste… avec… moi…

— Ne t'inquiète pas, j'allais juste voir qui était de garde. Je reste ici ce soir.

— Non… reste… avec… moi… pour toujours…

Je l'entendis prendre une grande inspiration et un blanc s'installa avant qu'il ne reprenne.

— Liz, nous ne sommes pas du même monde. Je ne sais pas ce que tu attends de moi, mais une fille comme toi mérite d'avoir quelqu'un qui l'aime et la protège dignement. La vie ici est dangereuse, et il hors de question que tu sois embarquée là-dedans.

Son ton se voulait froid et intransigeant, mais derrière cette barrière je perçus un tremblement dans sa voix.

Je voulus lui répondre que je ne désirais aucun autre homme à part lui et que j'avais enfin trouvé le bonheur. Mais ces mots ne purent dépasser mes pensées. La fatigue me terrassait et je finis par sombrer dans les limbes du sommeil.

Chapitre 8

J'inspirai profondément et clignai plusieurs fois des yeux. Mes membres engourdis me faisaient un mal de chien. J'effectuai de brefs mouvements de nuque. La douleur irradiait de partout et je ne pus retenir une grimace.

Mes yeux finirent par se poser sur Raiden.

Il dormait. Ses doigts toujours enlacés aux miens, tandis que son autre bras reposait sur sa jambe, le dos voûté et la tête tombante.

Mon cœur se serra quand je repensai à ses dernières paroles. Avec labeur, je m'assis sur le lit et approchai ma main libre de son visage.

Il stoppa mon geste en attrapant mes doigts d'une main ferme.

— Qu'est-ce que tu fais ? menaça-t-il, les yeux toujours clos.

— Je… je voulais te faire… une caresse, rougis-je.

Il écarquilla ses prunelles bleues et relâcha sa poigne.

— Liz… tu…

— Je sais, le coupai-je la gorge serrée. J'ai entendu ce que tu as dit hier. Mais tu as oublié une chose on dirait. Je suis une tête de mule et il est hors de question que tu te débarrasses de moi avec facilité. Parce que… parce que…

La porte s'ouvrit et Akiko fit son apparition. Un sourire éclatant illumina son visage lorsqu'elle me découvrit assise.

— Bien, je vois que tu te sens mieux ? s'approcha-t-elle.

— J'y vais, répondit-il.

Raiden retira ses doigts des miens d'un geste brusque.

Il claqua la porte et Akiko prit sa place. Elle soupira, alors que je retenais mes larmes coincées au fond de la gorge.

— Tu veux en parler ? demanda-t-elle d'un ton doucereux.

— Akiko, je crois que… je l'aime.

— Wouah, il y a du progrès !

— Mais pas lui. Il ne veut pas de moi, parce qu'il estime que je mérite une meilleure vie. Sauf que ma meilleure vie, elle est ici ! sanglotai-je en plaçant mes mains sur mon visage.

— Il y a longtemps de ça, Raiden a perdu un groupe d'hommes qui étaient sous son commandement. Parmi eux, il y avait une fille, Hide. Ils étaient ensemble. Malgré les gros défauts du dragon blanc de Sora, elle n'a jamais cessé de croire en lui. À la suite d'une erreur de sa part, Raiden a envoyé tous les *shinobi* au cimetière, dont cette fille.

S'il n'est pas mort cette nuit-là, c'est parce que ses adversaires l'ont relâché, pour qu'il souffre durant toute sa vie. Depuis, il n'a plus laissé personne s'approcher de lui et s'est mis à cacher son visage. La rumeur laisse croire qu'il porte une affreuse cicatrice et Raiden n'a jamais démenti.

— Je comprends mieux. Akiko, comment puis-je lui faire prendre conscience que je suis sincère et que je n'abandonnerai jamais ?

— Il le sait, sinon il ne réagirait pas de la sorte, soupira-t-elle.

Elle releva une mèche qui me barrait le visage. Je recroquevillai mes jambes sous mon cou et soufflai.

— Bon, et si on passait aux bonnes nouvelles ?

Elle sortit son carnet et lista ce qu'elle avait écrit :

— Primo, mis à part une grande fatigue mentale et musculaire, tu n'as rien. Tu pourras sortir aujourd'hui, mais par sécurité, tu resteras chez nous quelques jours. Secundo, grâce à toi et ton sacrifice d'hier, nous avons réussi à attraper l'hypnotiseuse. Cette vieille mégère du clan Mizu s'est fait passer pour une marchande. Grâce à l'eau, son Seiki lui permet de transformer ses paroles en chant funeste. Elle n'a rien révélé sur son clan ni sur le projet. Nous savons qu'il va y avoir des répercussions. Mais bon, elle a dénoncé le traître qui rôdait parmi nous.

— Udo ? répondis-je d'un ton assuré.

Elle hocha la tête.

— Pourquoi a-t-il fait ça ? Il vous a donné une raison ?

— Oui. Satoshi, le chef du clan Mizu, lui a dit qu'ils étaient demi-frères. Il paraît qu'ils ont le même père. Vu qu'Udo pense que le Grand Maître est coupable de la mort de sa mère, il s'est dit que rejoindre son frère et couper la tête de notre village serait une bonne idée pour agrandir leur clan.

— Et c'est vrai cette histoire ? demandai-je intriguée.

— Oui. D'après le Maître, il dit la vérité, mais la mère d'Udo s'est ôté la vie, seule, après avoir appris la trahison de l'homme qu'elle aimait.

C'est triste pour Udo, il pensait venger sa mère, mais il a été utilisé par ce sournois Satoshi.

— Ce qui fait que Raiden est libre comme l'air. Donc, je vais pouvoir lui dire ses quatre vérités !

J'éclatai de rire devant son air réprobateur. Je n'avais pas besoin d'une entremetteuse pour déclarer ma flamme, mais elle y mettait tant d'ardeur que je n'eus pas le courage de lui dire non.

— Que s'est-il passé hier soir ? tentai-je de me remémorer.

— Hier après-midi, quand tu m'as rejointe au marché, j'ai averti Tatsuya de ton état. Après être rentrée chez toi dormir, il t'a surveillée durant toute la journée. Lorsque tu es partie en pleine nuit, il nous a tous prévenus par messages. Raiden a eu l'idée de te prendre en filature et nous t'avons suivie jusqu'au bâtiment des archives centrales. Quand nous sommes intervenus, Udo avait déjà pris la poudre d'escampette, mais Tatsuya était sur ses traces. Quant à la vieille chouette, elle devait être assez proche pour lancer son Seiki. Daku et moi nous en sommes occupés et Raiden t'a libérée de son emprise. Grâce à son Seiki, il a fait circuler de l'électricité à faible voltage dans ton corps.

— Et la dame, vous en avez fait quoi ?

— Après ses maigres révélations, nous l'avons tuée. C'était la grand-mère de Satoshi, répondit-elle d'un ton calme, comme si c'était tout à fait normal.

Eh bien, au moins c'est radical, elle ne fera plus jamais de mal à personne… frissonnai-je.

Akiko me fit quelques derniers tests avant que Chiyome ne vienne me chercher. Son sourire chaleureux au milieu des tristes murs blancs me donna du baume au cœur.

Elle me soutenait par le bras et prit le rythme lent de ma marche saccadée. Le silence inhabituel des allées m'interpella et l'adolescente devança mes pensées.

— Le chef a annoncé la punition d'Udo, aujourd'hui. Le village au complet est sur la place centrale.

— Que va-t-il se passer ? demandai-je inquiète.

— Il va être emprisonné.

— Ouf, soupirai-je, un problème en moins.

Nous continuâmes à déambuler sans un bruit. Une brise légère souffla, emportant avec elle des odeurs boisées. Cette caresse agréable sur ma peau me fit frissonner. Au lieu de l'habituelle cacophonie des ruelles, j'entendais le chant mélodieux des oiseaux.

Chiyome fit la moue et repositionna mon bras par-dessus son épaule.

— Mouais, reprit-elle.

— Quoi ?

— Nous craignons des répercussions…

— De quel genre ? l'interrogeai-je les sourcils relevés.

— Nous verrons bien…

Son regard s'assombrit et j'y lus toute l'inquiétude qui y régnait. Nous nous tûmes durant tout le chemin. À cause de mes jambes lourdes, je traînais mes pieds dans les graviers et laissais un nuage poussiéreux sur mon passage.

— Penses-tu que nous allons être attaqués ? la questionnai-je.

— J'en saurai plus ce soir, après la réunion avec tous les *shinobi* du village, me dit-elle d'un faible sourire. En attendant, toi, tu te reposes. Tu as assez donné de ta personne ces derniers jours !

— Oui, oui, pouffai-je, à vos ordres, Chiyome *sensei* !

— Roooh ! J'adore ! Ça sonne trop bien ! Maintenant, je veux que tu m'appelles toujours comme ça, rit-elle.

— Crois-tu que Kiyo apprécierait ? la taquinai-je.

— Pas sûr… car il serait obligé d'obéir à tous mes ordres. Moi je serais au paradis, par contre lui…

J'explosai de rire quand je vis son sourire de sadique.

Elle haussa les épaules et lança :

— Bah quoi ? C'est comme ça que ma mère a mâté mon père !

— Pardon ? répondis-je interloquée.

— Ma mère est devenue une *kunoichi*[16] avant lui. Du coup, elle pouvait donner des ordres et elle ne s'est pas privée de le mettre au pli !

Nos rires résonnèrent à travers les avenues vides et nous arrivâmes enfin devant la demeure.

Chiyome m'entraîna jusqu'à la salle de bains où je la congédiai gentiment. Je lui expliquai que je n'avais pas besoin d'aide.

Je me prélassai dans mon bain et je profitai de ce moment de détente bien mérité. Je retraçai toutes les péripéties survenues depuis mon arrivée et poussai un long soupir d'aise. Je n'aurais jamais pensé me faire autant d'amis et la vie ici était bien plus douce qu'à Paris, malgré les différends entre les deux clans. Et puis, bien sûr, il y avait aussi Raiden. Je me demandais bien ce qu'il cachait réellement sous ce masque ?

Mon cœur se comprima dans ma poitrine. Mes sentiments à son égard me perturbaient au plus haut

---

[16] **Kunoichi** : femme ninja

point. Je n'avais jamais vécu de coup de foudre pour quelqu'un et me voilà entichée d'un homme vivant à des milliers de kilomètres de moi.

J'enfonçai une demi-tête dans l'eau et, comme une enfant, je m'amusai à faire des bulles. Le bruit de l'onde claquant contre ma bouche finit par me faire rire.

— Me voilà bien ! Amoureuse d'un *shinobi* ! Si mes parents savaient ça, ils me tueraient sur place ! Je m'allongeai dans l'eau et pouffai.

Durant plusieurs minutes, je réfléchis à un plan pour lui faire comprendre que je ne jouais pas à un jeu.

Un coup résonna à la porte.

— Liz ? Le déjeuner est prêt !

— J'arrive ! lançai-je au travers de la porte.

Je me séchai et m'habillai à la hâte pour rejoindre la jeune fille dans la salle à manger. Assises confortablement sur nos petits tapis de sol, nous dégustâmes nos plats de ramen sans un mot.

Notre repas touchait à sa fin quand nous entendîmes des voix émaner du vestibule. Akiko, Daku et Raiden apparurent devant nous, la mine soulagée et inquiète à la fois.

Ils me saluèrent avant de s'attabler à leur tour.

Raiden s'installa face à moi. Il évitait de croiser mon regard scrutateur. Je mourais d'envie de leur demander comment s'était passé le jugement d'Udo, mais me ravisai devant sa mine grave, les yeux dans le vague.

— Si je peux faire quoi que ce soit pour vous… N'hésitez pas ! leur assurai-je d'un sourire.

Raiden inclina la tête.

— Tu en as assez fait. Merci beaucoup.

Il attrapa le bol qu'Akiko lui tendit et s'apprêta à sortir de la pièce, mais je l'interpellai.

— Raiden, je dois te parler après le repas, lançai-je d'une voix tremblotante.

Il releva un sourcil et me dévisagea sans un mot. Je ne le quittai pas des yeux, impatiente d'entendre sa réponse. Je serrai mes mains moites le long de mes jambes, cachées sous la table.

Raiden partit sans un mot. Une fois terminé, il vint me chercher.

D'un bref signe de tête en direction du jardin de nos hôtes, il m'invita à le suivre à l'arrière de la maison.

Je lui emboîtai le pas et, à l'instant même où je mis un pied à l'extérieur de la bâtisse, un sentiment de paix et de sérénité m'envahit. Le jardin clos, coupé du monde extérieur par une haie de bambous, masquait ce trésor. Les nuances de vert se mélangeaient avec délicatesse. Les pins étaient taillés en nuages, tandis que les arbustes en forme de boules légèrement aplaties impressionnaient par leur largeur qui laissait une partie toucher le sol. Coupés ainsi, ils semblaient assis sur la fine mousse.

Un chemin de pierres plates, légèrement surélevé, nous obligea à ralentir le pas. Nous marchions le long du sentier, accompagnés par des lanternes en pierre. Ces dernières apportaient une dimension plus spirituelle, nous invitant à entrer dans un autre monde. Ce jardin sublimait la nature.

Le chemin nous mena jusqu'à un petit étang au contour irrégulier parsemé de gros rochers, créant un relief qui rappelait les collines et les montagnes, dont un petit îlot ressortait en son centre. Le claquement régulier d'une tige en bambou, composée d'un système de balancier, entraînait la rotation du tube grâce à l'eau. L'extrémité la plus lourde retombait alors sur une roche, produisant un bruit sec. Le cycle se répétait ainsi sans fin, ce qui rompit ma quiétude.

— De quoi tu voulais me parler ? murmura Raiden, comme s'il ne voulait pas stopper ce moment quasi irréel.

Cet endroit m'avait fait totalement oublier mon anxiété. J'essayai de clarifier mes idées et mis quelques secondes avant de lui répondre.

L'anxiété me gagnait et je me mis à triturer mes doigts.

— Je voulais discuter de notre situation quelque peu ambiguë, bredouillai-je.

— Comment ça ?

Je secouai la tête de droite à gauche.

— Raiden… tu le sais très bien, soupirai-je.

Il passa une main dans ses cheveux.

— Je ne suis pas certain de comprendre ce que tu désires réellement ? À vrai dire, je suis moi-même dans le flou complet.

Je vis sa mine penaude et me mordis les lèvres. Ces paroles me paraissaient sincères et je voyais bien toute la peine du monde qu'il avait à tenter de tirer au clair toutes ses pensées.

— Je… crois, commençai-je d'un ton peu assuré. Non… en fait, je suis sincèrement amoureuse de toi.

Ma phrase sortit d'une traite et je n'osai plus croiser ses pupilles céruléennes de peur d'y voir un refus.

Le balancement du *shishi odoshi*[17] ne cessait de résonner et je me mis à compter le nombre de claquements qu'il émettait afin de ne pas laisser la terreur m'envahir.

— Liz… finit-il par lâcher dans un souffle à peine audible. Je suis désolé, mais, comme je te l'ai dit, nous ne sommes pas du même milieu. Nous n'avons pas la même culture ni la même façon de voir le monde. Tu ne connais pas réellement notre mode de vie ni la douleur que nous subissons tout le long de notre existence.

— Je comprends, répondis-je à mon tour la gorge nouée. Cependant, je ne te demande pas d'argumenter

---

[17] **Shishi odoshi** : il désigne les dispositifs japonais conçus pour effrayer les oiseaux et les bêtes nuisibles à l'agriculture. Il est constitué d'un tube segmenté, habituellement en bambou, pivotant sur un côté de son point d'équilibre.

sur les raisons qui te poussent à refuser. Je te demande si tu as des sentiments pour moi.

Je pris mon courage à deux mains et plongeai mes prunelles dans les siennes, ce qui l'obligea à m'affronter pour la première fois. Il fut le premier à rompre le contact visuel et prit le chemin du retour.

Soudain, il se retourna.

— Tu peux me laisser du temps pour répondre à cette question ?

— Pourquoi en es-tu incapable ? l'implorai-je en attrapant sa main. Tu dois bien savoir si oui ou non tu es amoureux de moi ? Ce n'est pas si difficile.

— Justement si… pour moi, ça l'est.

J'entrouvris la bouche et finis par acquiescer alors que je retirais mes doigts des siennes.

Cela ne servirait à rien de le persécuter pour obtenir cette fameuse réponse.

— Merci, murmura-t-il.

Il m'invita à prendre sa main. Je ne me fis pas prier et je le suivis jusqu'à l'intérieur de la *minka*. À notre retour, aucun membre de la famille Ishikawa nous fit de remarque. Raiden s'excusa de prendre sa garde aussi tôt, mais avec les derniers évènements, il fallait être prudent. Quant à moi, je devais encore préparer l'interview de la semaine prochaine et ne voulais pas que Candice ruine tous mes efforts, je devais faire en sorte de lui mâcher le travail le plus possible.

— Liz ! m'interpella Chiyome alors que je venais tout juste de quitter la maison.

Je m'arrêtai. L'adolescente me rattrapa en quelques en enjambées.

— Dans trois jours, il y a notre fête du village. Tu viens ?

J'écarquillai les yeux. Personne ne m'avait dit qu'une fête se tiendrait et je ne pensais même pas que j'y serais invitée !

Je posai ma main sur le haut de sa tête.

— J'en serais ravie ! Que devrais-je faire ? Dois-je apporter quelque chose ?

— Rien ! Tu n'auras qu'à profiter ! Il y aura une cérémonie au temple et ensuite plein d'activités seront au programme ! Et le clou du spectacle, un feu d'artifice ! cria-t-elle, surexcitée. Ah oui ! Et puis ce sera l'occasion pour toi de revêtir un *kimono*, on fait à peu près la même taille, je n'aurai qu'à te prêter l'un des miens !

Je souris devant sa mine radieuse et acceptai sa proposition avec joie. Sur ces belles paroles, je la quittai au milieu de la ruelle engorgée. Les habitants, ayant quitté leurs habitations le matin pour assister au jugement du petit-fils du chef, reprirent leurs habitudes comme si rien ne s'était produit. Toujours d'humeur égale, ils vaquaient à leurs occupations.

De temps à autre, certains s'arrêtèrent pour me dire bonjour et s'enquirent de ma santé. Visiblement, quelques mots concernant mon implication sur l'arrestation du traître avaient fuité. Je soupçonnais ce brave Tatsuya d'en être à l'origine.

Enfin arrivée, je retrouvai les deux tourtereaux avachis sur le canapé. Blottis l'un contre l'autre, en train de regarder un film sur la télévision.

Je retirai mes baskets dans le vestibule et lançai :

— Candice, je vais commencer la rédaction pour l'interview. As-tu des questions à poser au Grand Maître ?

Elle me dévisagea de haut en bas avant de lâcher :

— C'est déjà fait, figure-toi. Je n'ai pas attendu tes misérables notes gribouillées sur ce torchon, cracha-t-elle en pointant du doigt mon carnet posé sur la table basse du salon.

— Pardon ? Tu as fouillé dans mes affaires ? m'affolai-je alors qu'elle n'avait jamais pris la peine de faire un seul travail d'écriture.

— Il fallait bien ! s'emporta-t-elle. Tu n'es jamais là ! Et puis, il faut bien que j'impressionne ma mère !

Je récupérai mes notes et me postai entre elle et la télévision.

— Excuse-moi de travailler ! rouspétai-je. Et d'ailleurs, je pourrais voir ton texte avant que nous voyions leur chef ? Histoire qu'on ne se fasse pas tuer.

— Ce n'est pas ton travail, répliqua-t-elle d'un ton cinglant. Reste à ta place ! C'est moi la journaliste, ici !

Elle se leva brusquement et m'administra une bonne gifle. Ma tête pivota sur le côté et ma joue droite se mit à brûler. Des larmes de rage perlèrent le long de mes yeux et je me retins de ne pas en faire de même. Les poings serrés, je ravalai ma colère tandis que Pierre venait se poster près d'elle. Il l'enlaça et me fit comprendre que si je tentais quoi que ce soit, j'aurais aussi affaire à lui.

— Parfait, crachai-je. Alors vous ne viendrez pas vous plaindre d'avoir des ennuis.

Je tournai les talons et me réfugiai dans ma chambre, telle une adolescente en pleine rébellion. Allongée sur mon *futon*, je déversai toute ma fureur sur ce pauvre coussin qui absorba mes coups et mes cris durant plusieurs minutes.

Une fois calmée, je sortis une feuille, un crayon et me mis à rédiger mon propre questionnaire. D'expérience, je savais que Candice irait au-delà des règles que Raiden nous avait imposées et qu'elle mettrait en péril notre sécurité. Enfin, plutôt la leur maintenant. Même si elle m'insupportait, je ne pouvais pas la laisser se faire assassiner tout ça à cause de son ego surdimensionné, et je ne comptais même pas sur l'aide de Pierre qui semblait totalement aveuglé par l'amour.

Je travaillai jusqu'à tard le soir. J'essayai de trouver les bonnes tournures de phrases afin que mon interlocuteur de se sente pas offusqué et qu'il puisse répondre aux questions sans trop se dévoiler non plus. Cet exercice était plus difficile qu'il n'y paraissait et une pile de boulettes de papier commençait à remplir ma poubelle. Après plusieurs essais, je parvins enfin à trouver cela correct. Fière de moi, je rangeai le document dans la poche de mon jean afin que Candice ne le trouve pas.

Je soupirai de satisfaction avant d'éteindre ma lumière.

Chapitre 9

Je partis de bonne heure en direction des Ishikawa. Akiko et Chiyome m'attendaient afin de me préparer pour la fête. Je me pressai au milieu des allées encore plus bondées qu'à leur habitude. Des guirlandes rouges ornaient les devantures de toutes les habitations, créant ainsi un long chemin jusqu'au temple, situé à côté du bureau du Grand *Sensei.* Des dragons en papier serpentaient au milieu des villageois conquis. Dans leur course, les enfants emportaient des cerfs-volants de taille disproportionnée. Au loin, sur le terrain d'entraînement, virevoltaient dans le ciel azuré, des formes architecturales faites de papier et de bambous, qui détonnaient grâce à leurs couleurs éclatantes. Les pères aidaient leur progéniture à maintenir l'engin au moyen d'une solide corde qui se dévidait sur une dizaine de mètres. Cela permettait qu'il reste en l'air et que le cerf-volant ne termine pas sa course le nez écrasé au sol.

Je me faufilai à travers la foule qui se pressait vers le centre et arrivai enfin devant la *minka.* Chiyome m'attendait sur le pas de la porte, une main en visière, et me héla dès qu'elle m'aperçut. Elle m'agrippa par le bras et m'entraîna dans la maison où régnait un air de fête. Daku portait le traditionnel *hakama*[18] tandis que sa femme avait déjà revêtu son somptueux *yukata*[19] vert émeraude. En me voyant, Akiko me lança un sourire étincelant.

Elle remercia sa fille et me convia à la joindre dans la chambre de cette dernière. Elle ouvrit le pan d'une armoire en pin et je restai bouche bée devant la beauté des *kimonos* colorés. Elle pointa sa paume en direction des sublimes vêtements.

— Choisis-en un.

Je regardai de gauche à droite et finis par pointer du doigt un beau *yukata* blanc avec des motifs de fleurs de cerisier.

— Celui-ci !

Elle hocha la tête et le décrocha. Je quittai mes habits pour enfiler ce *kimono* traditionnel.

Une fois terminé, je pus m'admirer dans le miroir de la salle de bains. Le *yukata* me seyait parfaitement, malgré le fait que l'*obi*[20] rose me serrait la taille. Chiyome avait noué mes cheveux châtains dans un chignon impeccable et y avait apporté sa petite touche

---

18 **Le *hakama*** (袴?) est un vêtement traditionnel japonais qui ressemble à un pantalon large plissé.

19 **Le yukata** (浴衣?) est un vêtement d'été traditionnel japonais. Il est principalement porté pendant les feux d'artifice, l'Obon et d'autres évènements d'été. Le yukata est un genre très officiel de kimono.

20 **Obi** : ceinture servant à fermer les vêtements traditionnels japonais, tels que les kimonos ou les vêtements d'entraînement pour les arts martiaux (keikogi ou dōgi).

personnelle, dans un maquillage très subtil, qui sublimait mes prunelles noisette.

— Tu es parfaite ! s'exclama-t-elle. Allez, on y va !

Surmontée de mes *geta*[21], j'eus encore quelques difficultés à marcher, malgré mes trois jours d'entraînement.

Les deux femmes comprirent mon hésitation et m'encouragèrent. À leurs mots, je repris confiance en moi et déambulai dans les allées, accompagnée du petit groupe.

D'un pas lent, j'observais les villageois euphoriques avec un sourire plaqué sur le visage.

Nous nous approchâmes du terrain d'entraînement, quand j'aperçus Tastuya et Raiden vêtus de leur uniforme de *shinobi*. Hélas, ils ne faisaient pas partie de la fête aujourd'hui.

À ma vue, Tatsuya me sourit et souligna ma beauté époustouflante du jour. Mal à l'aise face à ce compliment, je me triturai les doigts. J'aurais préféré disparaître six pieds sous terre.

---

21 **Les geta** (下駄?) sont les chaussures traditionnelles du Japon. Elles sont encore portées avec des vêtements comme les yukata (kimono léger d'été), mais aussi avec des vêtements occidentaux et surtout lors des festivals. Les geta possèdent énormément de formes et donc d'appellations dérivées. Elles sont composées du corps (*dai*), d'une lanière (*hanao*) et peuvent ou non avoir des dents (*ha*) qui varient en nombre et en hauteur. Les plus connues sont celles en bois possédant deux *ha*.

Je croisai le regard de Raiden qui passa une main peu assurée dans ses cheveux. Le haut de ses pommettes s'empourprait et il dévia ses yeux des miens pour observer le ciel. Au bout de quelques minutes, les deux hommes durent nous laisser et, alors que Raiden me frôlait au passage, il se pencha vers le creux de mon oreille.

— Tu es merveilleuse dans ce *yukata*, souffla-t-il. D'ailleurs, tu voudrais bien venir avec moi ce soir, voir le feu d'artifice ?

Il repassa une nouvelle fois une main dans ses cheveux et je lui lançai un sourire radieux avant d'accepter sa proposition.

Il bafouilla et me demanda de l'attendre à 21 heures devant chez Horii. Sur ces dernières paroles, il s'éloigna d'un pas vif à travers la foule.

Je poussai un soupir de soulagement et rougis en repensant à son compliment. Un sourire moqueur passa sur le visage de Chiyome, mais aucune personne ne me fit de remarques.

La journée se déroulait sans accroc, je marchais d'un pas léger à travers les ruelles. Je humai l'odeur délicieuse qui se dégageait de chez Horii, ce dernier m'aperçut et me salua d'un joyeux geste de la main, suivi par d'autres commerçants venus acheter leur déjeuner. Je leur rendis leurs salutations amicales d'une main et continuai mon chemin en direction du centre. Chiyome tenait à me montrer ce qu'étaient les festivités chez eux. Je me laissai transporter par sa vigoureuse jeunesse jusqu'à ce que nous tombions sur Kiyo. Ce garçon aux cheveux et regard ténébreux ne rendait pas insensible l'adolescente, qui se mit à bégayer lorsqu'il l'invita à se joindre à lui pour le restant de la journée. Je voyais l'embarras dans lequel elle se trouvait et il était hors de question de la priver de son amoureux. Je l'encourageai et la poussai quelque peu dans la direction de ce dernier, qui n'attendait qu'elle. D'un ton rassurant, j'encourageai Chiyome à accepter. Elle me quitta pour le rejoindre et ce fut ainsi que, main dans la main, elle partit célébrer les festivités en bonne compagnie.

Quant à moi, je flânai par-ci, par-là. Je sentais une présence bienveillante m'accompagner durant mon périple. Je finis par me reposer au salon de thé et inspirai à pleins poumons l'air pur. Les cerisiers, éclos depuis peu, invitaient à une contemplation permanente. Leur douce odeur, légèrement fruitée et un peu amère, apportait une touche quasi irréelle à ce lieu.

Le soir venu, une grande parade animait les rues. Des chars éclairés par des lanternes, emportés de jeunes musiciens, tirés par les hommes les plus robustes du village. Ce spectacle féérique accueillait les villageois en leur offrant du saké, pour que la fête dure toute la nuit.

L'heure venue, je me dirigeai vers le restaurant Horii où une chevelure argentée m'attendait déjà sous l'alcôve. Le dos collé contre un panneau de bois, les bras croisés, il observait les alentours d'un air malicieux, pour stopper son regard sur moi. Je devinai un franc sourire sous son masque lorsque ses yeux se plissèrent.

Il s'avança vers moi et demanda :

— Tu as faim ?

Je plaçai une main sur mon ventre affamé.

— Je meurs de faim !

Son rire grave résonnait à travers la foule et certains passants l'observaient comme s'ils n'avaient jamais vu ça. Il fallait dire que c'était bien la première fois que je le voyais aussi détendu. Je restai interloquée quelques instants avant de me joindre à lui. Au loin, le chef Horii nous fit signe d'approcher.

— Qu'est-ce qui vous ferait plaisir, les jeunes ?

Je salivai devant tous ces plats divins dont je ne connaissais rien. L'odeur fit gargouiller mon estomac. Je demandai à monsieur Horii de nous mettre un peu de tout.

— Ajoute-nous aussi deux *kakigori*[22] et deux *taiyaki,*[23] lança Raiden.

Avant que je ne puisse sortir ma bourse, Raiden attrapait déjà notre repas. J'insistai pour qu'il me

---

[22] **Kakigori** : c'est une glace pilée très légère et rafraîchissante. C'est un dessert très populaire au Japon et qui peut impressionner par sa taille parfois !

[23] **Taiyaki** : c'est un biscuit japonais en forme de daurade souvent fourré à l'anko, pâte de haricot rouge sucrée, dessert très populaire !

confie les deux sacs en tissu, ce qui permit à mon équilibre mis à l'épreuve par les *geta* de ne pas flancher.

Il m'embarqua en retrait du monde qui s'amassait dans les allées et je le suivis tant bien que mal.

La fête au village battait son plein. Quant à nous, nous étions là, assis dans un pré, le regard tourné vers le ciel, attendant que le feu d'artifice commence.

Ses cheveux argentés virevoltaient dans la petite brise fraîche. Son masque habituel lui donnait un charme fou et je sentis mes joues s'empourprer. Je détournai la tête aussi vite que possible.

Raiden s'en aperçut et il attrapa mon menton avec douceur.

— Pourquoi tu passes ton temps à me fuir ces derniers jours ?

Il plongea ses yeux bleus dans les miens et à nouveau le rouge me monta au nez.

Sa voix grave et suave me fit frissonner de plaisir et je réprimai un soupir de satisfaction.

— Je… je suis… bégayai-je, très occupée et je n'ai pas trop eu le temps de faire de nouvelles interviews.

Il plissa les yeux.

— Hum… vraiment ? Pourtant hier, je t'ai vu passer une bonne partie de la journée avec Chiyome. Tu m'en veux pour l'autre jour ? s'inquiéta-t-il.

— Non ! Ce n'est pas ça. Je me suis entraînée durement pour marcher avec les *geta*.

— Ah, je comprends mieux. Oh ! Regarde, ça commence ! s'écria-t-il.

Un bruit assourdissant tonna et les premières couleurs éclatèrent dans le ciel. Raiden lança un regard discret dans ma direction. Je perçus ses pupilles se noyer dans les miennes et fis volte-face. Il n'eut pas le temps de tourner la tête dans l'autre direction et je vis le haut de ses joues rougir, et un sourire malicieux se dessiner sous son masque.

— Tu sais, chuchota-t-il, beaucoup de personnes souhaitent savoir ce qui se cache sous ce masque. Certains pensent même que l'autre partie de mon visage porte une horrible cicatrice. Mais en réalité, je me cache pour garder mon anonymat et éviter de montrer mes émotions.

— Je vois, songeai-je, ce n'est pas vraiment la version que j'ai eue…

— Je sais. Mais je voulais que tu entendes la vérité à ce sujet.

— Pourquoi ? répliquai-je, surprise.

Il se rapprocha de moi.

— Parce que…

Son visage n'était plus qu'à quelques centimètres du mien, je sentais son souffle chaud traverser le bout de tissu. Je ressentis une douce chaleur s'installer dans mon bas-ventre. Mon cœur tambourinait avec force dans ma poitrine. Mon souffle s'accéléra alors qu'il plaçait son index et son majeur sur le haut du masque. À mesure qu'il se rapprochait de moi, il le fit glisser peu à peu.

Je découvris son nez, plutôt fin et bien dessiné. Une cicatrice marquait sa joue gauche. Puis sa bouche, petite et charnue, se posa avec douceur sur mes lèvres. Sa respiration au départ si calme et posée se fit plus rapide et forte à mesure que notre baiser s'intensifiait. J'enroulai mes bras autour de son cou. Surpris de me voir si entreprenante, il se laissa faire quelques minutes. Il reprit les choses en main et nous fit vaciller sur l'herbe.

Il quitta ma bouche pour prendre appui sur ses bras tendus. Je pus enfin admirer son visage angélique et affirmer ce que je pensais depuis tout ce temps. C'était un très bel homme. Une ancienne cicatrice de petite taille se dessinait sur sa pommette droite et son sourire éclatant me fit frissonner.

Raiden se mit à rire. Il se releva et m'attira contre lui. Blottie contre son torse, j'inspirai une grande bouffée d'air afin de calmer mon esprit en ébullition.

— Liz, tu me plais, murmura-t-il avant de déposer un baiser sur mon front.

Mon cœur rata un battement et mon souffle se coupa. Je relevai la tête et l'observai, les yeux écarquillés. À son tour, il se mit à rougir et il détourna la tête, une main sur le visage.

J'émis un petit rire mi-amusé, mi-attendri devant cette scène. Cet homme était du genre froid et direct, il ne s'embêtait jamais à arrondir les angles. Alors le voir se démener comme il le faisait, rien que pour moi, me touchait.

Du bout des doigts, j'effleurai sa joue et, dans un souffle presque inaudible, je lui susurrai à l'oreille :

— Toi aussi tu me plais.

À peine ces mots prononcés, il encadra mon visage de ses deux grandes mains pour y déposer un baiser passionné. Mon cœur bondit hors de ma poitrine et une chaleur inhabituelle se diffusa dans mon corps lorsque je sentis ses mains se glisser au creux de mes reins. Ses lèvres sur les miennes me donnaient une raison d'exister à travers lui. Comme une promesse que ce baiser ne serait que le premier d'une centaine de milliers.

Raiden me donnait l'impression de façonner mon âme de ses propres mains, me rendant précieuse et vitale pour lui. Il m'embrassait avec la ferveur d'un homme qui le ferait pour la dernière fois et la tendresse de celui qui détenait le pouvoir d'arrêter le temps.

J'espérais qu'il ressentait lui aussi ce qu'il se passait entre nous, cette sensation qui nous électrifiait le corps. Il resserra son étreinte et je cramponnai mes paumes sur ses hanches.

Je mêlai les mouvements de mes lèvres à tous les mots d'amour que j'avais envie de lui susurrer. Je n'entendais plus rien autour de nous. La bouche de Raiden se noyait à la mienne.

— Raiden *sensei* ! Liz ! s'écria Chiyome au loin. Vous êtes là ?

Nous sursautâmes. L'instant d'après, Raiden reprit une distance convenable et repositionna son masque.

Chiyome et Kiyo apparurent main dans la main. Nous n'étions pas le seul nouveau couple du village.

Ils se joignirent à nous afin de regarder le feu d'artifice. Je leur demandai quand leur petite amourette avait débuté, Kiyo me répondit que sa belle lui avait avoué ses sentiments en plein cours hier. Raiden hocha la tête comme pour confirmer ses dires. Aux sourires pincés des deux adolescents, je compris qu'ils étaient gênés d'en parler. Je les laissai tranquilles et m'assis aux côtés de Raiden.

Je sentis sa main effleurer la mienne et je m'empressai de nouer mes doigts aux siens. Je poussai un soupir d'aise quand il resserra sa poigne. Je fis basculer ma tête sur son épaule.

Lorsqu'un feu d'artifice illumina le ciel, je lui demandai discrètement si je ne le dérangeais pas. Il émit un petit rire amusé et passa son bras autour de mes épaules, m'attirant davantage vers lui.

— J'y crois pas ! se mit à sautiller Chiyome en nous pointant du doigt. *Sensei*, j'étais sûr que vous étiez amoureux d'elle ! Hihi ! Je suis trop contente pour vous.

— Calme-toi, veux-tu ? grommela Raiden.

Il se leva et déposa une main sur sa tête qu'il tapota.

— Alors, c'est pour quand le mariage ? rit-elle.

— Euh… tu vas un peu vite en besogne, rétorquai-je, un brin amusée.

— Bah en même temps, ça fait un bail que vous flashez l'un sur l'autre, répliqua Kiyo d'un ton sérieux. OK, c'est vrai que Chiyome se fait de sacrés scénarios, pourtant la question qu'on se pose tous c'est : que cache-t-il vraiment en dessous de ce masque ?

Il bondit sur ses pieds, les bras tendus, et s'élança vers son professeur qui l'arrêta d'une seule main. Raiden lui fit une clé de bras et le repoussa vers l'adolescente à la mine renfrognée. Les bras croisés, elle poussa un soupir exagéré.

— Bien joué, les gosses ! rit-il. Mais ce n'est pas encore aujourd'hui que vous le saurez.

— C'est pas grave ! répliqua Chiyome d'un air malicieux. Parce que je sais à quel moment vous n'aurez pas le choix de montrer votre visage.

Je me relevai pour me poster près de Raiden.

— Ah bon ? demandai-je intriguée.

— Oui, mais je garderai ça pour moi. Sinon, il va encore trouver un moyen de contourner le problème.

Je pris un fou rire en voyant sa petite mine boudeuse de fillette.

— Allons, Chiyome, un jour, quand tu seras plus grande, tu comprendras pourquoi je cache mon visage, dit-il avant de lui adresser un clin d'œil. Mais, pour l'instant, vous devrez continuer de l'imaginer.

Kiyo releva un sourcil, intrigué.

— Et toi, Liz, tu l'as vu ?

Comme seule réponse, je leur adressai un sourire radieux et hochai la tête d'un geste affirmatif. Dès lors, ils me tannèrent toute la soirée pour connaître la vérité et je m'amusai à les faire tourner en bourrique, ce qui ne manqua pas non plus de faire rire Raiden.

La soirée touchait presque à sa fin et il prit soin de prendre le chemin le plus long jusqu'à mon domicile. Arrivés devant la porte, il baissa son masque pour me voler un baiser et s'empressa de le remettre.

— Bonne nuit. Je passe te prendre à neuf heures, demain matin, murmura-t-il, en même temps qu'il caressait ma joue du bout des doigts.

J'enlaçai mes bras autour de sa taille et enfouis ma tête contre son torse.

— Reste avec moi, soufflai-je, à demi-mot.

Il me serra contre lui et posa sa main sur ma joue.

— J'aimerais bien, soupira-t-il avant de passer son autre main dans ses cheveux. Mais je suis de surveillance. Avec ce qu'il s'est passé, il vaut mieux être prudent. Pour passer la soirée avec toi, j'ai dû troquer une partie de ma garde avec un de mes collègues, en échange, je dois lui payer une semaine de *ramen*. Si je n'y vais pas, il va finir par me ruiner !

Je pouffai devant sa mine déconfite et déposai un baiser sur sa joue, avant de le libérer. Je refermai la porte et poussai un soupir d'aise jusqu'à ma chambre, pour sombrer dans les limbes du sommeil.

Chapitre 10

Des cris déchirèrent la nuit paisible et une odeur de brûlé vint me piquer le nez.

Le feu !

Je sortis de la chambre en hurlant comme une folle. Alarmés par tout ce brouhaha, Candice et Pierre déboulèrent des escaliers. L'homme tenait dans une main le sac de sa bien-aimée qui semblait bien lourd.

— Qu'est-ce qui se passe ? s'inquiéta Candice.

— Je n'en sais rien, on dirait qu'une maison brûle à l'extérieur. Nous ferions mieux de sortir pour nous mettre à l'abri.

Sur ces mots, on frappa à la porte et nous n'eûmes pas le temps d'ouvrir que Chiyome se permettait déjà d'entrer.

— Il faut évacuer. Je vais vous conduire en sécurité en dehors du village.

Malgré son ton assuré, j'entendis sa voix chevroter.

À l'extérieur, un paysage apocalyptique se dévoilait sous nos yeux estomaqués.

À quelques pas de nous, plusieurs *minka* brûlaient tandis que les villageois peinaient à éteindre l'incendie. Le vent soufflait fort sur l'intense brasier, emportant avec lui les cendres du bois mort. La chaleur qu'il dégageait me chauffait la peau et l'épaisse fumée encombrait mes bronches.

— Couvrez-vous avec ça et suivez-moi ! cria-t-elle.

Elle nous tendit des tissus imbibés d'eau que nous appliquâmes sur notre nez et notre bouche.

Nous contournâmes la maison et retrouvâmes un groupe de personnes. Je reconnus le libraire et monsieur Horii ainsi que leur famille. Les pleurs traumatisés des enfants me comprimaient la poitrine. Le visage tendu des parents qui peinaient à rassurer leurs bambins n'aidait pas à les calmer.

Mon corps se mit à grelotter et je dus serrer les poings et la mâchoire pour ne pas laisser la peur l'emporter.

Elle nous guidait à travers la forêt et, malgré mes jambes chancelantes, j'accélérai le pas pour me mettre à son niveau.

— Chiyome, où sont les autres ? demandai-je d'une voix chevrotante.

— Les *genin* ont été chargés de l'évacuation des villageois. Tandis que les *shinobi* protègent notre foyer.

Je voyais ses mains trembler et l'inquiétude envahir son cœur.

— Que s'est-il passé ? questionnai-je à voix basse.

— Vers 1 heure du matin, le clan Mizu est passé à l'attaque. Ils ont assassiné les deux gardes de l'entrée. Raiden et Tatsuya ont découvert les corps pendant leur ronde, une dizaine de minutes après. Bien qu'ils aient donné l'alerte rapidement, nous avons été pris de court par leur stratégie.

Son visage blêmit d'un coup.

— C'est-à-dire ? m'apeurai-je.

— Tuer les civils.

— Pardon ?

— Hiroshi *sama* a sollicité notre aide pour éviter un bain de sang et les *shinobi* se chargent de les retenir. Accélérez un peu à l'arrière ! cria-t-elle à une mère qui portait son bébé à bout de bras.

Je tournai le regard derrière moi. Un silence pesant régnait dans le groupe, même Candice semblait mortifiée. Une boule se forma dans ma gorge à la vue du teint blême et des yeux rougis des habitants. Un sentiment étrange me parcourut l'échine. Des gouttes de sueur perlaient le long de mes tempes et mon souffle se faisait plus rapide. J'entendais les battements de mon cœur marteler ma tête. Je restais en alerte aux moindres bruits.

Plusieurs minutes s'écoulèrent quand nous aperçûmes Kiyo avec un second groupe un peu plus haut. Chiyome l'interpella et il stoppa sa course.

— Kiyo, souffla-t-elle. Je redescends voir si tout le monde est présent. Je te confie ma section.

— Je t'accompagne.

— Liz ! s'exclama-t-elle. C'est trop dangereux.

— Ce n'était pas une question, répondis-je d'un ton autoritaire. Je ne te laisserai pas y retourner seule et Kiyo doit protéger les civils.

— D'accord, soupira-t-elle avant de me tendre un *kunai*. On sait jamais, ça peut te servir.

Je le calai entre les passants de l'arrière de mon jean et fis un rapide signe de tête.

Elle se mit à débouler la pente à une vitesse folle et bien trop périlleuse sur le sentier faiblement éclairé. Je la suivais telle son ombre.

D'en haut, je trouvai le carnage impressionnant, mais d'être à nouveau confrontée à l'immaîtrisable incendie me fit frissonner de terreur. Nous continuions notre course à travers les allées enflammées quand un craquement résonna.

— Attention ! s'écria-t-elle.

Elle me sauta dessus et me cloua au sol.

Une poutre s'abattit lourdement contre la chaussée et laissa échapper des milliers de braises. D'instinct, je plaçai mon avant-bras devant mes yeux.

J'entendis l'adolescente crier une incantation.

Je reposai mon bras le long de mon corps et restai stupéfaite. La gamine, postée devant moi, paumes en avant, avait dévié la trajectoire mortelle. Sa respiration saccadée et la sueur coulant le long de son front témoignaient de son épuisement.

Je me relevai et la remerciai d'une voix chevrotante.

— Ton Seiki est extrêmement utile ! la félicitai-je.

Elle épousseta sa veste et soupira.

— Je ne vais pas pouvoir faire ça indéfiniment, hélas.

— Papa ! rugit une voix enfantine.

À quelques mètres de nous, un père blessé à la jambe se battait contre un *shinobi* afin de protéger son fils. Ce dernier se démenait comme un diable pour tenir l'ennemi le plus loin possible de sa progéniture, qui enserrait son doudou girafe contre sa poitrine.

Chiyome fonça vers l'assassin à une vitesse folle, ce qui lui permit de parer l'attaque de son adversaire.

Pendant qu'elle s'occupait de lui, je vins au secours du père et son fils.

— Emmène-les au point de rassemblement, me cria-t-elle avant d'esquiver une frappe.

— Et toi ? m'alarmai-je.

— T'inquiète pas, j'en aurai pas pour très longtemps. Après tout, je suis la *genin* de Raiden.

Son sourire sanguinaire me rassura et j'attrapai le blessé par l'épaule. D'un geste de tête, j'invitai le petit à me suivre.

— Merci infiniment, souffla le père, les larmes aux yeux.

— Remerciez-moi lorsque nous serons en sécurité, répliquai-je à bout de souffle.

Dû à notre lente marche, le feu gagnait du terrain et nous dûmes à plusieurs reprises changer d'itinéraire. Pour détendre un peu l'atmosphère pesante, je me mis à parler de la superbe fête organisée dans la soirée. Cela fonctionnait un peu, car le gamin me raconta toutes les activités auxquelles il avait participé. Son père laissa échapper un petit rire lorsque son fiston évoqua leur immense cerf-volant s'élever si haut dans le ciel que le soleil avait bien failli le faire brûler.

Je changeai une nouvelle fois notre parcours et nous nous retrouvâmes en tenaille au fond d'une impasse. Nous ne pouvions pas retourner sur nos pas au risque de finir carbonisés.

— Monsieur, vous maîtrisez un Seiki ?

— N…non, je suis qu'un simple villageois. Ce n'est pas à ma portée.

Je pensais tout espoir perdu quand une vague s'abattit devant nous et nous aspergea au passage.

— Liz ! s'écria Tatsuya, mais qu'est-ce que tu fais ici ?

— Et toi ! C'est maintenant que tu arrives ? m'égosillai-je, la gorge nouée.

Face à ma détresse, il positionna ses deux mains sur mes épaules.

— Ça va aller, murmura-t-il. Chiyome arrive, elle va vous conduire hors d'ici.

— Raiden ? Où est-il ?

— Il gère, t'inquiète pas. Pour l'heure, il vous faut évacuer. Il ne reste plus que vous. Ensuite, nous pourrons leur montrer, aux sales chiens galeux du clan Mizu, que nous savons nous battre.

— Tatsuya ? Liz ? Vous êtes où ? implora Chiyome.

— Par ici ! l'interpella le *shinobi*.

Quelques coupures salissaient son joli visage et elle peinait à rester debout.

— Partez et vite. Nous ne pouvons plus perdre de temps.

— Pardon, Tatsu, s'excusa-t-elle en inclinant brièvement la tête.

À nous deux, nous soulevâmes l'homme et l'aidâmes du mieux que nous pûmes à sortir du village. Le garçonnet, posté à mes côtés, ne disait plus un mot.

Mes poumons comprimés dans ma poitrine m'étouffaient. Une quinte de toux me prit et j'essayai de reprendre une respiration normale. Chiyome ôta mon bout de tissu et l'imbiba d'eau grâce à la petite gourde accrochée à sa ceinture.

Je le réajustai et nous reprîmes notre course à travers les foyers incendiaires. De temps à autre, je lançais un regard vers l'arrière et voyais que Tatsuya, avec l'aide d'autres *shinobi*, parvenait à maîtriser le feu.

Soudain, la foudre bleutée s'abattit à deux pâtés de maisons de nous. Un second éclair frappa à nouveau, mais cette fois l'explosion se rapprochait.

— Dépêchons-nous ! s'écria Chiyome.

Quelques mètres nous séparaient de la palissade carbonisée. Nous réussîmes à coordonner nos pas afin d'accélérer la cadence lorsqu'une petite voix nous héla, tétanisée.

— Attendez-moi ! Attendez-moi !

Le garçonnet avait perdu sa peluche et courait pour nous rattraper. Il ne vit pas un ninja s'élancer derrière lui.

Mon sang ne fit qu'un tour et mon corps réagit avant même que mon cerveau ne réfléchisse à une solution.

Je reconnus l'homme à la figure balafrée et sus ô combien le pire ennemi de Raiden était dangereux.

— Trop tard, pestai-je alors que l'enfant s'élançait dans mes bras.

Je le récupérai au vol et effectuai une pirouette qui me plaça dos à mon adversaire. Je n'avais plus aucune échappatoire.

Comme une scène tournant au ralenti, je vis Chiyome se précipiter dans ma direction, des boules de lave jaillissaient de ses mains, elle les lançait au fur et à mesure sur notre adversaire. Mes membres raidis ne m'obéissaient plus et je peinais à prendre une simple respiration. La jeune *genin*, le visage crispé par la fatigue et la douleur, redoublait d'efforts pour me venir en aide.

— Liz ! s'étrangla-t-elle en pleurs, alors qu'elle ne se trouvait plus qu'à un mètre de moi.

La présence écrasante du *shinobi* me fit savoir qu'il se trouvait bien plus proche de nous que l'adolescente. Je me mis en boule et plaquai l'enfant au sol.

— *Howaito doragon* ! rugit une voix grave alors qu'une lueur bleue illuminait le ciel.

Je relevai les yeux vers les cieux et aperçus un éclair formant un immense dragon blanc. Au sol, Raiden se tenait à quelques mètres de nous, le regard noir. D'un geste de la main, il l'abattit avec un tel fracas sur son adversaire, qu'on aurait dit le hurlement d'une bête féroce.

Toujours collée aux graviers, j'évitai d'étouffer le garçonnet.

Un nuage de poussière s'éleva et j'entendis des pas se précipiter dans ma direction.

— Liz ? s'écria Raiden. Ça va ?

J'acquiesçai bêtement alors que Chiyome me relevait avant de me plaquer dans ses bras.

— Oui, ça va, mais fais attention, bafouillai-je.

— C'est plutôt moi qui devrais te dire ça !

— Raiden ! vociféra l'homme en explosant la bulle protectrice de glace qu'il avait tout juste eu le temps d'invoquer, avant que l'attaque du *shinobi* de Sora ne le touche.

Les éclats volèrent un peu partout et Tatsuya abattit une sphère d'eau dans notre direction afin de nous protéger.

Blottie dans les bras de Raiden, je le sentis se tourner vers son adversaire. Tête basse, ses habituels cheveux hirsutes pendaient sur son visage et laissaient couler de grosses gouttes sur ma face. Il releva brusquement la tête et braqua sur son ennemi ses yeux bleus dans lesquels brillait une fureur meurtrière. Satoshi déglutit avec difficulté. Je compris qu'un combat à mort s'annonçait et priai pour qu'il en sorte vainqueur.

— Allez-vous-en, je le retiens, reprit-il d'un ton autoritaire, sans quitter des yeux son adversaire.

Nous nous hâtèrent et, après un dernier coup d'œil en direction de mon amoureux, nous regagnâmes les hauteurs des montagnes où des soignants prirent en charge les blessés.

Alors que je cherchais mes collègues, Kiyo vint à ma rencontre.

— Euh, Liz, si tu cherches les deux autres… eh bien… en fait… on les a endormis.

— Qu'est-ce qu'ils ont encore fait ? soupirai-je désespérée.

— Ils ont demandé ce qu'il se passait et ont commencé à filmer. On a été obligés d'utiliser les grands moyens.

Je blêmis avant que Chiyome ne lui administre une claque derrière la tête.

— Idiot, on en a eu assez pour ce soir, pas besoin de la faire stresser davantage.

— OK, OK, s'amusa-t-il, je voulais juste détendre l'atmosphère. T'inquiète pas, Liz, on leur a juste donné un somnifère. Ça leur a évité de découvrir notre secret.

— Qu'est-ce que tu peux être bête parfois ! répliqua-t-elle d'un ton sec.

Elle m'attrapa par le bras avec douceur et je la suivis sous une tente de fortune. Là, on me donna des couvertures et je sortis avec une grosse pile entre les mains.

Je m'allongeai un peu plus loin, à l'abri des regards, sur l'un des lits de camp. D'ici, j'avais une vue imprenable sur le village, dont l'incendie était éteint. De gros nuages gris s'amoncelaient tout autour et une forte odeur de bois brûlé vint me chatouiller les narines.

Les éclairs de Raiden claquaient sans discontinuer et je ne savais pas où il allait chercher toute cette énergie. Chiyome avait dû me suivre, car à peine venais-je de m'installer qu'elle apparut de derrière une immense pierre.

— Ça va ? m'interrogea-t-elle d'une voix angoissée.

— Je ne sais pas trop, avouai-je à demi-mot. Je suis épuisée et j'ai des courbatures un peu partout, mais ce qui me terrorise, c'est ça.

Je pointai mon doigt en direction du village, là où Raiden se battait.

— Ne t'en fais pas, répondit-elle en s'asseyant à mes côtés. Il n'est pas tout seul et il est bien plus expérimenté que tu ne le crois.

— Je n'en doute pas… mais son adversaire est coriace.

— Je sais, soupira-t-elle. La seule chose que nous pouvons faire, c'est attendre et prier pour qu'il en sorte en vie.

À peine Chiyome termina sa phrase que des lueurs de différentes couleurs éclatèrent, éclairant la nuit profonde.

Elle resta à mes côtés jusqu'à ce que les zébrures cessent d'émettre leur scintillement bleuté.

Le vent se leva, soufflant un air frais. Des frissons parcoururent mon corps usé par la fatigue. Je luttais contre le sommeil qui me gagnait. Mes paupières se fermaient et je peinais à les maintenir ouvertes. Je me devais de tenir, pour Raiden et les autres. Avaient-ils survécu ?

Les yeux clos, je sentis ma tête s'écrouler contre l'épaule de ma jeune amie.

Chiyome en fit de même et nous nous endormîmes dans cette position.

Chapitre 11

— Liz ? Liz ? Liz ! s'écria une voix aiguë.

Je m'éveillai en sursaut avant de m'asseoir dans le *futon*. Je clignai des yeux à plusieurs reprises devant la mine épanouie de Chiyome. Je mis quelques secondes à comprendre qu'on m'avait transportée chez les Ishikawa et que je me trouvais à l'intérieur de leur maison.

— Co… comment ai-je bien pu atterrir ici ?

— C'est Papa qui t'a portée ! On a gagné, Liz ! Le clan Sora a gagné ! s'écria-t-elle avant de se pendre à mon cou.

Je la repoussai avec douceur et lui demandai d'un ton inquiet :

— Où est Raiden ?

Elle fit une moue, gênée, avant de marmonner quelque chose.

— Chiyome, où est-il ? répétai-je d'un ton apeuré.

— À l'hôpital…

Je bondis hors du lit et enfilai mes vêtements qui dégageaient encore l'odeur de brûlé.

Je courus à travers les allées noircies par la suie, zigzaguant d'une rue à l'autre, je priais pour qu'il n'ait rien de grave.

Arrivée à l'entrée de l'hôpital, je me ruai vers l'accueil et pressai la pauvre secrétaire de me donner le numéro de chambre du *shinobi*. Alors que mes doigts pianotaient sur la banque d'accueil, j'aperçus Akiko sortir d'une pièce. Je me jetai sur elle et la harcelai de questions sur l'état de santé de Raiden.

— Comment va-t-il ? Il est blessé ? C'est grave ? Il va s'en remettre ?

— Oh là ! Doucement veux-tu ! Viens avec moi.

Elle me conduisit jusqu'à lui. Je le trouvai endormi et un bras bandé en écharpe. Je m'assis sur la chaise se tenant à ses côtés, la faisant traîner dans un bruit assourdissant. Le lourd silence fut rompu par les bips réguliers du moniteur cardiaque.

— Raiden va bien, souffla Akiko en posant une main sur mon épaule. Il est vidé et a besoin de repos. Il a aussi quelques blessures superficielles. C'est la première fois que je le vois se battre avec autant d'acharnement pour rester en vie.

— Et son ennemi ?

— Mort.

Son franc sourire vint réchauffer mon cœur lourd. J'enlaçai les doigts valides de mon compagnon et caressai le dos de sa main.

Les pas d'Akiko s'éloignèrent et la porte se referma.

Je poussai un long soupir, soulagée. Raiden n'avait rien et le village était sauf.

J'allongeai ma tête en me lovant contre son épaule.

— Li…z.

Sa voix railleuse me surprit et une boule se forma dans ma gorge.

Je resserrai mon étreinte.

— Je suis là, le rassurai-je.

— Tu… n'as… rien ?

— Je vais bien. Maintenant, chut, repose-toi, murmurai-je avant de passer une main délicate dans ses cheveux.

— Reste… avec… moi.

Je ne pus réprimer un rire en pensant aux mêmes mots que j'avais prononcés quelque temps auparavant.

— Je resterai à tes côtés, ne t'inquiète pas.

— Non… pour… toujours.

Il retira ses doigts noués aux miens pour venir baisser son masque. Un sourire moqueur se dessina sur son visage angélique alors qu'il me tirait par le bras. Je vacillai contre lui et me rattrapai de justesse sur le matelas. Je grommelai en lui rappelant qu'il devait se reposer au lieu de faire le pitre.

— Approche, murmura-t-il.

Je tendis mon oreille bêtement, ce qui ne manqua pas de le faire rire. Il posa sa main contre ma nuque et m'attira vers sa bouche.

Le contraste entre cette pièce fraîche et sans âme me fit frissonner quand il posa ses lèvres douces et chaudes sur les miennes.

— J'ai eu très peur de te perdre hier soir, grimaça-t-il alors qu'il posait son regard sur son bras bandé.

Je repoussai une de ses mèches de cheveux qui pendouillait devant son visage.

— Tu es arrivé à temps, c'est le principal, soufflai-je.

— Et si je n'étais pas…

— Stop, le coupai-je. Je suis là et bien en vie. Avec des « si », on referait le monde entier ! Arrête de te focaliser sur le pire alors qu'il n'a même pas eu lieu ! Et je te signale que de nous deux, c'est toi le plus amoché !

— Pardonne-moi, soupira-t-il. Je prends soin des autres en permanence et j'ai oublié ce que ça faisait d'avoir quelqu'un qui se soucie de mon cas.

— Tu vas devoir t'y habituer, pouffai-je en lui caressant la joue. Tu n'es pas près de te débarrasser de moi !

— J'ai bien essayé, rit-il, mais ça n'a pas vraiment donné l'effet escompté.

— Ah ! souris-je. Donc, tu reconnais ?

— Un jour, chuchota-t-il, je t'expliquerai pourquoi je suis devenu comme ça. Pour l'heure, aide-moi à me lever, je dois reprendre du service.

Je relevai un sourcil et le dévisageai de haut en bas. Il était hors de question que je lève le petit doigt pour une bêtise aussi stupide.

Il me tendit sa main.

— Liz ?

Je croisai les bras sous ma poitrine.

— Pas question. Akiko a dit que tu devais te reposer. Tu as passé la nuit à combattre des fous dangereux. Moi vivante, jamais tu ne quitteras cette pièce sans l'accord du médecin. Si par hasard, l'envie de t'enfuir par la fenêtre te prenait, sache que tu auras intérêt à te cacher dans les profondeurs de la Terre, car si je te retrouve, tu le regretteras amèrement.

Mon sourire machiavélique dut avoir raison de lui, car il se rallongea sans un mot.

Un soupir lui échappa et, alors qu'il contemplait le plafond, un rire tonitruant éclata, brisant le silence religieux qui régnait depuis quelques secondes.

À cet instant, la porte s'ouvrit sur Akiko et d'instinct, il replaça son masque en tentant de calmer sa crise de rire.

— Eh bien ! Il y a de l'ambiance ce matin ! Je suis contente de voir que tu te portes bien, mon bon vieux Raiden.

Il se racla la gorge et reprit son air sérieux.

— Ça fait du bien de temps en temps de raconter des âneries, avoua-t-il. Maintenant, laisse-moi sortir.

Son ton suppliant manqua de me faire rire, mais le plus dur fut lorsqu'Akiko lui répondit d'un ton lugubre qu'il devait rester ici les prochains jours.

— Non, allez ! Laisse-moi au moins être présent pour l'interview. Tu sais bien que je suis le seul à pouvoir maîtriser Tatsuya lorsqu'il est enragé.

Ah, apparemment tout le monde a anticipé le drame qui va se jouer dans quatre jours, pensai-je, un brin gênée.

— Tout ça c'est de ma faute, marmonnai-je à voix basse.

Deux paires d'yeux globuleux m'observaient, choquées.

— En quoi est-ce ta faute ? répliqua Raiden d'un ton sec. Candice n'a aucun respect pour personne et je supporte de moins en moins son comportement envers toi.

— Si j'avais accepté la proposition d'Hiroshi *sama*, nous n'en serions pas là.

— Je ne sais pas et, en toute sincérité, je pense que tu as évité une catastrophe, avoua Akiko en tendant à son patient un gobelet d'eau et des médicaments.

Je me levai de ma chaise. Certes, mon travail était bouclé, mais je souhaitais apporter mon aide aux villageois. Des infirmières entrèrent à leur tour et se mirent à glousser à la vue de Raiden.

Sur ces belles paroles, je saluai Akiko, et Raiden m'attrapa la main juste avant que je ne parte.

— Ne fais rien de stupide, je ne suis pas en état de te protéger.

Je lui adressai un sourire éclatant et me penchai vers son oreille.

— Moi aussi, je tiens à toi, lui murmurai-je en plaquant un baiser sur son front.

Le haut de ses joues s'empourpra et un rictus se dessina sous son masque. Sous ses phrases maladroites, je devinais aisément ce qu'il n'arrivait pas encore à me dire.

Je croisai les prunelles assassines d'une des femmes dans sa tenue de service et des messes basses fusèrent à mon encontre.

Je bombai le torse et j'eus envie de leur crier que le *shinobi* le plus en vue du village n'était plus libre.

À la vue du personnel soignant qui jacassait telles des poules ayant trouvé un ver de terre, il me jeta un regard terrorisé. Raiden me laissa partir à contrecœur et me fit promettre de revenir vite, *très* vite.

Akiko me jeta un regard amusé et je pris un fou rire en refermant la porte. Voir le grand dragon blanc de Sora être effrayé par une troupe d'infirmières en chaleur m'amusait beaucoup.

À l'extérieur du bâtiment, Tatsuya discutait avec Daku. Ils m'aperçurent et stoppèrent leur conversation.

Tatsuya me plaqua contre lui et s'exclama :

— Liz ! Je suis heureux que tu n'aies rien !

Je me dégageai doucement de ses bras et Daku posa une main sur mon épaule.

— Nous sommes tous soulagés de voir que tu te portes bien, après ce qu'il s'est passé hier soir, nous avions peur que tu sois traumatisée, m'avoua Daku.

— Il en faut bien plus pour me choquer, pouffai-je. D'ailleurs, où sont Candice et Pierre ?

Tatsuya enfonça ses mains dans les poches.

— Une autre équipe de *shinobi* les a ramenés, hier. Ils m'ont raconté que la blonde ronflait si fort qu'elle en faisait trembler le mont Daimonji.

Nous partîmes dans un fou rire lorsque des voix unanimes crièrent mon nom au loin. Je fis volte-face pour découvrir Chiyome et Kiyo s'élancer dans ma direction. J'ouvris les bras et l'adolescente s'y jeta à corps perdu.

— Tu viens nous aider ? demanda-t-elle. Nous allons distribuer des vivres aux villageois.

Je hochai la tête pour confirmer, tandis que Tatsuya et Daku partirent surveiller les environs.

En traînant d'allée en allée, je me rendis compte qu'une partie du village avait subi des dégâts importants, mais l'intervention rapide des *shinobi* avait permis d'épargner de nombreuses vies.

Armée de paniers en osier, je parcourus les tentes de fortune, offrant de la nourriture que les autres habitants avaient préparée pour les plus démunis. Tout le village s'était réuni pour aider les leurs.

Je m'adressai avec douceur à un petit garçon en larmes. N'ayant plus de *taiyaki* à lui offrir, ce dernier se mit à pleurer. Soudain, une fillette sortit de nulle part et lui fit les gros yeux.

— Excuse-toi ! Sinon je le dis à Maman, ordonna-t-elle. C'est la dame qui m'a aidée l'autre jour parce que j'arrivais pas à sauver le petit chat.

Je la contemplai un instant avant de réaliser.

— Uta ? l'appelai-je d'une voix incertaine.

Elle se retourna et m'adressa un sourire reconnaissant. Il lui manquait les deux canines du haut qu'elle avait dû perdre récemment. Je lui rendis son sourire et lui tendis quelques pièces que j'avais gardées dans ma poche.

— Chez nous, quand les enfants perdent des dents, une petite souris passe la récupérer sous son oreiller et laisse des pièces. Ce matin, j'en ai trouvé dans mes draps et je ne savais pas pourquoi ! Parce que moi, j'ai toutes mes dents, m'amusai-je en lui montrant les miennes. Mais en fait, c'est parce qu'elle ne t'a pas trouvée, alors elle me les a confiées.

Uta me regardait avec des yeux ronds. Elle me remercia d'un geste de la tête et agrippa la main de son frère en courant vers ses parents.

— Eh bien, elle a pris du poil de la bête la petite Uta ! s'exclama Chiyome en me rejoignant.

J'acquiesçai et nous repartîmes distribuer le reste aux autres habitants. Entre deux paniers-repas, j'aperçus monsieur Ikeda assis à même le sol en train de faire la lecture aux enfants. Les petits écoutaient avec attention le libraire qui déclamait l'histoire comme s'il la vivait. Les bras chargés, je m'arrêtai à sa hauteur et écoutai à mon tour.

— Soudain, un grand « boum » résonna, s'exclama-t-il en faisant sursauter l'assistance. Le démon surgit devant lui. Muni de son katana, il attendait le moment opportun. Ses bras lourds n'en pouvaient plus, mais il…

— Liz… murmura Chiyome, me faisant tressaillir. On a fait toutes les tentes qui nous étaient attribuées. Ce soir, les villageois seront relogés chez d'autres habitants. Nous avons tous pris nos dispositions.

— Tu m'en vois soulagée ! Ça me faisait mal au cœur de les voir ici.

— Plus les jours passent et plus on a l'impression que tu as toujours habité ici, affirma-t-elle en m'adressant un franc sourire.

Nous rapportâmes le reste de nourriture chez Horii et je surpris les habitants et les *shinobi* faire une chaîne. Ils retiraient morceau par morceau les décombres, afin de nettoyer au plus vite pour pouvoir reconstruire. Peu importe leur situation dans la vie, chacun était prêt à aider son prochain sans rien attendre en retour.

— Liz, tu comptes repartir ?

Surprise par sa question, je m'arrêtai.

Elle plongea son regard suppliant dans le mien et je poussai un long soupir.

— Hélas, oui… je n'ai pas le choix. Je n'ai qu'un visa de trois mois et il expire bientôt.

— Donc, tu vas nous quitter, tu vas *le* quitter ? s'énerva-t-elle.

— Chiyome, je n'ai pas le choix, appuyai-je d'un ton autoritaire.

— Tu vas nous abandonner, après tout ce qui s'est passé ! s'égosilla-t-elle. Tu es qu'une égoïste !

Elle partit en trombe dans l'allée et j'eus beau essayer de la retenir, la vivacité de la jeune fille était bien supérieure à la mienne.

Le cœur en miette, j'arpentai les allées en direction de l'hôpital. La tendresse de Raiden me semblait vitale à cet instant, surtout que notre départ approchait à grands pas et je ne savais pas si notre couple tiendrait par-delà les milliers de kilomètres.

Devant la porte entrouverte, je le surpris en pleine conversation avec Akiko et Chiyome. L'adolescente pleurait à chaudes larmes tandis que sa mère essayait de lui faire entendre raison.

— Chiyome, commença Raiden d'une voix monocorde. Je le savais depuis le début. Liz ne peut légalement pas rester ici et j'en accepte les conditions.

— Mais, Raiden *sensei* ! pleura-t-elle. Elle ne veut pas repartir, ça crève les yeux ! Retenez-la, s'il vous plaît !

Il soupira et passa une main devant son visage.

— Non. Si elle veut revenir, elle le fera, mais dans des conditions qu'elle aura choisies et en toute légalité. Si je la retiens, comme tu le souhaites, elle n'aura aucune existence et aucun droit. Je ne veux pas l'enfermer et la tenir à l'écart du monde. Elle doit pouvoir choisir sa vie et si elle décide de ne plus jamais remettre les pieds au Japon, ça sera son droit. Tu ne peux pas l'obliger à faire quoi que ce soit, et si tu te mets en travers de sa route, je n'aurai pas le choix que de t'arrêter. Crois-moi, jeune *genin*, je te connais assez pour savoir que ce n'est pas ce que tu souhaites.

Des larmes roulaient sur mes joues et je tâchai de pleurer le plus silencieusement possible. L'entendre prononcer ces mots avec autant de résignation partageait mon âme entre soulagement et tristesse. Chiyome avait raison, je ne voulais pas rentrer et me sentais à ma place pour la première fois de ma vie, mais Raiden savait que légalement, je ne pouvais pas me le permettre.

Voir l'adolescente dans tous ses états et le visage de Raiden empli d'une tristesse infinie me broya le cœur. Le dos collé au mur, je laissai aller ma peine dans la manche de ma veste. La porte s'ouvrit et Akiko riva ses yeux sombres sur moi. Sans aucun mot, elle la referma puis vint se poster à mes côtés.

— Tu as tout entendu ?

— Oui, avouai-je d'une voix enrayée.

— Chiyome a beaucoup d'affection pour toi et c'est la première fois qu'elle est confrontée à un départ de la sorte. Elle ne sait pas gérer cette nouvelle émotion, ne t'en fais pas, elle va finir par l'accepter.

— Ta fille a raison, Akiko. Je ne veux pas repartir.

J'éclatai en sanglots alors qu'elle m'enveloppa de ses bras.

— Nous le savons bien… et personne ne t'en veut. Alors, débrouille-toi pour revenir, d'accord ? m'ordonna-t-elle d'un sourire.

Je hochai bêtement la tête. J'avais trouvé un nouveau but à ma vie : obtenir un visa et me dépêcher de revenir.

Les jours suivants, je partageai mes journées entre l'apprentissage du japonais, l'enseignement du français à Chiyome et mes visites à Raiden. Ce dernier devenait de plus en plus ingérable. Je lui avais remonté les bretelles et lui expliquai que son attitude ne ferait que retarder sa sortie.

Mes paroles firent leur petit effet, dès lors, il devint aussi doux qu'un agneau.

J'arpentais les ruelles, accompagnée de Candice et Pierre.

Nous nous rendions au bureau du Grand Maître pour la fameuse interview. Je consultai l'heure de mon portable.

Dix heures, pensai-je. *C'est parfait ! Une fois terminé, je file voir Raiden.*

Comme à l'accoutumée, nous suivîmes les gardes jusqu'à la porte du bureau où l'un d'eux frappa à la porte.

— Hiroshi *sama*, vos invités sont arrivés.

— Fais-les entrer !

Mes deux collègues entrèrent ensemble. Je fermai la marche et observai l'assistance en clignant des yeux à plusieurs reprises. Raiden se tenait près d'Akiko. Ses yeux se plissèrent et je devinai un large sourire sous son masque. Quant au médecin, elle laissa un petit rire moqueur lui échapper avant de se pincer les lèvres. Ils m'avaient bien eue tous les deux !

— Je suis heureux de vous accueillir, s'exclama Hiroshi. Venez et prenez place.

Il nous indiqua trois sièges face à son bureau et nous nous y installâmes lorsqu'il nous y invita.

S'ensuivit un bref discours sur notre venue et ce qu'il s'était passé ces derniers jours.

— Votre bled paumé est hyper dangereux ! Vous vous rendez compte que vous nous avez mis en danger de mort !? s'excita Candice. J'ai prévenu la directrice, aka ma mère, sachez qu'on n'en restera pas là. De plus, vous nous avez drogués à notre insu. Si c'est une coutume chez vous d'endormir vos invités, c'est passible d'emprisonnement chez nous !

— Stop ! Mademoiselle Arnaud. Nous avons pris des mesures drastiques afin que l'on puisse assurer votre sécurité et…

— Menteur ! s'insurgea-t-elle. Vous avez fait ça pour pas que l'on filme votre village en train de se faire raser par un autre !

— Candice… commençai-je.

— Non ! cracha-t-elle à mon attention. Toi, tu la fermes ! Tu es de leur côté !

— Veux-tu que je mène l'entretien ? Car ton comportement n'est pas…

Elle me lança un regard assassin avant de me jeter sa pochette à la figure que j'esquivai de justesse.

— On commence, le vieux.

Je me levai pour la ramasser et Daku me la tendit.

— Ça va aller ? murmura-t-il.

Je hochai la tête et vis les poings de Raiden se serrer. Je lui fis « non » de la tête et Tatsuya fit craquer ses doigts, un sourire machiavélique s'affichait sur son visage. Je roulai des yeux et demandai aux Ishikawa de raisonner les deux hommes.

Je m'installai et priai pour que les questions ne soient pas « trop » déplacées. Hélas, au bout de cinq minutes de discussion, dont il fallait souligner la banalité, elle redevint la Candice habituelle ; hautaine et irrespectueuse.

— Bien, bien. Donc qu'est-ce que vous pouvez me dire sur vous et qui serait intéressant ?

— Eh bien, avant d'être à la tête du village, je n'étais qu'un simple *shinobi* et je…

— Oui, oui, d'accord. Et du coup, le fait que vous soyez petit et rabougri ne pose pas de problème dans vos fonctions ?

— Hum, non je pense être encore assez en forme pour être à la tête du village.

— Du coup, vos ninjas, ils servent à quoi ? Puisqu'on est au XXIe siècle et que vos méthodes datent du Moyen Âge, vous vous êtes renouvelés comment ?

— Je vous demande pardon ? Je ne comprends pas vraiment votre question ?

— Bah vous servez à quoi ? répliqua-t-elle d'un ton hautain.

— Retenez-moi, ou je vais me la faire ! gronda Tatsuya.

Je me tournai dans sa direction et vis Raiden mettre une main sur son épaule. Il me glissa un regard suppliant et je me levai de ma chaise.

— Pierre, ordonnai-je d'un ton autoritaire. Coupe la caméra, maintenant. Candice, ça suffit.

Elle se leva furibonde, faisant vaciller la chaise qui s'écrasa au sol.

— Tu fais quoi là ! Pétasse ! Tu as cru que c'était toi la patronne ici ? C'est mon interview ! Et grâce à elle, je pourrai prendre la direction du journal.

Elle leva sa paume dans ma direction et je stoppai son mouvement d'une main.

— Candice, tu es ridicule. Ton interview ne vaut pas un clou, il n'y a rien de montable. Soit tu prends mon questionnaire qui est dans la pochette, soit on annule tout. Alors pour une fois, prends la bonne décision ! Je t'en conjure ! Tu n'as pas de talent de rédaction, ce n'est pas grave. Je peux le faire à ta place, je suis ici pour t'aider, pas pour t'enfoncer. Travaillons en équipe, pour une fois ! Et comme ça, tu prouveras à ta mère que tu peux la remplacer.

Pierre coupa la caméra et hocha la tête pour confirmer mes dires.

— Liz a raison, reprit-il. Elle a de bonnes idées et elle a passé plus de temps que nous sur le terrain. Je pense qu'elle est plus à même de mener l'interview, même si ce n'est pas son rôle.

— Toi aussi, tu t'y mets ! Sale traître ! hurla-t-elle en le pointant du doigt.

Elle se retourna dans ma direction et s'arrêta à mon niveau.

— Tu vas me le payer… et crois-moi, tu t'en sortiras pas indemne. Je vais prévenir ma mère de ton petit manège, murmura-t-elle d'un ton funeste. Pierre, suis-moi ! On doit parler toi et moi.

Il soupira et la suivit comme un petit chien.

— Attendez ! les stoppa le Grand *Sensei*, alors que mes collègues se tenaient devant la porte du bureau.

Nous nous retournâmes tous vers lui. Le cœur battant, je craignais de lourdes sanctions.

— Liz, reprit le chef en se levant de sa chaise.

— Hiroshi *sama*, encore une fois, je m'excuse pour le comportement de mes compatriotes.

— Je suis navré de vous demander ça, mais vous vous rappelez ce dont nous avions convenu ?

— En effet, m'inclinai-je. J'effectuerai moi-même l'interview. À votre convenance, bien entendu. Tout du moins, si vous nous permettez une dernière fois cet entretien.

— Je suis soulagé, soupira-t-il avant de s'avachir sur sa chaise. Cette femme est une vraie plaie.

— Pardon ? s'égosilla Candice. C'était un piège ! Vous aviez déjà tout prévu !

— Ce n'est pas ce que tu crois, repris-je en tentant de lui expliquer la situation.

Sa gifle fut si vive que cette fois, je ne pus l'esquiver. Ma tête vacilla sur le côté et je me retins à l'angle du bureau pour ne pas finir les fesses au sol.

— Ma mère va entendre parler de ça, je peux te le garantir. Alors, vas-y, amuse-toi à jouer à la journaliste, nargua-t-elle. Mais cette place m'appartient !

Je frottai ma joue brûlante, elle agrippa le bras de Pierre, telle une sangsue, et traversa la pièce d'un pas vif. Un hurlement de rage résonna lorsqu'elle fut à l'extérieur.

— Ça va ? accourut Raiden en effleurant ma joue du bout des doigts.

— Mais oui ! J'ai déjà vu pire avec elle, répondis-je gênée avant de détourner le regard.

— Fais attention à toi, elle est furieuse et les personnes dans son genre sont prêtes à tout pour arriver à leurs fins.

— Ne t'en fais pas, mis à part ça, elle ne fait rien d'autre. Ce n'est qu'un simple petit roquet qui aboie beaucoup. Elle ne me fait pas peur !

— Comme on dit chez moi : « un chien poussé à bout peut sauter par-dessus un mur. »

— Au fait, petit cachottier, déviai-je. Tu t'es bien gardé de me dire que tu sortais de l'hôpital aujourd'hui.

Mon ton amusé détendit l'atmosphère pesante qui régnait dans le bureau. Raiden passa une main dans sa chevelure et je me blottis contre son torse.

— Je suis soulagée de te voir ici et si j'ai pu tenir tête à Candice, c'est grâce à ta présence, chuchotai-je.

Il resserra son étreinte et posa sa tête au creux de mon cou.

Je ne sus dire combien de temps nous restâmes ainsi. Jusqu'à ce qu'Hiroshi rompe notre embrassade.

— Liz, serait-il possible pour vous de venir demain, à la même heure ?

J'acquiesçai pour confirmer que je n'y voyais aucun inconvénient et les quatre *shinobi* confirmèrent leur présence d'une voix unanime.

— Vous n'êtes pas obligés de venir, pouffai-je.

— Oh que si ! s'esclaffa Tatsuya. Aujourd'hui, c'était pour éviter un désastre et demain ce sera pour te protéger de l'autre furie !

— Elle ne me fera rien ! assurai-je.

— Hum… je n'en serais pas aussi sûre, répondit Akiko.

— Il vaut mieux être prévoyant, termina Daku.

— D'accord ! Vous avez gagné ! ris-je. Rendez-vous demain !

Je quittai mes amis à l'extérieur du bâtiment, Raiden sur les talons.

— Tu as prévu quelque chose ? me questionna-t-il.

— Je dois parler à Candice. Je ne peux pas rester sur un incident de la sorte. Le but n'était pas de lui faire du mal et je veux qu'elle comprenne que je ne souhaite pas lui voler son travail.

— Tu veux que je t'accompagne ?

— Non. Je dois y aller seule.

Il soupira en maugréant, mais accepta ma requête. Je lui tendis ma main, lui faisant comprendre que je voulais qu'il la prenne. Contre toute attente, il enfonça ses mains dans ses poches.

— Désolé, mais ce genre de chose est plutôt mal vu en public.

— Ah, mince ! Pardon, je ne savais pas… m'excusai-je.

— Tu ne peux pas tout savoir ! répondit-il en se positionnant si près de moi que nos épaules se touchèrent.

Nous marchâmes ainsi jusqu'à ma demeure. Arrivés sur le palier, je lui administrai un rapide baiser sur son masque. Il me retint par la taille, baissa furtivement ce bout de tissu et me colla un baiser fiévreux avant de le repositionner.

— Tu as quand même pas cru que tu allais m'échapper ? se moqua-t-il.

Je rougis et le congédiai de chez moi, ce qui ne manqua pas de le faire rire. J'attendis qu'il disparaisse au bout de la route pour refermer la porte.

J'inspirai une grande bouffée d'air avant de me jeter à corps perdu dans une guerre ouverte.

Dans le salon, je m'attendais à trouver les deux comparses. Or, la maison était vide. Un bout de papier traînant sur la table attira mon regard. Je l'attrapai et lus à voix haute ce qui était écrit :

« Si tu cherches Candice, je suis avec elle dans le jardin. Je pense qu'il faut vraiment que vous vous parliez.

Pierre. »

Chapitre 12

Je froissai le mot et le fourrai dans ma poche. Le cœur battant, un frisson glacial me parcourut le corps. Il fallait reconnaître qu'elle avait le chic pour me rabaisser et, même si je ne disais rien, cela pesait sur mon moral déjà bien entamé de la journée.

J'ouvris le *shoji* qui donnait sur le jardin et marchai le long du sentier de galets. Une sensation de malaise m'envahit et j'eus comme un mauvais pressentiment. Je secouai la tête de droite à gauche pour oublier ce sentiment négatif.

Je pris le dernier virage et aperçus Candice observer avec attention le petit étang. Je la hélai et elle fit comme si elle n'avait rien entendu. Je roulai des yeux et accélérai le pas avant qu'elle ne se sauve.

— Candice, commençai-je d'une voix doucereuse. Ce n'est pas ce que tu crois, leur chef m'a de…

Une main robuste se plaqua contre ma bouche.

Mais qu'est-ce qu'il se passe ?

Prise de panique, je me mis à gesticuler dans tous les sens, afin de cogner mon adversaire de tous mes membres. Il me fit une balayette et je me retrouvai la tête plaquée au sol.

Je luttais avec difficulté et ne pouvais même pas hurler.

Candice sortit un bâillon de sa poche. La main rude m'attrapa par les cheveux et m'obligea à relever la nuque. Je retins un cri de douleur et elle lança :

— Pierre retire tes doigts, je vais lui couper l'envie d'appeler au secours.

Le caméraman obéit. Elle tira sur les commissures de mes lèvres et me força à ouvrir la bouche pour y fourrer un bout de tissu, qu'elle bloqua à l'aide d'un autre bout qu'elle plaça par-dessus l'autre en le nouant à l'arrière de ma tête.

— J'ai eu ma mère au téléphone, juste avant que tu n'arrives. Tu sais ce qu'elle m'a dit ? Qu'elle souhaitait que tu prennes sa place. Toi ! C'est pitoyable. Une prof comme directrice de magazine ! Je ne l'accepterai jamais !

Son ton me glaça le corps. Elle était dans un état de rage absolu et personne ne pouvait l'arrêter.

— Candice, tu es sûre de toi ? Tu vas loin quand même ! hésita Pierre.

— La ferme si tu tiens à ton poste ! Et si tu ne m'obéis pas, je pourrirai ta carrière dans le métier.

Non ! Aide-moi ! Ne la laisse pas me faire du mal !

Les larmes aux yeux, je suppliai Pierre du regard.

Il baissa son visage vers le sol et renforça sa prise sur mes membres supérieurs.

— À genoux ! s'écria-t-elle d'un ton lugubre.

Pierre me força à prendre la position qu'elle désirait. Ses jambes appuyées fortement sur les miennes m'empêchaient tout mouvement. Mes poignets me brûlaient et la pression exercée était si forte que des picotements parcouraient chacune de mes phalanges.

Arrête ! Pitié, ça fait tellement mal !

La panique me gagna lorsqu'elle appliqua un poing américain sur ses doigts. Je tentai de me débattre, mais Pierre me maintenait fermement.

Non ! Stop ! Pas ça ! Au secours ! Aidez-moi !

Ma respiration saccadée ne permettait plus à l'air d'oxygéner correctement mon corps. Mes hurlements étouffés ne pourraient alerter personne sur ce qui se préparait.

Candice se plaça juste devant moi et me chuchota :

— Ne t'inquiète pas, je n'abîmerai pas ton joli minois, ça serait trop voyant. Par contre, ici…

Elle fit un geste à Pierre afin qu'il me relève. Mes muscles noueux ne pouvaient plus rien faire.

J'étais terrorisée.

Les paupières closes, je ne voulais pas voir les coups arriver.

Une violente douleur me comprima la poitrine, puis un autre coup tomba, puis encore un autre. Je ne sus combien de fois elle me percuta. À moitié dans les vapes, je ne sentis même pas que Pierre venait de me relâcher.

Enfin… c'est… fini ? Tout ça à cause d'une interview ? J'ai mal… tellement mal… Raiden… au secours… songeai-je recroquevillée au sol en position fœtale.

Je respirais avec difficulté. Chaque inspiration était un véritable supplice, comme si l'on me perforait à coup de poignard.

— Je crois qu'elle a compris. Tu devrais arrêter, Candice. Regarde-la, s'alarma-t-il.

— Encore une petite chose… ricana-t-elle.

Elle m'administra un grand coup de poing en plein sur la mâchoire.

— Candice ! hurla Pierre. Tu avais promis de ne pas toucher son visage.

— Oh… c'est vrai ? se moqua-t-elle. J'avais oublié. Avec ça, elle ne pourra plus me piquer la place de directrice ! Et ma mère arrêtera de me rebattre les oreilles avec ses talents d'écriture ! Allez, viens, on doit encore la dégager d'ici.

Le caméraman lui obéit et, alors qu'il me soulevait, la douleur fut si violente que j'en perdis connaissance.

Lorsque je m'éveillai, je me trouvais près d'une rivière, déposée à même les galets. Un goût ferreux coincé dans ma gorge me donnait envie de vomir.

Le vent glacial me fouettait le visage, et j'en profitai pour inspirer à pleins poumons une bouffée d'air frais, elle fut stoppée brutalement par une douleur terrible qui vint me perforer les côtes.

À cet instant, je compris qu'elle avait dû me casser un ou deux os.

Je rassemblai les dernières forces qu'il me restait. J'essayai de me hisser en dehors de cette plage pierreuse.

Je dus demander un effort surhumain à mon pauvre corps, car mes membres engourdis refusèrent de bouger. Mes larmes restèrent bloquées aux coins de mes yeux.

Je n'avais même plus la force de pleurer.

Je luttais pour rester éveillée. Le dos maltraité par les rochers, les yeux à demi clos, je vis la nuit tomber sur la forêt. Le vent redoubla de force et je grelottais si fort que j'en venais à me demander si un tremblement de terre avait lieu.

— Liz ! entendis-je hurler au loin.

Je suis là… Venez m'aider…

Je voulais hurler, alors qu'aucun mot n'arrivait à dépasser mes pensées. La souffrance me paralysait tel un poison se répandant à travers chacune de mes cellules.

— Chiyome ! Je l'ai trouvée ! s'écria Kiyo.

Il se jeta à mes côtés.

— Liz ? reprit-il. Tu m'entends ?

Oui… Merci…

— Réponds-moi ! s'alarma le jeune homme.

— Oh mon Dieu ! pleura Chiyome. Kiyo, comment elle va ?

— J'en sais rien, grinça-t-il des dents. Elle ne parle pas.

— Perdons pas de temps, s'affola-t-elle. Tu peux la porter jusqu'à l'hôpital ?

— Tu es folle ! C'est un coup à aggraver ses blessures !

— Kiyo ! hurla-t-elle. Regarde dans quel état elle est ! Si on ne fait rien, elle va...

— Chiyome, calme-toi. Reste avec Liz, je vais chercher ta mère et nous reviendrons avec une civière. Ne la bouge surtout pas, compris ?

Enfin en sécurité, je laissai le sommeil gagner la partie.

Chapitre 13

Un bip strident résonnait sans discontinuer depuis un petit moment. Les yeux clos, je tapotai dans le vent afin de l'éteindre, et j'effectuai un léger mouvement de rotation sur le côté pour me rapprocher de cet appareil de malheur. Une douleur intense vint me poignarder les côtes et mon souffle se coupa.

— Liz ! Ne bouge pas !

J'entrouvris les paupières et croisai un regard sombre.

— Aki…ko…

— Comment tu te sens ? La douleur, ça va ?

— J'ai mal… à droite… les côtes…

— Oui, je sais, soupira-t-elle. Tu as deux côtes fêlées et des ecchymoses un peu partout.

— L'heure…

— Neuf heures du matin. Pourquoi ?

— Je dois me préparer, grimaçai-je avant d'essayer de me relever.

Elle me retint d'une main et me força à rester allongée.

— Hors de question ! Tu dois te reposer et éviter tous mouvements brusques !

— Akiko… l'interview…

— Tu es cinglée ! s'emporta-t-elle alors qu'elle appliquait une compresse chaude sur ma mâchoire endolorie.

— Aide-moi, s'il te plaît, la suppliai-je.

— Non, je ne laisserai pas ma patiente sortir dans un état aussi lamentable et de toute façon, sans aide, tu n'iras nulle part.

Son ton sec et autoritaire ne me laissait pas le choix. Aucune négociation ne serait possible. J'étais donc condamnée à laisser Candice ruiner nos chances.

— Raiden est au courant ?

— Oh que non ! Pour le moment, il ne sait rien et, à l'instant même où il le découvrira, j'espère que tes « collègues » seront loin… *très* loin…

J'imaginais Raiden les assassiner de sang-froid et un frisson me parcourut l'échine.

— Comment vous m'avez retrouvée ?

— Chiyome sortait de l'entraînement quand elle a vu le caméraman déposer un mot devant la porte. Elle a essayé de le retenir, mais il a détalé comme un lapin. Daku et moi n'étions pas encore rentrés. Le message disait que tu étais en danger, près de la rivière. Elle est partie chercher Kiyo pour te secourir. Le garçon est venu me trouver ici et nous t'avons ramenée.

Je hochai la tête. Alors comme ça, Pierre m'était venu en aide. Cela avait dû lui coûter de désobéir à sa Candice.

— Bon, j'ai fini ton *check-up*. Tu te reposes, je repasserai te voir en début d'après-midi.

Je hochai la tête et me rallongeai en grimaçant. J'attrapai mon portable sur la table et commençai à pianoter un message à l'attention de Chiyome lorsque cette dernière apparut à travers la porte entrebâillée.

— Oh, Liz ? Tu es réveillée !

— Chiyome ! Merci pour ton aide ! m'exclamai-je.

Je m'assis sur le lit avec difficulté. Elle me tomba dans les bras et me serra contre elle.

— Pas de quoi ! J'allais quand même pas te laisser au bord du fleuve à moitié morte de froid ! sourit-elle les larmes aux coins des yeux.

Je posai ma main sur la sienne.

— Je peux te demander un énorme service ?

— Tout ce que tu veux !

— Aide-moi à réaliser l'interview. Si nous revenons les mains vides, je perds mon emploi ! suppliai-je.

— D'accord, mais attends deux minutes, je reviens. Je vais te chercher des vêtements un peu amples afin de cacher tout ça, les tiens sont tachés de sang.

Comme promis, elle revint quelques minutes plus tard, les bras chargés de linge. Elle m'aida à m'extraire du lit et à m'habiller. Une fois prêtes, nous sortîmes de l'hôpital et traversâmes les allées noires de monde. Le bruit des badauds attirait la foule autour de produits sortant de l'ordinaire. J'aperçus des insectes, de plus ou moins grande taille, se faire griller. Je fis une moue dégoûtée devant ce macabre spectacle.

— Liz ? Ça va ?

Mon souffle court dut l'alarmer. Je la rassurai et répondis que la douleur m'empêchait de prendre de grandes inspirations.

— Maman va m'étriper…

— Je dirai que je t'ai forcée, pouffai-je avant de me tordre de douleur.

— T'inquiète, à mon avis, elle sait déjà qu'on est parties… Et arrête de faire des mouvements brusques ! Tu vas vraiment finir par te les casser, ces fichues côtes ! Espèce de folle ! s'emporta-t-elle.

J'émis un rire amusé qui appuya sur mes os abîmés. Cette douleur aiguë revint me poignarder le côté droit et je me tordis de douleur.

— Tu veux t'arrêter ?

— Non, non, surtout pas ! En plus, nous sommes arrivées ! pointai-je du doigt le bâtiment.

Un des gardes nous accompagna et nous entrâmes, pile à l'heure, dans le bureau. Je repoussai l'adolescente sur qui je m'étais appuyée durant tout le chemin et je cachai ma mâchoire ecchymosée sous un masque chirurgical que j'avais dérobé dans les couloirs de l'hôpital.

Affublée des vêtements de Daku, bien trop larges pour moi, je parcourus l'assistance du regard. Ce dernier passait ses yeux grands ouverts de sa fille à moi. Tatsuya me dévisagea de haut en bas, les bras en croix sur le torse. Quant à Raiden, il me fusilla du regard, les sourcils froncés. Mais le pire, ce fut le regard assassin de Candice alors qu'elle se trouvait assise, face à Hiroshi, prête à commencer son entretien.

— Pardonnez-moi pour mon retard, dis-je le souffle court. J'ai été malade toute la nuit et j'ai eu du mal à me lever.

— Qu'est-ce que tu fais là ? siffla Candice entre ses dents.

— Je suis venue faire mon travail, répondis-je d'un ton enjoué avant de m'asseoir.

Je me mordis la langue pour ne pas hurler de douleur. Ma posture, quelque peu penchée sur le côté droit, ne laissait aucun doute sur ma véritable situation.

— Vous êtes certaine d'être en état ? s'inquiéta le chef.

— Bien sûr, mentis-je.

Je lançai un regard en coin vers Chiyome qui se tenait à l'opposé de son père. Le nez cloué au sol, elle tapotait du pied et marmonnait des phrases incompréhensibles.

— Dans ce cas, nous pouvons commencer !

— Quoi ! éructa Candice. Mais c'est moi la journaliste ! C'est moi qui dois…

— Candice ! stoppa Pierre d'une voix suppliante. Ça suffit ! Je pense que tu en as assez fait, non ?

Alors monsieur le caméraman avait fait son choix, et ça ne plaisait pas à mademoiselle Arnaud, qui se leva en repoussant sa chaise d'un geste brusque. Elle se pencha au creux de mon oreille et je vis Raiden se déplacer. Je relevai une paume dans sa direction et lui intimai l'ordre de ne pas intervenir. Il comprit ma demande et s'arrêta en plein milieu de la pièce.

— J'aurais dû taper plus fort… histoire que tu ne puisses plus jamais te mettre en travers de ma route, siffla-t-elle entre ses dents.

— Je suis plus robuste que tu ne le crois et ton venin n'a jamais fonctionné sur moi.

Elle s'apprêtait à m'administrer une gifle qui fut arrêtée par Pierre.

— Dehors ! répliqua-t-il d'un ton autoritaire et pointa la porte du doigt.

Piquée au vif, elle sortit en claquant des talons. Enfin, nous pouvions reprendre dans le calme. Je remerciai Pierre d'un hochement de tête et ce dernier préféra détourner le regard.

L'entrevue se déroula à merveille, nos échanges furent constructifs et j'outrepassai ma douleur. Entre-temps, Akiko nous avait rejoints. D'un geste discret, elle avait attrapé sa fille par le col et l'avait traînée entre elle et son mari. Son sourire démoniaque n'annonçait rien de bon, ni pour Chiyome ni pour moi. Cependant, elle eut l'amabilité de ne pas faire un esclandre pendant l'entretien. Nous parlâmes durant près d'une heure. Hiroshi semblait apprécier mes questions et me fit remarquer à plusieurs reprises qu'il trouvait cela pertinent et réfléchi.

Vers la fin, la douleur devint quasi insupportable et le stylo que je tenais dans la main se mit à trembler. Je sentais des gouttes de sueur rouler le long de mon dos et de mes tempes. Mon souffle se fit de plus en plus court et rapide. Je serrai les dents alors qu'il ne restait plus qu'une question. Je ne pouvais pas m'arrêter.

Il ne disait rien, mais son regard empli d'une inquiétude profonde parlait pour lui. Je n'arrivais plus à cacher cette atroce souffrance. Une multitude de points noirs se dessinaient devant mes yeux. Je sentis le malaise arriver.

Hiroshi avait dû voir ma détresse, car il abrégea sa réponse et nous pûmes conclure. Pierre coupa la caméra et tous se levèrent de concert avec leur maître. Seule moi demeurai assise. Je ne pouvais plus me relever.

— Bon ! Tu arrêtes tes âneries et tu retournes à l'hôpital ! aboya Akiko en me tendant une main secourable.

— Pardon ? s'exclama Raiden d'une voix grave.

Un silence pesant survola la pièce et je plaquai mes mains sur mes yeux.

Il s'approcha de moi d'un pas rapide.

— Je savais bien que quelque chose clochait. C'est quoi cette histoire ? gronda-t-il.

Je reculai le buste, mais il fut plus agile. Il me retira le masque et je vis son visage s'assombrir.

— Je suis tombée dans les escaliers, mentis-je.

— Lève-toi, m'ordonna-t-il.

— Raiden…

— Lève-toi !

Je pris appui sur les accoudoirs de ma chaise et me relevai avec difficulté. Mon corps penchait sur le côté. Je m'agrippai au bureau avec force. La pièce tanguait comme sur un bateau en plein océan déchaîné. Le sol se déroba sous mes pieds et mon buste partit vers l'avant.

Je heurtai le corps de Raiden qui m'enveloppa avec douceur et je me laissai aller.

Eh voilà, pensai-je en ouvrant les yeux sur le plafond blanc. *Me revoilà encore ici.*

— Tu n'as pas trop mal ? demanda Raiden d'une voix grave.

Je tournai les yeux dans sa direction et croisai ses prunelles assassines.

— Je crois qu'Akiko a forcé sur la dose, parce que je ne sens plus rien, pouffai-je à moitié droguée.

Il croisa les bras et s'affala au fond de la chaise.

— En même temps… gronda-t-il. Tu ne lui as pas laissé le choix. Au fait, ils sont bizarres tes escaliers ? J'aimerais que tu m'expliques comment ils ont pu faire pour t'amocher avec autant de précision ?

Son ton menaçant était empli d'un mélange de colère et de tristesse.

— Je suis désolée, soupirai-je. Je ne voulais pas te mentir, mais…

— Pourquoi tu l'as fait alors ? répliqua-t-il d'un ton froid.

— Je n'en sais rien… je ne voulais pas que tu t'inquiètes. Tu viens à peine de sortir d'ici alors je n'allais pas t'embêter avec ça…

— M'embêter ? s'emporta-t-il avant de se lever de la chaise qui vacilla, pour finir sa course au sol avec fracas. Liz ! Tu t'es fait tabasser ! Et pour info, je suis mort d'inquiétude parce que je t'… parce que… ah ! Laisse tomber !

Il ramassa le pauvre meuble qu'il venait de faire tomber et se rassit avec lourdeur, les bras croisés sur le torse.

— Pardon… murmurai-je.

— Liz, reprit-il d'un ton plus calme. Chiyome nous a raconté ce qui s'est passé hier soir. C'est un acte d'une gravité sans nom. La violence gratuite n'est pas tolérée chez nous. Candice a dépassé les bornes et je peux t'assurer qu'elle ne tentera plus jamais rien contre toi.

— Qu'est-ce que vous avez fait ? m'affolai-je.

— Disons que Daku est le meilleur d'entre nous pour les interrogatoires. Il a dû lui faire passer un sale quart d'heure et elle doit être dans un état psychologique lamentable.

— Vous n'auriez pas dû vous mêler de ça, rétorquai-je d'un ton sec.

— Et la laisser te tuer ? riposta-t-il. Hors de question !

— Pierre ne l'aurait pas laissé faire.

— Qui ? L'autre poule mouillée ? Laisse-moi rire ! Lui aussi, il nous a expliqué ce qu'il a fait, et je crois que je lui ai fait perdre quelques dents… se moqua-t-il en évitant mon regard réprobateur, puis croisa ses mains sur le haut de son crâne.

— Tu es incorrigible, soupirai-je.

Son rire résonna à travers la pièce. Il retira son masque et déposa un délicat baiser sur mes lèvres gercées.

— Ah, au fait ! Tu passeras les trois prochaines semaines alitée chez moi. Au moins, je pourrai garder un œil sur toi.

Je roulai des yeux et vis son sourire moqueur.

— Oh, alors comme ça, monsieur Hanzo, tu veux que la folle *gaijin* vienne habiter chez toi ? minaudai-je.

— Si ça peut te rassurer, je pense avoir assez de ressources pour gérer une hurluberlue dans ton genre ! rit-il.

Il attrapa mes doigts qu'ils noua aux siens.

Il passa son après-midi à mes côtés et, en fin de journée, Akiko vint m'annoncer qu'elle m'autorisait à sortir. Elle savait qu'il serait intraitable sur ma santé.

Raiden me porta contre lui jusqu'à son domicile. Nous croisâmes le regard estomaqué de quelques villageois, surpris de voir le *shinobi* aussi prévenant avec une femme. Les joues rougies, j'enfouis ma tête dans son cou afin de ne plus les voir nous dévisager de haut en bas.

— Nous y sommes ! Je vais t'installer dans mon lit. Je prendrai le canapé.

— Tu ne vas pas passer trois semaines à dormir là-dessus, m'emportai-je.

Il releva un sourcil et sans un mot, il me déposa délicatement sur les draps.

— Si… finit-il par lâcher. Je ne veux pas te faire de mal durant la nuit. Mon sommeil est plutôt agité et je risque de te blesser. Bon, ne bouge pas. Je vais récupérer des affaires chez toi et je reviens vite.

J'attrapai sa manche et lui lançai, affolée :

— Ne me laisse pas…

Il effleura ma joue du bout des doigts.

— Ne t'inquiète pas, murmura-t-il. Même si nous ne pouvons pas légalement juger leur acte abominable, les deux autres abrutis n'ont plus le droit de sortir et de se retrouver dans le même périmètre que toi. Tu me diras, ça ne changera pas grand-chose à leurs habitudes. Tu n'as rien à craindre.

— Je n'ai pas peur, c'est juste que je ne veux pas être séparée de toi, rougis-je.

Ses sourcils se levèrent d'un seul coup et il passa une main dans ses cheveux.

— Euh… je… à tout de suite ! bredouilla-t-il avant de s'éclipser.

Il n'est vraiment pas doué pour exprimer ses sentiments. Il faut que j'y aille en douceur, je vais l'effrayer si je le brusque.

Chapitre 14

Malgré mes antidouleurs et un somnifère, j'eus du mal à dormir. La douleur lancinante se diffusait dans toute ma cage thoracique.

J'attrapai non sans peine mon téléphone posé à mes côtés et plissai les yeux sous la lumière aveuglante.

Je parcourais les réseaux sociaux lorsqu'un cri me fit sursauter. Le téléphone m'échappa des mains et atterrit sur mon nez. La douleur ressentie n'était rien comparé à celle de mes côtes qui me poignardaient les poumons. Les dents serrées, je retins un hurlement de douleur et des larmes perlèrent le long de mes joues.

Je me hissai péniblement en dehors des draps et clopinai jusqu'au canapé. Les cris implorants de Raiden me fendaient le cœur.

La lueur grisâtre de la pleine lune illuminait assez le salon pour que je découvre mon compagnon trempé de sueur. Il agitait les bras de tous les côtés en gémissant.

Je m'assis près de lui et attrapai ses mains

— Raiden, reprends-toi, appelai-je doucement.

À peine eus-je effleuré ses poignets que je me retrouvai avec un *kunai* sous le cou.

— Raiden ! m'écriai-je, apeurée.

Il relâcha l'arme qui s'échoua au sol dans un bruit métallique.

— Liz ! Je… pardon ! Je suis désolé !

Il se redressa, prit sa tête entre ses mains et s'excusa encore et encore, d'une voix chevrotante.

— Chut… ça va aller, murmurai-je.

Je passai une main dans son dos et déposai un baiser sur sa joue.

— J'ai failli te tuer, articula-t-il avec difficulté. Je t'avais dit de ne pas t'approcher !

— C'est plus facile à dire qu'à faire, et vu ton état, je ne regrette pas d'être intervenue. Raiden, ne me dis pas que toutes tes nuits ressemblent à ça ?

Il fuit mon regard, se leva sans un mot et partit dans la cuisine. Je ne le quittai pas des yeux et l'observai ouvrir le robinet. Il effectua un nettoyage quasi chirurgical de ses mains.

À chaque mouvement, mon cœur se serrait dans ma poitrine. Je me relevai avec difficulté et me dirigeai dans sa direction pour venir enrouler mes bras autour de sa taille.

— Je crois qu'elles sont assez propres.

— Liz… va te coucher. Tu ne dois pas rester debout.

Il venait de reprendre conscience, mais au vu de son état, cela me faisait souci de le laisser ainsi.

— Viens avec moi, juste pour cette fois.

— Hors de question. Je tiens à ta vie.

— Mais… Raiden ! m'écriai-je alors qu'il me soulevait déjà et me plaquait contre lui.

Il me déposa délicatement dans le *futon* et j'attrapai sa main alors qu'il s'apprêtait à me laisser.

— Tu veux en parler ?

— Non. Je n'en ai jamais parlé à qui que ce soit et ce n'est pas aujourd'hui que ça va changer.

— Tu devrais, rétorquai-je d'un ton sec. Parce que mettre un couteau sous le cou d'une personne que tu aimes, sans même t'en rendre compte, c'est dangereux !

— Je t'avais prévenue ! rugit-il.

— Non ! Tu m'as dit que tes nuits étaient agitées ! Jamais tu ne m'as parlé de ce genre de réactions ! Ce n'est pas un comportement normal !

— Stop. Je ne veux pas me disputer avec toi et encore moins à trois heures du matin. Rendors-toi. Je vais fermer le *shoji,* comme ça, je ne te dérangerai plus.

Son ton autoritaire sonna le glas de la fin notre discussion. Il déposa un baiser sur mon front et je ne réussis pas à le retenir une seconde fois.

— Liz ? Réveille-toi, murmura Raiden d'une voix grave.

Je sentis ses lèvres douces et chaudes se poser sur ma joue. Je grommelai en me retournant sur le côté, afin de l'attirer contre moi.

— Non, tu vas te…

— Ah ! Ça fait mal ! sifflai-je entre mes dents.

La douleur costale venait de me lacérer le côté droit. Voyant ma détresse, il m'aida à me rallonger.

— Il faut vraiment que je prenne soin de toi à ta place ? pouffa-t-il avant de déposer un bol de nouilles près de ma couche.

— Je veux bien te laisser faire, si toi aussi tu m'autorises à prendre soin de toi.

— Ne dis pas de bêtise, je n'ai pas besoin ça, rétorqua-t-il alors qu'il me tendait mon déjeuner.

— D'accord, alors je n'ai pas besoin de toi, tu peux disposer.

Je repoussai sa main après avoir attrapé le bol de nouilles.

Je ne capitulerai pas. Il faut que je trouve un moyen pour qu'il s'ouvre à moi. Je ne peux pas le laisser ainsi !

Malgré tout, je continuai à lui tenir tête.

Il soupira et secoua la tête de droite à gauche avant de quitter la chambre sans un mot.

Au bout d'une heure, la porte du *shoji* s'ouvrit et il apparut sur le seuil, vêtu de sa tenue de *shinobi*.

— Je vais entraîner les jeunes ce matin, expliqua-t-il tout en réajustant sa tenue. Je serai de retour vers midi. Si tu as besoin de quelque chose, Tatsuya est dans le salon. Je lui ai demandé de venir te surveiller.

Sur ces mots, il referma le zip de sa veste et la boutonna d'une main, tandis qu'il tâtait ses petites sacoches arrière.

— Raiden… murmurai-je le cœur lourd.

— À plus tard.

Il se hâta de repartir et, pas moins de dix minutes plus tard, Tatsuya frappa à la porte du *shoji* déjà ouvert.

— Toc, Toc ! Je te dérange ?

— Oh, non ! m'exclamai-je ravie d'avoir un peu de compagnie.

Il sourit et s'installa à genoux sur le bord du *futon.*

— Vous vous êtes disputés ?

C'était bien du Tatsuya tout craché ça ! Mettre les pieds dans le plat sans prendre aucun gant.

Je lui tendis ma main afin qu'il m'aide à me relever.

— On peut dire ça, grimaçai-je. Tu savais que Raiden faisait des cauchemars atroces, à tel point qu'il a failli m'égorger ?

Il baissa la tête et émit un rire gêné.

— Il a jamais voulu en parler, mais lorsqu'on partait en mission, j'ai bien vu que ses nuits étaient loin d'être de tout repos. Je pensais qu'avec toi à ses côtés, cette part sombre de sa vie finirait par disparaître, mais apparemment, il y a encore du boulot !

— Raiden refuse de me parler, soupirai-je. Il dit qu'il n'en ressent pas le besoin. C'est ridicule ! Plus il gardera ses démons en lui, plus dur ce sera de l'en sortir. Toi qui le connais depuis bien plus longtemps que moi, comment puis-je l'aider ?

— Hum, réfléchit-il en se grattant le menton. Une confrontation. Tu ne lui laisses pas le choix. Il faut parer à toutes les solutions qu'il pourra trouver pour l'éviter et pour ça, je suis ton homme !

Tatsuya se leva d'un bond et plaça ses mains sur ses hanches, un sourire triomphant placardé sur le visage.

Ravie, je lui demandai de m'emmener au salon afin que nous discutions du plan. Il me porta telle une princesse, je fus surprise qu'il connaisse aussi bien la maison de son ami. Lui faisant remarquer, il m'expliqua que Raiden vivait seul depuis plusieurs années et que ses manières de ranger n'avaient jamais changé depuis. Chaque chose était à une place bien précise et il me rappela ô combien il était maniaque. Il ne laissait jamais rien au hasard ; sa tête et sa maison étaient construites de la même façon. Tout était calculé, pensé, organisé, rangé, et ce, au millimètre près. Pendant que nous buvions notre thé, il évoqua quelques missions passées à ses côtés.

— Il avait toujours un coup d'avance sur nos ennemis, évoqua-t-il, le regard perdu dans le vide et les mains jointes. Il parvenait même à revoir son plan lorsque la situation devenait critique. Raiden ne laisse jamais rien passer et c'est la même chose lors des assassinats. En tant que chef d'équipe, il prend son rôle trop à cœur et il termine toujours le sale boulot.

Après toutes ces années, je dirais que c'est un exploit qu'il soit pas tombé dans la folie ! Quand tu as autant de missions à ton actif, dont les plus atroces, tu ne peux pas en sortir indemne.

— Réponds-moi avec honnêteté, tu crois que je pourrai l'aider ?

J'appuyai mon regard sur ses prunelles sombres et vis une lueur s'illuminer au creux de ses iris.

— Oui. S'il y a bien une personne qui peut réussir à le sauver, c'est toi !

Nous restâmes là jusqu'au retour de Raiden, à discuter du fameux plan que Tatsuya avait en tête depuis un moment.

Midi venait de sonner depuis cinq minutes quand la porte d'entrée s'ouvrit. Raiden se tenait droit comme un piquet sur le seuil de la porte, recouvert de poussière, les vêtements humides. Quelques feuilles d'arbres subsistaient sur sa veste au niveau des épaules.

— Eh bien, on dirait que les gosses t'ont fait mordre la poussière ? pouffa Tatsuya assis à mes côtés.

Raiden émit un rire moqueur.

— Il faut parfois se mouiller un peu pour que les jeunes pousses évoluent ! Et vous, ça s'est bien passé la matinée ? demanda-t-il alors qu'il retirait ses chaussures dans le vestibule.

— Oh tranquille, de toute façon, avec la blessée de service, on pouvait pas faire grand-chose.

À ces mots, je roulai des yeux.

— Encore merci d'avoir pris soin de Liz en mon absence.

— Raiden, on doit parler, répliquai-je d'un ton sec.

Je tendis ma tasse de thé à Tatsuya et Raiden passa une main dans ses cheveux argentés en soupirant.

— Ça peut attendre après le déjeuner ?

— Non.

Il se dirigea sans un mot vers la cuisine, sortit un paquet de nouilles instantanées du placard et mit en route la bouilloire. Je l'observais du canapé, le cœur battant à toute rompre. Du bout des doigts, je frottais énergiquement le dos de ma main. J'évitais son regard depuis son retour et me concentrais sur ce que je devais dire. Je savais que cela ne serait qu'un très mauvais moment à passer, mais nous n'avions pas le choix.

Le clapotis de l'eau qui tombait dans le bol me sortit de mes pensées et sa voix grave résonna à travers le salon.

— Tatsuya, laisse-nous.

— Désolé, pas cette fois.

Tatsuya se redressa du sofa pour se placer derrière moi, et posa ses paumes sur mes épaules.

— C'est quoi ce cinéma ? gronda Raiden en s'asseyant au bout du canapé.

Je me mis à me triturer les doigts.

— Je… je me fais beaucoup de souci pour toi, bredouillai-je. Il paraît que ta crise d'hier soir n'est pas un cas isolé.

— Qu'est-ce que tu lui as dit !? cracha-t-il à l'attention du *shinobi*.

— La vérité !

Un silence pesant s'installa et je sentis une certaine pression s'abattre sur la pièce. L'air en devint quasi irrespirable et je peinai à trouver mon souffle. La peau de mes mains rougissait à vue d'œil alors que je continuais à me frotter le dos de la main. Les battements rythmés de mon cœur résonnaient dans ma tête.

— Tatsuya, reprit-il d'une voix d'outre-tombe. Sors. Ce que je dois dire ne concerne que Liz.

— Non. Je te connais et sais ce que tu prépares. Tu comptes nous diviser afin d'avoir le champ libre pour échapper à la discussion. Pas question de te défiler. C'est la seule personne qui peut t'aider et tu comptes faire quoi au juste, hum ? Tu as voulu qu'elle vienne chez toi pour la protéger et maintenant tu refuses qu'elle puisse voir la part sombre qui t'habite ? T'es culotté et je peux t'assurer que si tu continues, tu vas la perdre ! Alors, arrête tes conneries et mets ta fierté de côté, bon sang !

Raiden fronça les sourcils et baissa la tête. Ce que son ami venait de prononcer semblait faire son petit effet. Je retins ma respiration, quand je le vis se lever dans ma direction pour se laisser choir à mes pieds.

— Tu veux savoir ? M'aimeras-tu encore après avoir entendu mon histoire ?

— Bien sûr ! Je suis consciente que ton travail et ton passé ne sont pas roses ! Si tu veux que notre relation puisse évoluer avec sérénité, j'ai besoin d'entendre ce que tu caches. Un couple, ce n'est pas fait uniquement de hauts, mais aussi de bas, et je veux être présente pour tous ces moments. Après, nous avons tous notre jardin secret, mais il y a des choses qui ne doivent pas être cachées. Les démons du passé en font partie.

D'un geste doux, il blottit sa tête contre mes cuisses. Je commençai à entremêler mes doigts dans quelques mèches de ses cheveux argentés.

— J'y vais, murmura Tatsuya à mon oreille. Tu t'es bien débrouillée.

Il m'adressa un clin d'œil complice avant de sortir. Raiden attendit que son ami se retire pour commencer son récit, toujours lové contre mes jambes, les yeux dans le vague.

— Mes parents sont décédés lors d'une mission lorsque j'étais enfant. Le village les a érigés en héros et l'ancien Grand Maître m'a trouvé cette petite maison et a continué de me former aux arts *shinobi*s. Je ne supportais pas que les gens me prennent en pitié, j'ai donc redoublé d'efforts pour être le meilleur. À l'époque, je considérais les sentiments comme une faiblesse. Mes amis n'étaient alors pour moi que des pions que je pouvais placer dans mon équipe. Jusqu'à ce que je rencontre Hide.

Il s'arrêta un instant pour attraper le bol de nouilles qu'il avait déposé sur la table basse. Muni de ses baguettes, il mangea quelques bouchées, avant de reprendre son récit, en évitant mon regard.

— Je me suis voilé la face pendant des années et malgré tout, elle a continué de m'aimer et de me soutenir dans tout ce que j'entreprenais. Elle m'a bien montré une voie différente, plus lumineuse. Mais mon orgueil et ma fierté m'ont poussé trop loin et j'ai fini par la perdre. Mes amis m'ont soutenu et, pour la première fois, j'ai écouté mon cœur. Grâce à eux, je m'en suis sorti. Ce drame m'a appris que la réussite des missions ne passait pas en priorité, mais que celle de sauver son équipe oui. Dès lors, j'ai pris soin des autres, tout en m'oubliant. L'amour me faisait peur, je revoyais sans cesse le regard vitreux de Hide. J'ai même fini par penser que c'était mieux ainsi. Jusqu'à ce que tu apparaisses. Dès l'instant où j'ai croisé ton regard, mon cœur t'appartenait. Je n'ai jamais ressenti ça pour qui ce soit et je t'avoue que ça m'a terrorisé. Je ne savais pas dans quoi je m'embarquais, ni même si je pouvais espérer ne serait-ce qu'un sourire de ta part.

— Tu as eu bien plus, pouffai-je avec tendresse.

— En effet… répondit-il en m'adressant un sourire radieux. Et je ne compte pas te perdre.

— Raiden, tu peux tout me dire et j'aimerais que lorsque tu ne te sens pas bien, ou que tes cauchemars te hantent, tu te tournes vers moi. Je t'aiderai. Alors, dors avec moi, s'il te plaît, ce sera plus simple pour moi de veiller sur toi.

Il acquiesça et, dès le soir même, il se coucha à mes côtés.

Cette nuit-là, par trois fois je dus le ramener à la raison. J'espérais que le temps ferait son petit bout de chemin pour qu'enfin il puisse jouir d'une bonne nuit de sommeil.

Il fut froid et distant les deux premières fois et ne me laissa pas le toucher, néanmoins, sa dernière crise fut moins violente et il me permit de le cajoler.

Les trois semaines passèrent à une vitesse folle et, chaque fois que j'osais mettre un pied en dehors du lit, je l'entendais rouspéter. Derrière ses airs d'homme froid et intransigeant, il cachait un cœur en guimauve. Le soir, après le dîner, je m'allongeais contre lui sur le divan. Plongés dans nos lectures respectives, nous ne voyions pas les heures passer et je finissais toujours par m'endormir contre lui. Nos nuits devenaient de moins en moins agitées et j'espérais guérir ses démons avant mon départ.

Ce matin-là, alors que je terminais de m'attacher les cheveux dans le salon, je relisais le message que Candice m'avait envoyé la veille. Le cœur lourd, je me devais encore d'annoncer mon départ précipité d'une semaine à Raiden.

Soudain, la porte d'entrée s'ouvrit. J'inspirai un grand coup et découvris Raiden, une main dans ses cheveux, pendant que l'autre me tendait un bouquet de fleurs sauvages.

— Tiens, c'est pour… toi, bredouilla-t-il mal à l'aise.

Je lui lançai mon plus beau sourire et l'agrippai par le bras. Il se laissa conduire et je refermai derrière lui. Je pris le bouquet, le posai sur la petite table qui se tenait à côté de la porte et baissai son masque pour déposer un fougueux baiser sur sa bouche. Il resta pantois quelques secondes avant de me saisir par la taille. Nos lèvres se quittaient pour se retrouver plus intensément encore. Je ne sus dire combien de temps ce petit jeu de langues dura, mais il y mit un terme, non sans remords.

— L'entraînement des jeunes… soupira-t-il, avant de coller un dernier baiser sur mon front.

— Je peux venir ?

— Bien sûr ! Akiko a dit que tu pouvais ressortir, mais vas-y en douceur, d'accord ?

— Promis ! m'esclaffai-je, ravie.

Je me hâtai de mettre les fleurs dans un vase et d'enfiler mes baskets. Raiden m'attendait dehors, les yeux clos, respirant à pleins poumons la bise fraîche du matin.

— Je suis prête !

Par un simple sourire, il m'invita à le suivre. Nous marchâmes l'un à côté de l'autre sur la route et j'observais la foule se presser sur les étals du marché. Le lendemain, je ne serais plus là et je devais encore l'annoncer à Raiden. Un soupir m'échappa et je sentis ses doigts fébriles m'effleurer la main. Je savais que les gestes d'affection n'étaient pas très bien vus et, même si la jeune génération n'était plus aussi prude, Raiden gardait encore en lui ce vieux précepte.

Un véritable duel se déroulait en lui. Il poussa un long soupir et je ne pus m'empêcher de rire.

— Tu n'es pas obligé de te forcer. Je ne bouderai pas parce que tu ne m'as pas tenu la main. Je connais vos traditions et sais à quel point tu y tiens, alors ne t'inquiète pas.

— Tu as fait beaucoup de concessions pour moi, je ne vois pas pourquoi je ne pourrais pas en faire quelques-unes à mon tour, répondit-il d'une voix calme avant d'attraper mes doigts qu'il noua aux siens.

Je me mis à rougir lorsque je rencontrai ses yeux pétillants de bonheur. Nous quittâmes le sentier pour pénétrer sur le terrain d'entraînement. J'avais déjà fait connaissance avec la classe des petits bouts de chou et m'attendais à les revoir. Contre toute attente, je fus accueillie par les exclamations de Chiyome en train de se vanter qu'elle maîtrisait enfin le pouvoir de l'eau.

— Parfait ! s'exclama Raiden arrivé devant sa classe. Tu pourrais me montrer ?

Elle pâlit. Sans aucun mot, elle se rassit sur le tronc, tandis que je m'installais près de la glycine.

— C'est bien ce qui me semblait, continua-t-il en fronçant les sourcils. La maîtrise des trois éléments est difficile, chacun y va à son rythme. Chiyome, tu fais partie de ceux qui n'ont plus qu'un seul élément à apprendre avant de passer dans la classe supérieure. Je sais que tu travailles avec assiduité depuis deux ans et je suis fier de t'avoir comme *genin*, mais par pitié, n'utilise pas le mensonge pour arriver à tes fins. Cela ne te mènera à rien et qui plus est, je ferai partie des examinateurs cette année.

À cette annonce, des murmures fusèrent de tous les côtés. De ce que j'en compris, les élèves semblaient à la fois terrorisés et dépités que Raiden soit l'un de ceux qui leur permettraient de gravir les échelons.

Chiyome l'observait avec des yeux ronds et la bouche grande ouverte.

— Alors ce sera vous l'examinateur mystère ? Celui dont la voix compte double pour notre passage ? bégaya l'un des élèves, au bord des larmes.

— En effet. confirma-t-il, le regard glaçant.

— Laisse tomber, on va tous redoubler, murmura une jeune fille à sa copine.

Je me tenais toujours à l'écart, assise au pied du tronc de la glycine pourpre. Je savais mon amoureux intransigeant, mais de là à terroriser toute une classe, j'en restais sans voix.

— Je vais y arriver et vous serez fier de moi, *sensei* ! clama Chiyome.

Elle s'inclina et Raiden émit un petit rire avant de reprendre :

— Voilà ce que j'attends comme état d'esprit. Avec une détermination à toute épreuve, vous pourrez tous arriver à maîtriser ces trois techniques. Mais n'oubliez pas une chose primordiale. Le travail d'équipe. Seul, vous n'arriverez à rien. Combattez avec honneur et acharnement, même si vous redoublez, soyez fiers de vous. Sachez que la route pour être un *shinobi* accompli est longue et périlleuse, tôt ou tard vous arriverez à maîtriser cet art.

— Et le vent, Raiden *sensei* ? Pourquoi le vent est si difficile à maîtriser ? Comment vous avez réussi ? Et comment vous arrivez à invoquer des éclairs ? Il paraît que vous étiez un des plus jeunes *genin* à maîtriser les quatre éléments ? demanda avec enthousiasme un jeune garçon.

Je me retins d'exploser de rire devant le regard effrayé de Raiden face à ce gamin un peu trop admiratif. Toutefois, il s'assit à son tour, les mains jointes reposant sur ses jambes, il prit une grande inspiration avant de lui répondre.

— Le vent de se dompte pas, c'est lui qui vous dompte, répliqua-t-il d'une voix d'outre-tombe. Laissez-moi vous raconter mon histoire de jeune *genin* dépourvu d'humilité. Peu d'entre nous naissent avec le vent comme principal élément et je suis le dernier survivant à pouvoir témoigner de sa maîtrise difficile. Lorsque vous partez avec un sérieux désavantage familial, vous savez que vous serez jugés et pointés du doigt par vos camarades. Lorsque j'ai intégré les rangs des *shinobi*, mon but était de devenir le meilleur afin que personne ne puisse un jour me rappeler que j'étais différent. J'ai travaillé dur pour arriver où j'en suis, certes, cela a été d'une facilité sans nom de maîtriser le feu, l'eau et la terre. Très vite, j'ai gravi les échelons des *shinobi.* Cependant, j'ai oublié une chose fondamentale. L'union. J'en ai payé le prix fort en perdant tous les membres de mon équipe, tout ça parce qu'un jour de pluie diluvienne, j'ai décidé que nous devions continuer notre mission, alors que tous m'avertissaient que le danger était trop grand. Mon égocentrisme et ma fierté nous ont menés à un bain de sang. J'espère qu'aucun d'entre vous ne réitéra mes erreurs, car ce jour-là, j'ai compris que malgré l'admiration des gens qui m'érigeaient comme le meilleur *shinobi* du village, j'étais devenu un gosse insensible aux états d'âme de mes pairs.

Un silence pesant planait à présent sur toute l'assemblée. Une boule s'était formée dans ma gorge et je retins mes larmes quand je vis le regard triste des adolescents tourné vers le professeur qu'ils admiraient tant.

— *Sensei*, souffla le même garçon qui venait de lui poser toutes ces questions. Comment vous avez fait pour… ne pas sombrer ?

— J'ai sombré, et au moment où ma vie allait s'éteindre, ce sont mes amis qui m'ont sauvé. Je leur dois la vie et c'est pour ça que je me bats chaque jour. Pour ne plus voir pleurer ceux qui me sont chers. J'ai compris que la vie méritait d'être vécue et que notre travail n'était pas fait que pour tuer. Contrairement à ce que la rumeur raconte, je n'ai jamais pris plaisir à ôter la vie de mes adversaires.

— Et du coup, vous pensez que nous aussi nous pouvons maîtriser le vent ?

— Qui sait ? Peut-être bien. En tout cas, je serai ravi de vous l'enseigner ! s'exclama-t-il en plissant les yeux.

Une vague de joie s'éleva parmi eux et tous commencèrent à s'imaginer les techniques qu'ils pourraient mixer avec le vent.

— Mais avant ça, commencez par dompter ces trois-là.

— Oh non ! soufflèrent tous les jeunes.

Cette fois, je ris aux éclats et une multitude de paires d'yeux se tournèrent dans ma direction.

— Par…pardon, je n'étais pas en train de me moquer, bredouillai-je.

— Pas de soucis, coupa Raiden en m'adressant un clin d'œil. Bien ! Qui veut commencer ?

Tous fuirent le regard du *sensei.*

— Moi ! s'écria Chiyome. J'ai fait la maligne tout à l'heure, alors je passe la première.

Il hocha la tête et l'invita d'un geste de la main à venir à l'avant. Raiden se posta à mes côtés et attrapa ma main d'un geste doux. Il profita que tous aient le regard rivé sur la pauvre Chiyome qui faisait pâle figure à la place de son instructeur.

Elle lui lança un regard partagé entre le « je n'ai pas le choix, je dois y arriver » et le « viens m'aider, je ne suis vraiment pas de taille ! »

Il comprit son appel au secours, il l'encouragea d'un simple geste de la tête. Face au mur, la jeune fille commença à invoquer l'eau. Les paumes en direction du sol, elle lança :

— *Mizu no chikara no yobikake ! Mizu sā sā ! (J'en appelle au pouvoir de l'eau ! L'eau, allez !)*

Elle répéta l'opération pendant plusieurs minutes, jusqu'à ce que Raiden intervienne.

— Chiyome, tu as bien progressé, mais il te faut encore pratiquer. L'eau est l'opposé de ton élément de base. C'est normal que tu aies du mal à l'invoquer, puisque l'eau fait obstacle au feu. Va te rasseoir. Bien. Au suivant !

C'est alors que le sol se mit à trembler. Les secousses me firent tomber et je poussai un hurlement de surprise. Le sol était trempé et je pataugeais à présent dans la gadoue.

Raiden m'attrapa par la taille et, en à peine quelques foulées, nous nous retrouvâmes en dehors de l'aire d'entraînement.

— Ne bouge pas, murmura-t-il au creux de mon oreille. Tu n'as rien à craindre ici.

— Je n'ai pas eu peur, mais avoir les fesses mouillées alors qu'il n'a pas plu depuis trois jours, ça surprend ! Surtout quand on sait que c'est une gamine qui a fait ça ! pouffai-je. D'ailleurs, on dirait bien qu'elle a réussi, non ?

— Plus au moins, enfin, moins que plus ! Bon, attends-moi ici, les enfants ne sont pas encore opérationnels, rit-il avant de m'effleurer la joue du bout des doigts.

— Par contre, arrête ce truc ! Il va tout engloutir ! suppliai-je, en voyant le terrain se transformer en marécage.

— C'est comme si c'était fait !

Il invoqua le pouvoir de la terre qui absorba le surplus d'eau que Chiyome avait créé. Dans les minutes qui suivirent, tous purent reprendre l'entraînement. Je pus alors découvrir l'étendue de ses pouvoirs, qu'il n'utilisait qu'en cas d'urgence. Le dragon blanc de Sora faisait des siennes et visiblement, il avait décidé de ne pas ménager les adolescents, alors qu'au creux de ses mains un dragon en forme d'éclair apparaissait. Sa parfaite maîtrise des quatre éléments lui permettait d'entraîner ses jeunes recrues sans courir aucun risque.

J'aurais voulu me joindre à eux, au plus près, mais si Raiden me voyait poser un pied à l'intérieur du terrain, j'étais bonne pour notre première dispute de couple, chose à laquelle je n'aspirais pas tellement.

— Tu as vraiment envie d'y aller ? demanda Daku qui venait d'apparaître de je ne sais où.

Familiarisée avec ce genre de pratique, je ne sursautais plus, néanmoins, je frôlais toujours la crise cardiaque.

— Oui, mais pas sûr que Raiden apprécie.

— C'est certain, s'exclama-t-il en me tapotant l'épaule. Malgré toutes ces années passées à ses côtés, il m'impressionne toujours autant. Ses techniques s'affûtent un peu plus de jour en jour, il est le meilleur *shinobi* de Sora et le seul qui n'accepte pas d'être reconnu comme tel.

— Il nous a raconté comment il avait perdu tous les membres de son équipe, soupirai-je. C'est horrible ce qui s'est passé.

— Il était jeune, trop jeune, pour cette mission. Son passé n'a pas été tout rose et le fait qu'il ait été promu chef d'un groupe de *shinobi* à seulement quatorze ans n'a pas non plus aidé à son développement. Il a perdu ses parents très tôt et aucun adulte n'a pu le guider. Je me souviens qu'Akiko, Tatsuya et moi étions à l'école alors que lui était déjà à la tête d'une équipe depuis deux ans. Il avait déjà effectué des assassinats alors qu'à cet âge, on nous donnait, tout au mieux, des missions d'espionnage. À cette époque, le sage du village pensait bien faire en valorisant son talent inné, mais il a oublié que ce n'était qu'un gosse avec un mal-être profond.

— Au moins, il a voulu bien faire…

— Ce n'est pas pour me vanter, nous avons pu le récupérer avant qu'il ne sombre.

— Daku, que s'est-il passé ?

Il soupira et enfonça les mains dans ses poches. Le regard perdu en direction du terrain d'entraînement.

— Il a voulu mettre fin à ses jours, reprit-il d'une voix monocorde. Nous sommes intervenus juste avant qu'il ne commette le *Hara-kiri*[24] comme les samouraïs qu'il enviait tant.

Je plaquai une main sur ma bouche, horrifiée par ces révélations.

— Aujourd'hui, je le vois enfin heureux et ça, c'est grâce à toi.

— Je… je ne peux pas rester. À cause de ce qu'il s'est passé ces dernières semaines. Candice m'a envoyé un message hier pour m'avertir que nous partions demain.

— Quoi ! s'exclama-t-il en posant ses deux mains sur mes épaules. Raiden est au courant ?

— Je n'ai pas encore eu l'occasion de lui dire. Mais je veux qu'il comprenne que ce n'est pas à cause de lui que je m'en vais. Je ne peux pas quitter la France comme ça ! J'ai des choses à régler avant de pouvoir revenir.

Il se posta à mes côtés et observa le terrain d'entraînement d'un air songeur.

---

[24] **Le hara-kiri ou harakiri (腹切り)** est une forme rituelle de suicide par éventration.

— Après ce qu'il s'est passé au village, je pourrais comprendre que tu veuilles fuir malgré tes sentiments.

— Daku, le coupai-je. Ce n'est pas à cause de ça. Oui, je ne peux pas le nier, j'ai eu très peur, mais pas pour ma vie, pour la sienne. J'ai peur de le perdre et ses paroles concernant le décès précoce des ninjas me reviennent sans cesse. J'aime Raiden et rien ni personne ne pourra me séparer de lui. Alors oui, je vais passer du temps en France avant de revenir, mais ça ne sera pas pour fuir cette vie.

Un sourire sincère passa sur son visage et il me tapota l'épaule.

— Si tu lui expliques avec ces mots, il n'aura pas peur de te laisser partir.

Daku se retira. J'assistai, seule, au massacre du pauvre terrain d'entraînement qui ne ressemblait plus à grand-chose.

L'heure écoulée, tous les élèves sortirent bredouilles, dépités :

— Il n'est pas humain ce type ! Tu as vu toute l'énergie qu'il a dépensée ? Et il tient encore debout !

— Carrément, il est trop balèze ! Il m'a balayé d'un seul coup de pied alors qu'il avait les mains dans les poches ! En plus t'as vu sa maîtrise des éléments ? Il est incroyable ! C'est un monstre ! J'aimerais le voir en action !

— En plus, minauda une fille, il est trop beau ! À votre avis, il cache quoi sous son masque ?

J'émis un petit rire amusé devant leur mine déconfite, Chiyome me salua et je la félicitai pour sa – presque – réussite. Raiden s'avança vers moi, tandis qu'elle partait rejoindre Kiyo, qui me saluait au loin.

— Pas trop mouillée ? me demanda Raiden d'un air malicieux.

— Un peu. Je vais devoir me changer, répondis-je embêtée.

Il hocha la tête, ravi de passer du temps en ma compagnie. Arrivés devant la maison, il me poussa à l'intérieur.

— Tu veux bien me faire un thé ? lui lançai-je depuis la chambre.

Je sortis quelques minutes plus tard et le découvris endormi, assis sur le canapé. Je pouvais confirmer que ce n'était pas un surhomme. Je m'assis avec précaution et m'avançai vers lui afin de lui dérober un baiser.

Il attrapa mon poignet, retira son masque avec vivacité et plaqua ses lèvres sur les miennes en premier.

— Comment tu fais ? Alors que je pensais réussir à te surprendre, grommelai-je.

— Le bruit… il n'y en avait plus et j'ai senti ton odeur fruitée, sourit-il, triomphant. Allez ! Je nous fais un thé et on sort déjeuner, ça te va ?

— Euh, cela ne te dirait pas de manger ici plutôt ? J'aimerais… profiter un peu de t'avoir rien que pour moi, bredouillai-je en évitant son regard.

Son mutisme me rendait folle et, toujours sans un mot, il déposa ses doigts sous mon menton et le releva.

— Je vais préparer le repas, parce que je n'ai aucune confiance en tes compétences culinaires japonaises, se moqua-t-il avant de me voler un baiser.

— Tu serais surpris ! répliquai-je, un brin vexée.

Il se leva et sourit.

— Oh, vraiment ? continua-t-il en me titillant.

Ah, monsieur veut jouer ? Eh bien, il va être servi !

Tout du long, je n'arrêtai pas de l'embêter : entre lui cacher les ustensiles et échanger les condiments, je le rendis fou. Jusqu'au moment où j'arrivai à lui dérober un œuf. J'étais si fière d'avoir réussi que je me mis à courir dans toute la maison. Il finit par me faire une prise et me plaqua au sol. Nous étions écroulés de rire et je n'arrêtais pas de me vanter de mon exploit.

— OK, j'avoue, je t'ai laissé le prendre pour cette fois.

Je fis semblant de m'insurger.

— Espèce de mauvais joueur. J'ai gagné à la loyale !

— Je te l'accorde, c'était plutôt bien joué ! Et qu'est-ce que tu souhaites pour ta victoire ?

— Toi, répondis-je du tac au tac, sans même y avoir réfléchi.

Mes mots dépassèrent mes pensées, je me mis à rougir de plus belle et détournai le regard le plus loin possible du sien.

Je sentis son souffle chaud courir le long de ma nuque et un frisson incontrôlable glissa le long de ma colonne. Il déposa de subtils baisers qui firent grimper ma température corporelle d'une centaine de degrés.

— Raiden… soupirai-je.

Il hésita un bref instant, ses lèvres posées en suspens dans mon cou. Il finit par se relever et me porta jusqu'au *futon.*

De là, j'oubliai notre repas et comment cette journée avait pu se transformer de la sorte. Nous passâmes le reste de la journée au lit et, lorsque nos estomacs crièrent famine, nous fûmes obligés de quitter notre couche, déçus.

— Ce n'est que partie remise, murmura-t-il en baisant ma clavicule dénudée, puis il glissa en direction de ma poitrine.

— Pitié, arrête, le suppliai-je, je vais m'évanouir si je ne mange pas.

— Oh vraiment ? Tu ne serais pas en train de me mentir par hasard ?

Il se mit à pouffer devant ma mine déconfite alors qu'il venait de stopper ses caresses.

— Alors oui, j'ai très envie de toi, mais ma faim est supérieure et il est hors de question qu'on continue le ventre vide, ordonnai-je.

— Laisse-moi finir ce que j'ai entamé tout à l'heure, avant que tu me voles l'œuf, et ensuite, je te montrerai à quel point je suis infatigable, susurra-t-il.

Pour me le prouver, il se mit à me mordiller la nuque.

Je ne pus réprimer un gémissement. Avant de succomber à ses charmes, je profitai d'un moment de lucidité pour sortir hors du *futon.*

— OK chef, j'ai hâte de goûter à ta cuisine !

— Je t'aime.

Je restai interdite devant son visage rougi. Mon cœur tambourinait dans ma poitrine. Je le regardai, un sourire béat sur le visage et les yeux pétillants de bonheur.

Je me jetai sur les draps et vins lui dérober un baiser.

— Moi aussi, je t'aime, soufflai-je.

Il me plaqua contre lui et me murmura qu'il ne me laisserait jamais repartir. Malgré ma gorge nouée, je me lançai :

— Rai... Raiden. Je quitte le village, demain matin.

Ses bras enroulés autour de moi se relâchèrent et je collai mon front contre son torse pour ne pas affronter son regard.

— Quoi ? balbutia-t-il.

— Je dois rentrer...

— P... pourquoi ? Tu as un souci ? J'ai fait quelque chose de mal ? s'alarma-t-il alors qu'il s'asseyait sur le matelas.

Je vis son regard brillant de malice se teinter d'une profonde tristesse. Le chagrin me gagna à mon tour et le remords de ne pas lui avoir fait part de cette décision plus tôt dans la journée finit par broyer mon âme.

— Tu n'y es pour rien, sanglotai-je.

— Explique-moi, souffla-t-il avant d'essuyer du bout des doigts une larme qui roulait sur ma joue.

— Candice a raconté à sa mère l'attaque du village et cette dernière a décidé de nous rapatrier en urgence. Si je n'y vais pas, je ne pourrai jamais retourner chez moi et…

— Je vois, me coupa-t-il d'une voix monocorde. Tu comptes revenir ? Ou ce n'était qu'un jeu pour toi ?

— Pardon ! m'étranglai-je. Mais cela n'a rien à voir ! Je ne veux pas quitter mon pays sans avoir tout mis en ordre avant de revenir habiter ici ! Et puis, je n'avais qu'un visa de trois mois, de toute façon, je devais y retourner !

— Alors, tu comptes vraiment revenir ?

— Bien sûr ! m'insurgeai-je. Je t'aime et je veux passer le restant de mes jours avec toi !

Il émit un petit rire, mi-amusé, mi-attendri.

— Dans ce cas, profitons de nos dernières heures ensemble, chuchota-t-il avant de déposer un baiser sur mon front.

Je ne saurais dire si j'avais réussi à le convaincre, car il quitta le *futon* sans un mot, se rhabilla et se rendit à la cuisine, comme si de rien n'était. Je restai perplexe devant son attitude. Lui qui habituellement ne prenait aucun gant et n'y allait pas par quatre chemins, ce jour-là, il me sortait le grand jeu de l'homme mystérieux. Assise dans la couche, perdue dans mes pensées, je ne le vis pas arriver avec un bol de nouilles.

— Tiens, mange pendant que c'est chaud, articula-t-il. Par contre, tu devrais peut-être te vêtir un peu, si tu ne veux pas que je te dévore.

Le rouge lui montait au nez et il luttait pour ne pas laisser son regard courir sur mon corps nu.

— Oh… oui, bien sûr ! m'affolai-je.

J'attrapai mon tee-shirt sans prendre la peine de le remettre à l'endroit.

Je m'excusai un nombre incalculable de fois et il finit par éclater de rire. Comme une gamine, je lui tirai la langue et pris une moue boudeuse, ce qui l'acheva.

— À mon retour, j'aimerais te présenter mes parents.

Je rougis et Raiden manqua de s'étouffer avec une nouille.

— Tu es *sûre* de toi ? insista-t-il, un sourire au coin des lèvres.

Je hochai la tête alors que je dégustais mon repas. Dans la culture japonaise, quand une fille présentait ses parents, cela voulait dire qu'elle était prête à se marier. Il me restait plus qu'à expliquer à ma famille que je m'étais éprise d'un ninja.

— Eh bien, rougit-il à son tour, je serais très honoré de les rencontrer.

Sur ces mots, il me serra contre lui, un sourire radieux au coin des lèvres.

Le lendemain, je m'éveillai à l'aurore. La luminosité naturelle tamisait la pièce avec douceur.

Raiden dormait paisiblement à mes côtés, ses bras enroulés autour de ma taille. La douce chaleur de nos corps nus me comprima la poitrine. Les yeux rivés sur le réveil qui affichait 3 h 42, je sentis une boule se former au fond de ma gorge.

Nous devions encore nous préparer et prendre notre petit déjeuner.

Il sentit mon trouble et resserra son étreinte.

— Liz, souffla-t-il dans le creux de ma nuque. Ça va bien se passer…

— Raiden, murmurai-je en me tournant vers lui.

Son sourire lumineux me fit un bien fou et j'essayai de puiser dans cette force afin de ne pas laisser ma peine prendre le dessus.

— Tu as faim ?

Je hochai la tête et il déposa un baiser sur mon front avant de sortir de la chambre. Il me laissa m'habiller tranquillement pendant qu'il préparait notre repas.

Je tirai ma valise devant la porte d'entrée et je le vis, les yeux rivés sur la poêle, les poings fermés. Il ne disait rien, mais sa tristesse était palpable. Je m'avançai dans sa direction et enroulai mes bras autour de sa taille, le front plaqué sur son dos.

— Raiden… j'aurais tant souhaité que tu me retiennes, suppliai-je le cœur serré.

Il stoppa le fouettement de l'omelette dans le saladier et se retourna vers moi.

— Liz, je ne veux pas que tu partes. Mais il est hors de question que tu vives ici comme une paria. Nous voulons passer notre vie ensemble et pour ça, le seul moyen existant est que tu obtiennes un visa permanent.

— Je sais, répondis-je d'une voix enrayée. Mais mon départ est si précipité que j'ai l'impression de t'abandonner.

Il soupira et me colla contre lui.

— Chiyome et moi vous accompagnons jusqu'à l'aéroport. Nous serons encore ensemble un petit moment.

Nous déjeunâmes sans un mot et nous passâmes la dernière demi-heure avachis sur le canapé, blottis l'un contre l'autre. Il resserra un peu plus notre étreinte au fur et à mesure que les minutes passaient.

— Raiden, je peux te poser une question ?

Il acquiesça et déposa un rapide baiser sur le sommet de mon crâne.

— Je t'écoute.

— La couleur de tes cheveux, elle est naturelle ?

Je relevai les yeux et le vis m'observer la bouche entrouverte. Il se tordit de rire, les mains placées autour de ses côtes.

— Bah quoi ? répondis-je un brin vexée, les bras croisés sous ma poitrine.

Il effleura ma joue du bout des doigts.

— C'est juste que je ne m'attendais pas à ça ! sourit-il. Et oui, c'est naturel, j'ai une canitie[25] depuis l'adolescence et dans mon cas, c'est héréditaire.

Je me mis à jouer avec une de ses mèches grisonnantes qui pendouillait devant son visage, en fixant le *shoji* droit devant moi

— Tu n'as pas trop souffert de moqueries ? m'inquiétai-je.

— Non, les gens évitent de me provoquer et m'admirent autant qu'ils me craignent. Mais je ne suis pas naïf, il y a dû y avoir des ragots derrière mon dos.

— Et tes yeux bleus, tu les tiens d'où ? Ce n'est pas courant chez les Japonais.

— Mon grand-père a épousé une Anglaise pendant l'occupation britannique et j'ai hérité des prunelles de ma grand-mère. Et toi ? Puisque nous en sommes aux révélations personnelles, pourquoi tu as quitté ton poste d'enseignante ?

Je relevai la tête dans sa direction et pris une profonde inspiration avant de lier mes doigts aux siens.

---

25 **Canitie** : La canitie peut être précoce et apparaître plus tôt, entre 20 et 25 ans, parfois même dès l'adolescence. L'apparition prématurée des cheveux blancs peut être liée à l'hérédité ou provoquée par un dérèglement physiologique ou une pathologie particulière (maladies coronariennes par exemple).

— Des jeunes sont entrés dans l'établissement, armés jusqu'aux dents. Ils en avaient après un professeur qui avait puni la petite sœur de l'un d'eux, parce qu'elle avait roué de coups une autre élève. Ma classe était juste en face de la sienne, c'étaient des jeunes d'une quinzaine d'années. L'alerte a été donnée et j'ai pu les évacuer grâce à une porte de secours qui donnait sur un trottoir public. Je fermais la marche et, au moment où j'allais sortir, j'ai entendu des coups de feu et les enfants hurler de terreur. J'ai laissé les adolescents sous la surveillance des autres enseignants et j'y suis retournée…

Je déglutis avec difficulté. Il comprit le mal-être qui m'habitait et me serra contre lui.

— Je ne t'oblige pas à me raconter la suite.

— J'y tiens, soupirai-je. Le professeur et les enfants ont été massacrés, de sang-froid. Ils ont tiré à vue sans aucun remords. Ne faisant aucune distinction entre enfants et adultes. Et moi, j'ai tout vu et je n'ai même pas réagi. Le seul moment où mes jambes ont dénié bouger, c'est lorsque j'ai compris qu'ils en avaient fini avec eux et qu'ils allaient s'enfuir par la fenêtre. J'ai eu si peur qu'ils me voient que je me suis enfuie comme une lâche.

— Tu ne pouvais rien faire, soupira-t-il. Personne ne pouvait rien faire.

— J'étais là et je n'ai même pas bougé ! pleurai-je.

— Liz. Ils étaient armés. C'est la mort qui t'attendait ! Ton instinct t'a sauvée.

— Je le sais bien, sanglotai-je, c'est encore difficile d'en parler. À cause de ça, je pensais que je ne pouvais plus enseigner, mais grâce à Chiyome, je me suis rendu compte que j'aimais toujours ça !

— Tu penses reprendre du coup ?

— Oui ! D'ailleurs, j'ai réfléchi à un moyen de revenir ici et d'être sûre d'obtenir un visa.

— Tu me raconteras tout ça dans la voiture, répondit-il en déposant un baiser sur mon front. C'est l'heure de partir.

Nous quittâmes la *minka* et, alors que je franchissais le portail de l'entrée du village, j'entendis quelqu'un hurler mon nom.

Je fis volte-face pour voir tout le village me saluer de la main. Je restai quelques instants pantoise, avant d'éclater en sanglots. Raiden m'enveloppa de ses bras et j'y déversai toute ma peine.

Les Ishikawa, Tatsuya, messieurs Ikeda et Horii vinrent à ma rencontre.

— Tiens, je t'ai préparé un thermos de thé, s'exclama Akiko avec tendresse.

— Et moi, je vous ai sélectionné quelques ouvrages sur l'histoire de notre village. Comme ça, durant votre absence, vous penserez un peu à nous, reprit monsieur Ikeda alors qu'il me tendait une pile d'une dizaine de livres, un sourire crispé placardé sur son visage malicieux.

— Tenez, continua monsieur Horii, je vous ai préparé quelques collations pour le trajet.

Il me tendit un petit panier en osier que Raiden attrapa à ma place et il récupéra dans la foulée les livres que je tenais contre moi.

Les yeux larmoyants, je m'inclinai devant tous et les remerciai pour leur accueil chaleureux et la confiance qu'ils m'avaient accordée.

— Allez, viens là ! s'exclama Tatsuya.

Sa voix tressaillit et il m'enveloppa de ses bras. Suivirent alors les Ishikawa et tous les villageois vinrent me faire une accolade avant que Raiden ne mette fin à cet émouvant au revoir.

Il m'entraîna avec lui vers le véhicule où les deux autres Français étaient déjà installés. Chiyome, se tenait à l'arrière, entre les deux, les surveillants tel un chien de garde.

Raiden m'ouvrit la porte côté passager et je m'y enfonçai malgré moi. Il s'installa à son tour et je relevai un sourcil interrogateur.

— Quoi ? me questionna-t-il.

Je m'adressai à lui en japonais, afin que les deux autres idiots ne comprennent pas.

— Je ne vais pas derrière ? pouffai-je.

À ces mots, il sourit et effleura la cicatrice sur ma joue.

— Toi, tu fais partie du village.

— Oh et depuis quand ? minaudai-je.

Il m'adressa un clin d'œil complice.

— Depuis un bon bout de temps. Mais c'est officiel depuis trois semaines.

Durant tout le trajet, nous discutâmes de notre futur et de ce que je comptais faire pour arriver à obtenir un visa. J'expliquai que j'en avais fini de cet emploi d'assistante, et que je reprenais mes études afin de faire une formation pour pouvoir enseigner le français à l'étranger. J'expliquai au passage que je devrais partir pendant deux ans. À l'évocation de l'attente interminable, un grand blanc se fit jusqu'à ce que nous arrivâmes à l'aéroport.

— Deux ans… murmura-t-il dépité alors qu'il m'accompagnait dans la file des douanes.

— Oui… je n'ai pas trouvé de moyen plus rapide, avouai-je à demi-mot. Moi aussi, ça me brise le cœur de savoir qu'on sera séparés aussi longtemps.

— Ne fais pas de bêtise, sourit-il afin de détendre l'atmosphère. Je ne serai pas là pour te protéger.

— En fait, j'ai plus peur de la réaction de mes parents. Je t'ai expliqué comment ils étaient. Alors, les avoir comme beaux-parents, ce n'est vraiment pas un cadeau ! gémis-je.

Il passa un bras autour de ma taille et m'attira contre lui.

— Du moment qu'ils ne te marient pas de force au premier venu, je me fiche qu'ils m'apprécient ou pas. Moi, je n'ai pas la chance de pouvoir te présenter les miens, mais je pense que si ma mère était encore vie, elle n'aurait pas été un cadeau non plus !

— J'ai encore tant de choses à te dire, soufflai-je, alors qu'il ne restait plus qu'une personne devant moi.

— Ne t'en fais pas, nous aurons tout le temps pour discuter, et puis ensuite, tu pourras me harceler de questions toute la journée, sourit-il.

Mon tour vint et je me jetai à son cou. Je pris soin de placer mes mains sur ses joues afin de camoufler son visage aux yeux des autres, et ses lèvres se scellèrent aux miennes avec passion.

Il mit un terme à nos effusions et fuit mon regard. Il avait du mal à contenir sa tristesse, alors que la mienne coulait à flots. Le nez collé contre son torse, j'inspirais à pleins poumons afin d'imprégner cette senteur boisée dans ma mémoire. Il me tenait par la taille avec fermeté et semblait me supplier de rester. Pourtant, il me repoussa vers le douanier.

— Appelle-moi quand tu es arrivée.

— Promis, répondis-je la voix cassée. Raiden ! Je t'aime !

— Je t'aime aussi, Liz.

Un léger frisson me parcourut le corps quand je vis son doux regard passer sur moi de haut en bas. Il me salua de la main et prit la direction opposée à la mienne. Raiden savait que je resterais là s'il ne partait pas.

Une fois dans l'avion, je pleurai en silence la quasi-totalité du vol. À mi-chemin, Pierre, assis à quelques fauteuils de moi, se leva dans ma direction pour venir s'asseoir sur l'un des deux sièges vides à mes côtés.

Sans un mot, il sortit de sa veste un paquet de mouchoirs qu'il me tendit. Je hochai la tête et en tirai un.

— Liz… hésita-t-il. J'aimerais m'excuser pour ce qui s'est passé.

Le regard dans le vague, il n'osait m'affronter.

— Toi, t'es qu'un abruti, répondis-je d'une voix enrouée.

— Je le sais bien… et je ne te demande pas de me pardonner.

— Comment va Candice ?

Il tourna la tête vers moi, les yeux grands ouverts.

— Qu'y a-t-il ?

— Elle t'a presque tuée et toi tu demandes comment elle va ?

J'émis un petit rire involontaire. Soudain, une voix aiguë nous interrompit :

— Pourquoi tu te soucis moi ? pesta-t-elle, les bras croisés, au milieu de l'allée. Qu'est-ce que ça peut te faire ?

Je soupirai et un léger rictus se dessina sur le coin de mes lèvres. Pierre serra les poings et prit une grande bouffée d'air. Son regard passait de l'une à l'autre, prêt à nous séparer au besoin.

— Candice, quel est ton rêve ?

— Pardon ?

— Je te demande si tu as un rêve.

— Bien sûr ! cracha-t-elle. Devenir directrice du magazine !

Je secouai la tête et soupirai.

— Non. Ça, c'est la représentation du rêve de ta mère. C'est un simple effet miroir. Je te demande ce que tu veux faire de ta vie. Ce qui te passionne au fond de toi.

Elle resta interdite quelques instants avant de reprendre d'une voix hésitante.

— Non… tu as…

— Tort ? En es-tu certaine ?

Candice, tête basse, fronça les sourcils et se tut. Dans un murmure à peine audible, elle me demanda si elle pouvait occuper le dernier siège libre aux côtés de Pierre. J'acquiesçai, malgré une boule de stress coincée au creux de mon estomac.

Nous l'observâmes avec attention. C'était la première fois que je la voyais plonger en pleine introspection.

— Mon rêve… maquilleuse artistique… souffla-t-elle. J'ai toujours aimé voir le visage magnifié des personnes entre mes mains. Ça m'apporte satisfaction et fierté.

Ses pupilles s'illuminèrent et, peu à peu, un sourire véritable fendit son visage radieux.

— Tu sais ce qu'il te reste à faire, lui répondis-je d'une voix frileuse.

— Liz, je… je suis désolée. Pour tout.

Candice grimaça une moue d'excuse, sincère, et reprit :

— Quand on sera à Paris, tu vas faire quoi ?

Je soupirai et m'enfonçai au fond du siège, le regard fixé sur le petit écran noir incrusté dans le fauteuil de devant.

— Je ne porterai pas plainte, si c'est ça qui t'inquiète. Mais tes actes ne resteront pas impunis. Tu devras apprendre à vivre avec tes remords. Ce que tu as fait est grave et tu commences enfin à comprendre ce qui est en jeu. Je laisse ton sort entre les mains de ta mère. À présent, laissez-moi tous les deux. Une fois cette histoire terminée, je ne veux plus jamais vous revoir.

J'insistai sur ma dernière phrase. Mon ton glacial dut refroidir leurs ardeurs. Ils s'éloignèrent d'un pas rapide et, une fois hors de ma vue, je calai ma tête contre le hublot. Le stress et la fatigue durent avoir raison de moi et je dormis jusqu'à l'arrivée.

Des heures plus tard, nous débarquâmes à Paris. Ce paysage ne m'avait pas manqué ! Les Parisiens me donnaient de l'urticaire !

Je pris un taxi pour traverser la capitale et, lorsque je tournai la clé de mon petit appartement avec vue sur le voisinage, j'eus le cafard.

Dépitée, je laissai ma valise devant la porte et me ruai sous ma douche. Une fois propre, je lançai un appel en visio. Je ne calculai même pas l'heure qu'il était au Japon et attendis que Raiden décroche.

L'image mit quelques secondes à se stabiliser et je poussai un soupir, soulagée de le voir apparaître à l'écran.

— Ça y est ! Tu es enfin arrivée ?

— Oui ! Enfin ! C'était horrible ce voyage et les Parisiens, je ne peux plus me les voir ! pouffai-je avant de m'affaler dans mon canapé.

— Ça pourrait être pire ! rit-il. Tu pourrais habiter avec Candice !

— Plutôt mourir ! m'horrifiai-je. Sinon, qu'est-ce que tu fais ?

— J'allais dormir. C'est minuit ici, bâilla-t-il alors qu'il pivotait la caméra de son portable vers son réveil.

— Ah mince… je n'ai pas fait attention.

Il m'assura que cela ne le dérangeait pas et nous discutâmes ainsi encore une bonne heure avant qu'il ne raccroche, épuisé.

Quant à moi, j'étais si abattue que je me réfugiai dans un fast-food infâme et une niaiserie sur petit écran. Il fallait que je me ressaisisse, mais ce soir-là, la douleur due à notre séparation était trop dure à supporter.

La semaine qui suivit, je démissionnai de mon emploi. J'expliquai en détail à la directrice ce que sa folle dingue de fille m'avait fait subir. Elle me demanda d'apporter des preuves, que je m'empressai de dévoiler. Chose à laquelle je ne m'attendais pas, Pierre confirma mes dires et se porta témoin si nous devions en arriver devant les tribunaux. Autant dire que la mère ne voulait pas d'histoire de ce genre et qu'elle s'empressa d'accéder à ma demande de rupture conventionnelle, avec en prime une indemnité d'un an.

En moins de sept jours, je dus trouver un logement et m'inscrire à l'université, afin de passer mon Master Français Langue Étrangère.

Des connaissances étant parties à l'étranger pour deux ans, ils me laissèrent les clés de leur appartement de 200 m² en plein cœur de la capitale. En échange, je devais garder Bubulle, leur poisson rouge. Une fois installée, je m'empressai de faire le tour du propriétaire à mon amoureux. Malgré une surface habitable indécente, il ne put s'empêcher de marteler qu'il ne pourrait jamais vivre dans une « prison » pareille.

Chapitre 15

Cela faisait bientôt deux ans que j'étais revenue sur Paris et il ne me restait plus qu'un mois de formation. Le temps de faire les démarches auprès de l'ambassade du Japon, de monter tout mon dossier, d'ici trois mois, si tout se passait bien, je retournerais au village de Sora.

Raiden me sortit de mes pensées alors que nous étions en plein rendez-vous virtuel.

— Sinon, reprit-il. Tu as appelé tes parents ?

— Tss, on avait dit pas de sujet qui fâche ! boudai-je, tout en sirotant mon verre de limonade.

— Plus vite ce sera fait et plus vite tu en seras débarrassée. D'ailleurs, tu as rappelé ta mère hier ?

Je détournai la conversation et lançai :

— Et sinon, Chiyome maîtrise enfin l'élément de l'eau ?

— Liz, gronda-t-il. Tu attends quoi ? Ton départ ?

— Et pourquoi pas ? répliquai-je d'un ton sec. De toute façon, je connais déjà leur réaction ! Je vais passer pour une fille ingrate et ils vont me renier. Franchement, je n'ai pas le cœur à supporter leurs remontrances. Laisse-moi le temps, s'il te plaît.

— Bien entendu ! Et au lieu de ruminer dans ton coin, parle-moi. Je suis là pour ça aussi, tu t'en rappelles ? Bon, je dois y retourner ! C'est l'heure des cours pour les mioches.

Il m'adressa un clin d'œil complice.

— Vas-y doucement ! pouffai-je. La dernière fois, tu as failli traumatiser un enfant.

— Je reconnais que je suis pas très doué avec les gosses, avoua-t-il à demi-mot. J'ai l'impression que je fais tout de travers. J'y comprends rien à leur fonctionnement !

— C'est pourtant simple, ris-je, tu n'as qu'à les observer !

— OK, alors, je tâcherai de m'améliorer avec nos enfants.

Allongée dans mon lit, je mis quelques secondes à réaliser ce qu'il venait de me dire.

— Qu…quoi ? bafouillai-je.

Il passa une main dans ses cheveux et son visage rougit.

— Eh bien… j'aimerais fonder une famille avec toi. Pas maintenant ! s'empressa-t-il d'ajouter. Mais dans quelques années, si tu es d'accord, on pourrait pe…

— Raiden, le coupai-je la gorge serrée. Je ne te l'ai jamais dit, mais j'ai…

J'inspirai un grand coup afin de ravaler les larmes qui me montaient aux yeux.

— Je souffre d'endométriose légère qui dans mon cas est asymptomatique. C'est une maladie qui…

— Je connais, soupira-t-il.

— Ça risque d'être compliqué pour moi de concevoir et je ne veux pas te priver de ce bonheur, repris-je la voix tremblotante.

— Liz, peu importe le temps ou même comment, mais nous aurons droit nous aussi aux joies de la parentalité, je te le promets.

Au même moment, on sonna à ma porte. Je coupai la communication et m'empressai d'aller ouvrir.

Je restai sans voix. Sur le palier se dressaient mes parents.

— Eh bien alors, tu ne nous fais pas rentrer ? demanda mon père d'un ton hautain.

Je hochai la tête comme les figurines posées à l'arrière des véhicules.

— Que… que faites-vous là ?

— À ton avis ! s'insurgea-t-il. Cela fait des mois qu'on ne t'a pas vue, que tu es enseignante à mi-temps et que tu vis aux crochets de tes amis ! Nom d'un chien, Liz ! Bouge-toi !

— Pardon ! m'écriai-je alors que nous nous tenions encore sur le seuil. Je suis en pleine formation ! Je termine le mois prochain et je pars enseigner au Japon.

— Comment ? s'horrifia-t-il. Mary, apporte-moi une chaise, je sens le malaise arriver.

— Charles, nous…

Comme à son habitude, il lança un regard noir à ma pauvre mère qui n'osa plus dire un mot.

Je roulai des yeux devant ses simagrées. Ils venaient à peine de débarquer que j'en avais déjà marre.

Je pointai du doigt le salon et leur dis :

— Asseyez-vous. Il faut qu'on parle.

Mes parents s'installèrent sur le divan tandis que je me positionnais sur un fauteuil, en face d'eux. Le cuir craqua sous mon poids et je m'y enfonçai.

Ils se tenaient droits comme des piquets, scrutant la décoration luxueuse de l'appartement.

Ils semblaient si mal à l'aise tenus ainsi que je réprimai mon envie de rire et me pinçai les lèvres.

— Puis-je vous servir à boire ?

— Du café, pour moi et du thé pour ta mère. Je te remercie, rétorqua-t-il d'un ton cinglant.

Je revins quelques minutes plus tard et déposai leurs breuvages sur la petite table basse en verre, à leurs pieds. Je me rassis et claquai des mains.

— Bien, commençai-je. J'ai rencontré un homme pendant mon séjour au Japon et nous sommes en couple depuis…

— Il fait quoi dans la vie ? me coupa mon père, les bras croisés.

Et allez, il recommence. Comme d'habitude, il ne se soucie que de la situation financière de mes fréquentations, il se fiche de mes sentiments. Du moment que c'est un bon parti. Mais ce coup-ci, il risque d'être surpris.

— Inja… marmonnai-je entre mes dents.

— Ingé ? Tu veux dire, ingénieur ? Dans quel domaine ? reprit-il, les sourcils relevés.

— Non, c'est un ninja, articulai-je.

Ils se regardèrent, les yeux écarquillés. Ils pensaient que j'avais perdu la tête.

Bingo ! J'avais raison !

— Ninja ? Est-ce un travail ? Cela consiste en quoi ? me questionna ma mère d'un air bête.

Non, elle n'est pas sérieuse ? Elle se moque de moi là ?

— Tu ne sais pas ce que c'est un ninja ? souris-je.

— Liz ! gronda mon père. Cesse de te moquer de nous et dis-nous la vérité !

— Mais c'est vrai ! m'insurgeai-je. Raiden est un ninja du clan Sora et nous sommes ensemble depuis bientôt deux ans. Je termine mon Master pour être prof de langue au Japon et je pars dans trois mois.

Sur ces paroles, mes parents devinrent livides.

Ma mère poussa un cri d'effroi et plaqua une main devant sa bouche quand elle vit un pli se creuser entre les sourcils de mon père.

Il fit craquer ses doigts avant de fermer les poings, essayant de contenir sa colère.

— Mary, descends et attends-moi dans la voiture, ordonna-t-il à sa femme d'un ton autoritaire.

— Charles…

— Mary ! aboya-t-il avant de pointer du doigt l'entrée.

Elle obéissait à son mari, tel un chien maté à coups de bâton. Dans ces moments-là, ma mère n'osait montrer aucune once de rébellion.

Non ! Maman, reste. J'ai besoin de toi ! la suppliai-je du regard.

Devant la porte, la main sur la poignée, elle hésita un instant. Mon père se leva et plaça une main dans son dos.

— Je t'ai demandé de m'attendre dans la voiture, je n'en ai pas pour longtemps, annonça-t-il d'une voix d'outre-tombe.

Il ouvrit la porte et la poussa dehors. Lorsque la porte se referma, en trois enjambées, mon père vint m'attraper par les cheveux avant de m'éjecter du fauteuil.

Mon cuir chevelu me démangeait. Je le fusillai du regard, les poings fermés et les yeux larmoyants de rage et de douleur.

— Écoute-moi, gamine ! Tant que je serai en vie, aucune de mes filles n'épousera un paysan ! Le fils de l'un de mes amis est revenu de l'étranger, le mois dernier. Tu iras déjeuner avec lui, demain.

Je me relevai pour lui faire face.

— Hors de question ! éructai-je. Je ne suis pas une poupée qui obéit les yeux fermés à tous tes ordres ! J'ai vingt-huit ans et je compte bien mener la vie dont j'ai envie et si pour cela il faut que je barre « papa » sur mon livret de famille, je le ferai !

Il me saisit le bras et me tira vers lui pour me chuchoter à l'oreille :

— Je connais beaucoup de personnes à travers le monde. Il se pourrait bien que tu ne puisses pas passer les frontières.

— Papa arrête, je t'en supplie ! essayai-je de le raisonner, les larmes aux yeux.

— Va au rendez-vous et arrange-toi pour qu'il tombe amoureux de toi ! Tes caprices me fatiguent !

Il me repoussa d'un geste brusque et je tombai à la renverse sur le sol dur. Les fesses endolories et le cœur en lambeau. Il claqua la porte et je recroquevillai mes jambes sous mon menton. Je plaquai une de mes mains au niveau de mon cœur et agrippai mon tee-shirt en hurlant toute la rage et la tristesse qui m'habitaient.

J'en ai marre ! Pourquoi il se comporte comme ça ? Qu'est-ce qui ne va pas chez lui ? Qu'est-ce que j'ai fait pour mériter ça ?

Je ne sus dire depuis combien de temps je restai ainsi à ressasser toutes ces questions qui tournaient en boucle.

J'entendis la sonnerie de mon portable résonner. Dans un sursaut, je décrochai sans regarder le nom s'afficher.

— Allo ? répondis-je d'une voix enrayée.

— Liz ? Qu'est-ce qu'il se passe ?

— Raiden !

Son visage apparut à l'écran et je laissai aller mes larmes.

— Parle-moi, ne reste pas comme ça ! Vas-y, inspire et expire, lentement.

Je calai ma respiration sur ses mots et il patienta le temps que je reprenne un souffle régulier.

— Mes parents… ils sont venus tout à l'heure et… ils n'ont pas vraiment apprécié mon idée de partir et encore moins celle de devenir ta compagne, expliquai-je en frottant mon crâne endolori.

— D'accord, soupira-t-il, et ensuite ?

— Mon père est devenu fou et il m'a ordonné de rencontrer le fils d'un de ses amis. Demain, au déjeuner. Son but est de me marier.

Il prit sa tête entre les mains.

— Pardon ? Tu vas te marier sans que j'aie mon mot à dire, c'est ça ? Il est hors de question qu'un seul homme pose les yeux sur toi ! Je prends le premier vol et vais me faire une joie d'expliquer à ton père ce que ça fait de toucher à la compagne d'un *shinobi*, siffla-t-il entre ses dents.

— Ce n'est pas le moment de me faire une crise de jalousie, soupirai-je avant de me relever en direction du canapé.

— Pff… si je pars aujourd'hui, je n'arriverai pas à l'heure, s'exaspéra-t-il le regard rivé sur son réveil.

— Raiden, ne t'en fais pas. Ce n'est pas la première fois que je vais à ce genre de rendez-vous et je sais comment les fuir.

— Et si ce type essaie d'abuser de toi ? Ou même qu'il accepte l'offre de mariage de ton père ? Je ne prendrai pas le risque qu'il t'arrive quoi que ce soit !

Il se leva d'un bond hors du lit et je le vis tirer un sac du placard et y jeter tous les premiers vêtements venus.

— Tu as une imagination débordante, tu sais ? Fais-moi confiance. Tout ira bien ! pouffai-je alors qu'il courait partout dans la maison.

Je ne voyais plus son visage. Il avait baissé sa main au niveau de la taille. L'écran tourné vers les murs qui défilaient à vitesse grand V.

Il s'arrêta et releva le téléphone devant ses yeux. Mes paroles l'avaient enfin atteint.

— Ça va aller ? Tu es sûre ? s'inquiéta-t-il.

— Oui, affirmai-je d'un ton certain.

— Je te protégerai au péril de ma vie, affirma-t-il, même si pour ça je devrai affronter ton père.

— Fais-moi confiance, j'ai déjà un plan, insistai-je.

Le lendemain, je pris le déjeuner avec Arsène, jeune artiste peintre de vingt-six ans, blond platine, aux yeux verts de jade et à la verve acérée. Il débitait un nombre incalculable de « j'ai tout vu, j'ai tout lu » à la seconde, qui était assez impressionnant je devais dire. Quant à moi, je me descendais la bouteille de Dom Pérignon afin d'oublier ce que je faisais ici.

— Et vous, Liz, votre père nous a dit que vous étiez journaliste pour une revue de presse très connue ? Dans laquelle travaillez-vous ? me demanda-t-il d'un ton hautain.

Je recrachai ma gorgée dans mon verre et manquai de m'étouffer avec. Je toussai comme une tuberculeuse et essayai de rassembler mes idées.

— Excusez-moi, une bulle m'a piqué le nez ! gloussai-je.

Ah, mon père voulait jouer à ça ? Alors il n'allait pas être déçu, le Arsène. J'allais devoir combiner mes meilleures cartes ; celle de la fille en chaleur aux mœurs dépravées, et celle de la gourde.

— Vous savez, ce n'est pas grand-chose. J'ai réussi à avoir mon poste grâce à mes relations !

— Vous devez avoir un sacré carnet d'adresses ! se réjouit-il.

— Oh ! Ne m'en parlez pas ! Ce poste-là, je l'ai eu en faisant quoi déjà ? Ah, oui ! C'est parce que tous les vendredis, la femme de mon patron sort avec ses copines à l'opéra, et du coup, il reste tard au bureau. Et moi, je passe sur son bureau de 20 heures à 22 heures ! Je dois reconnaître qu'il est assez bien monté et il adore quand je le fouette. Je trouve ça tellement excitant ! Pas vous ? le questionnai-je avec un air lubrique.

Son teint blême me confirma que mon jeu d'actrice n'était pas si mauvais et que j'avais bien choisi mon sujet.

— Je… je… be… ba…

— Oh, ne vous inquiétez pas, le coupai-je en lui lançant un clin d'œil, je suis une femme très fidèle ! Seulement, j'ai tendance à aller voir ailleurs si au lit on ne me satisfait pas assez. Ça vous pose un problème ?

— Excusez-moi, je… je dois passer un coup de téléphone urgent ! s'exclama-t-il avant de sortir du restaurant.

J'avalai ma dernière gorgée de champagne et fis signe au serveur.

— Je suis navrée, mais, lorsque le monsieur reviendra, pourriez-vous lui signaler que j'ai reçu un appel de mon patron pour une affaire urgente ?

— Bien sûr, acquiesça le serveur. Concernant la note, je verrai avec Monsieur ?

— Bien entendu. Je vous remercie !

Sur ces mots, j'attrapai mon gilet et profitai qu'un groupe d'une dizaine de personnes quitte le restaurant pour me faufiler derrière eux.

Dehors, je remarquai Arsène au téléphone, ce dernier semblait en pleine discussion houleuse. J'eus un petit rire moqueur à la vue de ses joues rougies. Je me demandais bien ce qu'il pouvait raconter à mon égard. Je traversai la rue dans le sens opposé et attrapai un taxi qui me ramena jusque chez moi.

Je retirai mes escarpins vertigineux et me lovai dans le divan. Cette nuit-là, je racontai mes péripéties à Raiden qui était partagé entre la gêne et le fou rire.

Je mourais d'envie de lui avouer que Chiyome est moi étions en train de lui préparer la plus belle des surprises.

Le lendemain, en début d'après-midi, je reçus un appel de la part de ma mère. Je n'avais pas encore digéré le coup du déjeuner obligatoire et savais qu'elle me reprocherait mon attitude vulgaire envers l'une des puissantes familles auxquelles mon père voulait me marier.

Alors que je me prélassai sur mon canapé avec l'un des livres que monsieur Ikeda m'avait offerts, j'entendis le tintement caractéristique de mon portable qui m'indiquait que l'on venait de me laisser un message.

Je roulai des yeux en soupirant et me penchai vers l'objet posé sur la table basse. J'activai le haut-parleur et appuyai sur la touche « lecture ».

« Liz, j'ai appris ce qu'il s'était passé hier. J'aimerais qu'on discute un peu, juste toi et moi et pour cela, je souhaite passer cette après-midi. Puis-je venir ? Rappelle-moi, s'il te plaît. »

Ma mère n'avait pas mon tempérament et je ne l'avais vue se rebiffer que trois fois contre mon père. La première fois, c'était quand il avait voulu marier ma sœur aînée à un vieillard d'une soixantaine d'années alors qu'elle n'était âgée que de dix-huit ans. Tout ça parce que cet homme était un milliardaire renommé dans le milieu des courses hippiques. La seconde, c'était quand mon autre sœur s'était retrouvée enceinte alors qu'elle n'avait que seize ans. Mon père avait voulu organiser un mariage avec le jeune homme qui l'avait mise dans cet état. Ma sœur ne souhaitait pas d'enfant, elle avorta, et qui plus est, avec le consentement de notre mère, autant dire qu'il était devenu fou. Et la dernière fois, elle avait tout fait pour qu'il ne me jette pas dehors, en vain. Alors je pouvais peut-être espérer qu'elle lui fasse entendre raison.

Je composai son numéro et lui demandai de venir dès qu'elle le souhaitait. Je croisais les doigts pour que ma mère prenne en main son rôle comme il se devait.

Une heure plus tard, elle se tenait dans mon salon à m'expliquer comment j'étais devenue la honte de la famille De Mesmond et comment mon père avait dû rattraper mes erreurs.

— J'en ai assez entendu ! me levai-je du fauteuil, furieuse. Je n'ai jamais eu besoin de toi pour quoi que ce soit et les seules fois où j'aurais souhaité un peu de compassion et d'amour de ta part, tu as préféré prendre le parti de mon père ! Tu te rends compte de ce qu'il a fait à ses filles ? Nous ne sommes plus au Moyen Âge ! Les mariages arrangés ne devraient plus exister !

— Liz ! Ton père et moi avons tout fait pour que vous ne manquiez de rien et…

— Pardon ! la coupai-je. Tu as oublié le jour où il m'a mise à la porte alors que je n'avais plus rien !? Parce qu'aucun de vous ne m'a prévenue que les gens ne s'intéressaient qu'à notre argent et que c'est pour cela que j'avais autant « d'amis ». Je suis venue vous demander de m'aider et vous m'avez rejetée comme une moins que rien ! Quand est-ce que tu vas enfin t'émanciper de cet homme qui t'a mise en cage et surtout, comment peux-tu l'aimer ? Il se sert de nous comme de pions !

— Ça suffit ! se leva ma mère. Je t'aime profondément, ma chérie ! Et je suis fière de cette femme forte et intelligente que tu es devenue ! Et je n'ai jamais accepté le comportement de ton père.

Attends, elle a dit quoi ? Non… j'ai dû rêver. Ce n'est pas son genre de faire des compliments, la tançai-je.

Elle soupira avant de se réinstaller sur le divan. Elle tapota la place vide à ses côtés.

Je relevai un sourcil interrogateur devant sa mine grave, avant de m'asseoir.

— Ton père est le dernier-né des De Mesmond. Ce que tu ignores, c'est qu'il n'était pas désiré et il a été renié. Il n'a jamais été aimé et a encore du mal à comprendre ce sentiment.

— Donc, la coupai-je d'un ton sec, il a reproduit ça avec nous ?

— Il ne voulait pas que vous connaissiez cela un jour. Il a alors appliqué ce que ces parents lui ont enseigné.

— Le mariage arrangé. Attends ! m'écriai-je avec effroi. Vous aussi, votre mariage est…

— Oui, affirma-t-elle dans un souffle quasi inaudible. Lorsque nous avons été présentés, je venais tout juste d'avoir dix-huit ans, et l'année d'après, nous étions mariés. Derrière son attitude implacable et insensible, il est très gentil. Quand nous avons eu ta sœur aînée, il a pris l'initiative de disparaître du paysage de la famille De Mesmond, afin que nous puissions mener une vie normale. Mais l'empire de cette dynastie vieille de plusieurs générations n'est pas facile à fuir. Ils ont réussi à ruiner la carrière de ton père. Nous avons vécu deux années difficiles et nous dûmes même quitter notre logement. Nous nous sommes retrouvés à dormir plusieurs nuits dans notre voiture, avec un bébé d'à peine un an. Ton père a fini par devoir accepter ce qu'il avait toujours refusé. L'héritage des De Mesmond. Au fil du temps, il a changé et est devenu aigri. Hélas, je n'ai jamais réussi à le ramener du bon côté. Sache une chose, Liz. Nous tenons à toi et voulons le meilleur pour nos filles. Ton père s'inquiète de ton avenir, car ton salaire n'est pas très élevé et se refuse qu'un autre membre du clan puisse avoir l'ascendant sur l'une de vous. Lui et moi avons un seul but ; vous protéger coûte que coûte.

— Non… ce n'est pas vrai ? Dis-moi que tout cela est faux ? la suppliai-je, la tête penchée sur le côté.

Son triste sourire me glaça le sang et mon cœur se comprima dans la poitrine.

— Alors, tu ne sais pas ce que cela fait d'être aimée par amour et non pour l'argent ?

— Non et j'avoue que l'autre jour, j'ai ressenti… de la jalousie envers toi.

— Pardon !?

— Eh oui, répondit-elle dans un petit rire gêné. Tu es la seule de nous tous à connaître le véritable amour. Tu étais prête à tout abandonner pour lui et cela m'a fait un choc. Jusqu'à hier, je t'en voulais d'avoir ce bonheur. Mais aujourd'hui, j'ai envie de t'aider à réaliser ton rêve, car je pense qu'il n'y pas plus beau au monde que l'amour.

Je restai bouche bée devant ses révélations. J'ignorais tout de ma famille et de leurs mensonges. Je n'avais jamais compris pourquoi ils se comportaient de la sorte avec moi. Aujourd'hui, tout prenait sens. Ma pauvre mère était une femme soumise depuis toujours et mes sœurs avaient eu l'âme d'un Gripsou dès leur plus jeune âge, alors leurs mariages arrangés ne leur avaient pas posé de problèmes. Leurs seules conditions étaient que les hommes devaient être beaux, riches et de préférence de leur âge. Je saisissais enfin pourquoi j'étais le vilain petit canard de la maison et pourquoi mes parents ne me comprenaient pas.

— Bon, reprit-elle d'un ton sérieux. Je ne te cache pas que l'homme dont tu t'es éprise n'est pas vraiment le genre de personne que nous aurions souhaité pour toi.

— Je m'en doute, pouffai-je. Mais nous nous aimons.

— Je… je vais faire de mon mieux pour que ton père ne t'organise plus de rendez-vous arrangés. Je ne te promets rien. Si malgré tout il insiste, tâche de décliner avec politesse la prochaine fois, au lieu d'inventer de telles horreurs, s'offusqua-t-elle. Où as-tu bien pu apprendre cela ?

— Dans les livres, à la télé… et puis bon, nous sommes au XXIe siècle, les enfants de la haute société ne sont pas des enfants innocents, bien au contraire, pouffai-je, devant sa mine livide.

— Stop, insista-t-elle, la paume relevée. Je n'ai pas envie d'aborder ce genre de sujet.

— Tu sais que je ne suis plus vierge depuis longtemps ? ris-je à gorge déployée.

— Moque-toi va, si tu continues, je ne t'aiderai pas ! cingla-t-elle d'un ton glaçant.

Je repris mon sérieux en voyant son air grave.

Ah, Madame Glaçon est de retour. Cela me semblait trop beau pour durer. Enfin, j'ai gagné une alliée, ou du moins, finis les mariages arrangés.

Je souris à cette pensée, tandis qu'elle se levait du fauteuil. Elle prétexta un rendez-vous chez une amie.

Je la raccompagnai jusqu'à la porte et la serrai contre moi.

— Je ne te dirais pas « je t'aime, Maman », mais je te remercie d'avoir fait le premier pas, même si toi et moi n'avons pas la même vision de la vie.

Elle me serra contre sa poitrine.

— Merci, ma fille. J'espère qu'un jour nous arriverons à nous entendre.

Le cœur lourd, je la laissai repartir. J'espérais que nous aurions d'autres moments de la sorte, mais au fond de moi, je savais que ce serait la seule et unique fois qu'elle s'adresserait à moi de cette façon.

Ma mère dut être assez persuasive, car mon père n'organisa plus de rendez-vous. J'eus même droit à un laïus de sa part ou il me présenta ses plus plates excuses.

Je ne me voilais pas la face ; ma mère était derrière tout ça et mon père devait y trouver un certain intérêt. Après tout, dans trois mois, je ne serais plus dans leurs pattes et ils n'auraient plus besoin de parler de moi à leur *Garden Party* [26] annuelle.

---

[26] **Une garden-party** est une réception relativement formelle, donnée en plein air dans un parc ou un jardin, au cours de laquelle les invités se voient servir des boissons et de la nourriture sous forme de buffets.

Chapitre 16

Sur les dires de Chiyome, Raiden était encore chez lui ce matin. À part l'adolescente qui était venue me chercher à l'aéroport, assistée par un des gardes du Grand Maître, tous ignoraient mon retour.

Je me hâtai de traverser les ruelles jusqu'à sa porte. Arrivée sur le seuil, je frappai trois coups. Un grommèlement me parvint à travers la fenêtre ouverte de la cuisine. La porte s'ouvrit à demi sur l'homme aux cheveux argentés. Il portait toujours son masque sur le visage et je lus la surprise et l'incompréhension dans ses yeux bleus. Une lueur flamboyante s'illumina quand il comprit qu'il se trouvait bien dans la réalité. Le voir, là, devant moi, me semblait chimérique.

Cela faisait deux ans.

Deux ans que j'attendais de pouvoir me blottir dans ses bras. Je n'avais même pas pu revenir pendant mes vacances, car mon travail à mi-temps m'avait tout juste permis de quoi m'acheter mon billet aller.

Je l'observai, les yeux emplis de larmes.

— Je t'avais promis de revenir, bredouillai-je.

Pour toute réponse, il saisit mon poignet et m'attira contre lui. De son autre main, il baissa son masque et posa ses lèvres douces contre les miennes.

Surprise par sa vivacité, je restai stoïque quelques secondes avant de passer mes bras autour de son cou. Il me saisit par la taille et me souleva contre son torse, en direction de la chambre.

Il me déposa délicatement sur les draps.

Au fur et à mesure que les minutes passaient, nos caresses se faisaient plus appuyées, je sentis sa bouche glisser le long de mon cou pour descendre dangereusement vers ma poitrine dénudée. J'émis un petit cri étouffé qui ne manqua pas de le faire rire. Son corps brûla de désir lorsque j'entrepris de le câliner à mon tour. Sa bouche en feu cherchait la mienne avec avidité. Son souffle chaud se faisait de plus en plus irrégulier.

Raiden ne tenait plus.

Il s'empressa de me débarrasser du reste de mes habits. Il contempla mon corps et parcourut chaque centimètre de ma peau, comme un chasseur ayant enfin retrouvé sa proie. Quand ses yeux ne suffirent plus à combler son désir inassouvi, ce furent au tour de ses mains et sa bouche de venir me torturer de plaisir. Il parcourut avec avidité chaque recoin de mon anatomie. Aucune zone ne fut ménagée, lui laissant tout le loisir de succomber à ses fantasmes inavoués depuis deux ans. Je gémis et passai mes doigts dans ses cheveux argentés. Je tirai parfois quelques mèches lorsque l'intensité était trop forte.

— Raiden… haletai-je, à bout de souffle en m'arc-boutant.

Il prit appui sur ses bras et m'observa, un sourire carnassier au coin des lèvres, satisfait d'être l'objet de mes désirs. Raiden approcha sa tête dans mon cou, qu'il entreprit de couvrir de baisers. Arrivé au niveau de la jugulaire, il se mit à la mordiller, ce qui m'arracha un cri de plaisir.

— Oui ? murmura-t-il, un brin amusé avant de poser ses lèvres sur les miennes.

— Je te v…

Sans me donner l'opportunité de finir ma phrase, il redescendit vers le creux de mon cou. Je profitai d'une ouverture et glissai mes mains sous son tee-shirt que je m'empressai de lui retirer. Je ne voyais pas pourquoi j'étais la seule à être nue dans les draps.

Le contact de sa peau brûlante entre mes doigts me donnait le tournis. Je les laissai parcourir sa silhouette de Dieu grec et pris un malin plaisir à l'effleurer.

Son corps était une arme tranchante et mortelle. Sa peau laissait entrevoir des vestiges de combats anciens comme récents, à travers les multiples cicatrices qui lui lacéraient la chair. Quelques-unes avaient blanchi avec le temps et bosselées à certains endroits, tandis que d'autres, encore rosées, formaient un fragile tissu fibreux. En l'observant, je devinais la violence de ses missions, marquées par les lames qui avaient écorché sa chair, et les nombreuses heures d'entraînements intensifs qui avaient façonné les contours de sa robuste et puissante musculature.

D'un geste lent, je continuai à descendre jusqu'à la ficelle de son pantalon afin de lui retirer, ou une bosse déjà bien gonflée rendait la tâche plus ardue. En partie écrasée sous son corps, je ne pouvais pas faire grand-chose. Je le suppliai de l'enlever. Il m'embrassa avec passion avant d'accéder à ma requête.

Mon regard brûlant de désir dévorait son corps nu, des pieds à la tête. Je me mordillai la lèvre inférieure afin de ne pas succomber de plaisir, du moins, pas tout de suite.

J'arrivai à me relever et le plaquai sur le *futon*. Ravi que je m'occupe de lui à mon tour, il me laissa le chevaucher. Il plaça ses mains sur mes hanches et effectua de brefs mouvements de va-et-vient au niveau de mon bassin. Enfin, je pouvais assouvir mes envies.

Caressant mon amant du bout des lèvres, je parcourais son corps avec passion et lui arrachais quelques soupirs d'aise. Je commençai par sa bouche, puis longeai son cou. Je m'attardai ensuite sur son torse et son bas-ventre. Je sentis ses muscles se crisper de plaisir quand j'arrivai sur son entrejambe, où mes lèvres se firent plus pressantes, plus audacieuses, bientôt rejointes par ma langue. J'entendis son souffle s'intensifier.

— Liz… grogna-t-il, tu veux vraiment que je craque ?

Je pouffai devant sa mine tordue par le plaisir. Raiden continua à caresser mes hanches avant de glisser ses mains sur mes reins et de m'attirer contre son torse.

Je sentis son entrejambe gonfler au maximum.

Il me fit rouler sur le dos avec douceur. Placé au-dessus de moi, je vis son regard fiévreux. Il m'embrassa avec ferveur avant d'approcher ses doigts vers mon bas-ventre.

D'une main, j'agrippai ses cheveux et de l'autre, j'attrapai un coussin afin d'étouffer mes cris.

— Raiden… soupirai-je.

— Ça fait bien trop longtemps que je ne t'avais pas entendu soupirer mon nom de cette façon, susurra-t-il au creux de mon oreille.

Ses mains se firent plus expertes, explorant avec voracité les parties les plus érogènes de mon anatomie. Il daigna s'arrêter quand mon corps fut parcouru de spasmes.

J'en voulais plus. Il était hors de question que mon compagnon m'échappe de la sorte. Nos bouches en feu cherchaient à faire comprendre à l'autre que ce n'était que le début d'une très longue journée.

— S'il te plaît… chuchotai-je d'une voix chevrotante, alors que j'effleurai son membre.

Mes mots durent lui faire perdre la tête. Ses doigts quittèrent mon entrejambe, il se plaça entre mes cuisses et me pénétra, lentement. Un soupir d'aise nous échappa au même moment. Il colla son front au mien et maintint cette douce cadence qui me plaisait tant.

Au bout d'une vingtaine de minutes, Raiden se mit à gémir et nos souffles se firent plus saccadés. Il accéléra peu à peu ses mouvements, et un coup de reins un peu plus brusque que les autres me procura un orgasme dévastateur. Une douce chaleur me parcourut l'échine, suivie de près par Raiden.

Il soupira de satisfaction et déposa un chaste baiser sur mes lèvres. Il se colla contre moi, m'entourant de ses bras. Je sentis une goutte de sueur perler le long de mon cou pour venir terminer sa course contre l'oreiller.

Nous profitâmes de la présence de l'autre, aucun de nous ne voulait briser ce moment de bonheur. La tête blottie contre son torse, j'entendis son cœur battre la chamade.

Raiden prit appui sur son bras et plaqua son front au mien, un sourire irradiant sur le visage.

— Je t'aime… souffla-t-il.

Je lui dérobai un baiser avant de répondre :

— Moi aussi, je t'aime.

Il s'allongea et m'entraîna avec lui dans sa chute. La tête posée contre son torse, je sentis le sommeil me gagner.

Nous nous endormîmes paisiblement quelques heures, sans qu'aucun cauchemar ne vienne nous bousculer.

Le lendemain, je me réveillai dans les bras de Raiden. J'entrouvris les yeux et je le découvris, tout sourire. Il m'attira contre lui, pour déposer sur mes lèvres un baiser que je m'empressai de lui rendre.

— Bien dormi ? susurra-t-il en posant une multitude de baisers dans le creux de mon omoplate.

— Oh oui… même si la nuit fut un peu courte, gémis-je.

Sentir son souffle chaud sur ma peau fébrile me fit pousser un soupir qui en disait bien long sur mes envies matinales.

— Eh bien, on dirait que je te fais de l'effet ? ricana-t-il.

Je me pinçai les lèvres, les joues rougies.

— Vu ton manque de réponse, je prends ça pour un oui, rétorqua-t-il en se plaçant au-dessus de moi, son corps collé au mien.

Je sentis un renflement au niveau de son entrecuisse.

— C'est moi qui te fais cet effet ? pouffai-je, le souffle court.

— Tu veux vérifier ? argua-t-il fièrement alors qu'il effectuait de subtils mouvements de va-et-vient.

— Et tes élèves ? m'affolai-je, le regard rivé sur le réveil posé sur la table de nuit.

Il ricana.

— Ils attendront…

— Raiden, ce n'est pas bien. Tu es incorrigible ! me moquai-je.

— Ce n'est pas pour te déplaire. Et puis, nous avons deux années à rattraper…

Oui, ce n'était pas pour me déplaire, et puis, pour une fois, il pouvait bien arriver en retard !

L'heure du début des cours avait déjà bien commencé quand nous entendîmes frapper à la porte.

— Raiden ! aboya Daku. Je sais pas ce que tu as fichu hier soir, mais tu as intérêt à ramener tes fesses, et vite !

Nous venions tout juste de terminer notre sport matinal et mon amour de ninja partit ouvrir à son ami, vêtu de son boxer, d'un tee-shirt et de son masque.

— Tu as fini de brailler ? grommela Raiden en ouvrant la porte.

— Non mais tu as vu ta tête !? s'écria Daku à la vue de ses cheveux en bataille. Tu es au courant que les mômes t'attendent depuis une bonne heure ?

J'arrivai à pas de loup, vêtue d'un simple tee-shirt, un peu ample, que j'avais emprunté à mon compagnon. Je me postai derrière Raiden et, lorsque Daku me surprit, il stoppa net ses remontrances.

— Liz ? Tu es revenue ! Depuis quand ? sourit-il.

— Hier, en fin de matinée, ris-je.

Il rougit, gêné. Il pensait qu'il venait de nous interrompre, vu nos tenues légères. En même temps, il n'avait pas tout à fait tort ; à quelques minutes près, cela aurait été le cas.

— Tout s'explique, marmonna-t-il.

— Ça te dérange pas de faire cours à ma place, juste pour cette fois ? demanda Raiden d'une voix suppliante.

— Ah ! C'est bien parce que ta copine vient juste de revenir. Mais demain, ne comptez pas sur moi ! brailla-t-il à notre attention.

Raiden referma la porte et, après un bref échange de regards, nous partîmes dans un fou rire monumental.

— Bien, reprit-il d'un ton sérieux. Tu as faim ?

— Oh que oui ! Comme on dit chez moi, après l'effort, le réconfort !

Je me plaquai contre son torse.

— En effet, il faut bien reprendre des forces avant de rattaquer, qu'est-ce que tu en dis ? Ça serait dommage de gâcher une si belle journée de repos, non ? roucoula-t-il.

Ses mains glissèrent sur mes hanches et je le regardai avec des yeux ronds. Comment pouvait-il recommencer, juste après avoir avalé un petit déjeuner ? Pendant un instant, je crus qu'il se vantait, mais plus tard, je découvris avec bonheur que ce n'était pas le cas.

Nous passâmes la journée au lit, pour enfin nous endormir à l'aurore.

Cela faisait six mois que j'étais de retour au Japon et, pour la première fois, mes parents avaient accepté d'y poser les pieds. Je comprenais leur incompréhension face à l'amour de leur fille cadette pour un ninja, après tout, chez les De Mesmond, j'étais la seule à avoir comme compagnon un « paysan », selon les dires de mon père.

Nous patientâmes dans la voiture, mon regard scrutait le cadrant de l'horloge numérique toutes les deux minutes. Les doigts de Raiden pianotaient sur le volant, le regard fixé vers l'horizon. Je me mis à me ronger les ongles déjà bien courts, lorsqu'il enveloppa l'une de mes mains dans la sienne.

— Ça va aller, ne t'inquiète pas.

— Tu ne connais pas mes parents ! m'affolai-je. Autant ma mère, je pense qu'elle commence à comprendre que j'ai enfin réussi à trouver mon bonheur, autant mon père, j'ai de sérieux doutes…

— Nous prendrons le temps de leur expliquer notre situation, dit-il, avant de me voler un baiser. Ils restent toute la semaine au Japon et je repars en mission le lendemain de leur départ.

Il se hâta de repositionner son masque sur son nez.

Je lui lançai un regard en biais, lorsqu'il reprit ce tapotement intempestif de ses doigts sur le volant.

— Ça suffit ! Parle-moi, ordonnai-je.

Il releva un sourcil, étonné.

— Tu veux que je te dise quoi ? répondit-il d'un ton flegmatique.

— Toi aussi tu angoisses.

Raiden lâcha un petit rire moqueur avant de reprendre :

— C'est sûr, ce n'est pas tous les jours que je rencontre les parents de ma petite amie.

— Tout se passera bien, nous rassurai-je.

Il pouffa et effleura du bout des doigts la cicatrice sur ma joue.

— Il y a deux secondes, tu ne tenais pas le même discours.

Je posai un dernier regard sur l'heure qui annonçait cette fois la rencontre imminente. J'activai la poignée, sortis du véhicule et avalai une grande bouffée d'air. Mes jambes flageolaient et je n'arrivais pas à faire un pas vers l'aérogare bondé.

Sa main chaude se plaça dans mon dos et ce fut dans cette position qu'il accompagna mes foulées jusque dans le hall.

Nous nous étions mis un peu en retrait, mais d'ici, nous avions la vue dégagée sur le débarquement de Français. J'avais un peu honte de voir certains de mes compatriotes se comporter sans aucune gêne et enfreindre au moins une bonne douzaine d'incivilités en l'espace de quelques minutes. Des détritus laissés sur les bancs, des gens qui coupaient les files d'attente, des cris de joie qui émanaient d'un peu partout et d'autres réjouissances de la sorte qui me rendaient mal à l'aise.

Soudain, une habituelle touffe de cheveux bouclés sortit du lot. Je reconnus le brushing impeccable de ma mère, malgré les nombreuses heures de transport. Je donnai un petit coup de tête dans sa direction et, en quelques enjambées, je me retrouvai là, devant mes parents.

— Liz ! Oh, mon poussin, tu m'as manqué ! s'emporta ma mère, en délaissant ses bagages aux pieds de mon père qui ronchonna.

Elle me serra si fort contre sa poitrine que je suffoquai.

Wouah, elle fait ça devant Papa ? Je lui ai manqué à ce point ?

— Mary, tu l'étouffes, expliqua mon père, impassible.

Elle se recula et épousseta ma veste d'un geste mécanique.

— Oups, pardon.

— Bonjour, Papa, bredouillai-je avant de m'approcher de lui avec précaution.

Notre dernière entrevue s'était assez mal passée. Je ne savais pas trop comment me comporter avec lui. Je restai plantée à quelques mètres. À ma grande surprise, il ouvrit ses bras et m'attira contre lui.

— À moi aussi, tu m'as manqué, ma fille.

Son murmure au creux de mon oreille me fit un bien fou. Je m'étais fait du souci pour rien.

Grossière erreur. Après les présentations glaçantes, mes parents ne pipèrent mot, alors que nous les emmenâmes déjeuner au centre-ville d'Osaka. Je tentai de briser la glace et pris des nouvelles de mes sœurs aînées. Mon père se faisait un malin plaisir de nous expliquer qu'elles vivaient toutes le parfait amour avec de beaux hommes riches, et nous montra des photos de leur vie de rêve.

Assis à notre table, je repoussai d'une main le téléphone que mon père me tendait.

— Stop, ordonnai-je d'une voix assassine. Je sais très bien ce que vous faites et vous ai déjà dit, que non, je ne reviendrai pas sur ma décision.

— Mais Liz… me coupa ma mère.

— Tu ne vas pas passer ta vie avec un assassin ! s'emporta mon père. Enfin, voyons ! Tu mérites beaucoup mieux ! Déjà que je ne cautionnais pas tes études dans l'éducation nationale, puis ta reconversion comme assistante pour ce torchon, tu as trouvé le moyen de ruiner ta vie !

Raiden, qui jusqu'ici s'était fait oublier, finit par ouvrir la bouche et prononça dans un français parfait :

— Je comprends tout à fait vos inquiétudes. Mais sachez que j'aime votre fille et que je ferai tout pour la rendre heureuse.

— De quel droit osez-vous participer à cette conversation ? gronda mon père.

Raiden le foudroya du regard.

— Vous avez dépassé les limites de ce que je pouvais supporter, cingla-t-il. Liz n'est pas un objet que vous pouvez contrôler à votre guise. C'est une femme remarquable et je suis fier de me tenir à ses côtés.

— Raiden… murmurai-je, les yeux larmoyants.

— Si vous êtes venus dans l'unique but de la faire souffrir, alors vous pouvez repartir, reprit-il après avoir essuyé une larme qui roulait le long de ma joue. Je ne tolérerai pas ça une minute de plus.

Il s'amusa à jouer avec la lame du couteau qu'il avait dérobé à mon paternel, son regard assassin passa de mon géniteur à ma génitrice.

— Pardon ! s'étrangla mon père. Liz, enfin, tu as vu son comportement ?

— Il ne fait que me protéger.

— Te protéger ? De quoi ? riposta mon père d'un ton furieux, sa fourchette pointée dans ma direction.

— De vous, répondit Raiden d'une voix d'outre-tombe, alors qu'il baissait le couvert de sa paume.

À cet instant, je crus que mon père allait défaillir. Il s'apprêtait à se lever de sa chaise, mais le *shinobi* fut plus vif. Il repoussa ma chaise et me murmura :

— Liz, tu as le droit de partir. Peu importe la décision que tu prendras, je ferai de toi ma femme.

Je l'observai avec des yeux ronds. Je n'entendais plus rien autour de moi. Ses prunelles bleutées me dévisageaient avec appréhension. La bouche grande ouverte, je restai muette devant cette demande si impromptue. Mon cœur battait la chamade.

— Tu as dit… quoi ? bredouillai-je.

— Je veux faire de toi ma femme, chuchota-t-il en attrapant mes doigts.

Il fouilla dans la poche interne de sa veste, d'où il en sortit un petit écrin ébène.

— Ce n'est sûrement pas le meilleur moment pour te faire ma demande, reprit-il en s'agenouillant tout en passant une main dans ses cheveux. Mais, Liz, veux-tu m'épouser ?

Je laissai échapper un hoquet de surprise en plaçant une main sur ma bouche. Une boule se forma dans ma gorge et des larmes perlèrent au coin de mes yeux.

— O…oui, balbutiai-je entre deux sanglots. Oui, je le veux, Raiden !

Je me jetai dans ses bras et oubliai les heures atroces que mon père venait de me faire vivre.

D'un geste furtif, il baissa son masque afin de m'embrasser et le replaça tout aussi rapidement. Il glissa avec délicatesse le simple anneau d'or blanc, orné d'une topaze, autour de mon annulaire.

— Alors ça, je ne l'accepterai jamais ! vociféra mon père en se levant de sa chaise qui s'échoua sur le carrelage avec fracas.

Raiden se plaça devant moi pour me protéger, se tenant en position défensive, prêt à intervenir au besoin.

— Charles ! Ça suffit ! Mais enfin qu'est-ce qui te prend ? Tu ne le vois pas à la fin ? s'époumona ma mère.

— Pardon ?

— Je ne perdrai pas ma fille, tout ça parce qu'elle ne satisfait pas tes exigences paternelles.

Sa phrase gifla mon père qui resta stoïque quelques instants, avant de s'excuser auprès du personnel qui venait voir ce qui se tramait à notre table.

Il se rassit sans un mot, analysant la phrase avec minutie.

— Liz, reprit ma mère d'un ton calme. Je souhaite ton bonheur et si pour ça tu dois épouser un ninja, alors je vous donne ma bénédiction.

— Mais enfin, Mary !

— Silence, menaça-t-elle.

Ma mère, ce petit bout de femme qui avait tendance à marcher trois à quatre pas derrière mon père, jamais un mot plus haut que l'autre, venait de se rappelait son devoir maternel. Elle protégeait alors sa progéniture aussi farouchement qu'une lionne enragée. Mon père venait d'empiéter sur son territoire et il savait qu'à présent, il n'était plus le maître à bord. À cet instant, il valait mieux pour lui qu'il s'aplatisse.

Elle continua son discours, scrutant nos moindres faits et gestes.

— Après le choc de cette annonce à ton retour, j'ai remarqué à quel point tu étais heureuse quand tu me parlais de ta vie avec lui.

Comme tu le sais, la seule chose qui m'inquiétait, c'était l'homme que tu avais choisi et cette vie pleine de dangers. Aujourd'hui, je comprends mieux pourquoi tu le préfères à tous les prétendants que ton père t'a présentés. Raiden, Liz, je vous prie de pardonner notre comportement, on ne peut plus déplacé à votre égard.

Elle se leva de sa chaise et s'inclina avec respect. Je relevai un sourcil, étonnée qu'elle connaisse cette règle de politesse.

Raiden imita son geste, comprenant que la hache de guerre venait d'être enterrée. Il se rassit à mes côtés, en cherchant mes doigts sous la table, qu'il s'empressa de nouer aux siens.

Elle se rassit et racla sa gorge.

— Charles, je crois que tu leur dois aussi des excuses, si je ne m'abuse ? houspilla-t-elle.

Ce dernier bafouilla un « pardon » peu convaincant. Je logeai ma tête dans le creux de l'omoplate de mon fiancé, me délectant de cette odeur boisée, tandis qu'il déposait un tendre baiser sur mon front.

À présent, seul le temps permettrait à mon père d'accepter mon idylle avec un ninja. Ma mère s'étant rangée de notre côté, nous n'avions plus rien à craindre. J'avais reçu la bénédiction d'épouser l'homme de ma vie.

Chapitre 17

Nous étions restés à Osaka toute la semaine et Raiden finit par convaincre mes parents que c'était un homme bien. D'ailleurs, je surpris mon père à plusieurs reprises lui tapoter l'épaule gentiment. J'avais cuisiné mon compagnon pour connaître le moyen utilisé pour amadouer mon paternel. La seule chose qu'il daigna me laisser entendre fut : « Je sais flatter les hommes comme ton père et puis ta mère a raison, il peut être sympa ! »

Il n'y avait que trois possibilités pour qu'il nous permette ce mariage. Soit Raiden était d'une lignée royale, chose à laquelle je ne croyais pas du tout, soit il était riche comme Crésus. Voir les deux… ou alors, il avait menacé mon paternel de l'assassiner en pleine nuit ?

Ce qui me paraissait être le plus pausible, car je ne voyais pas mon père devenir « sympa » avec un *shinobi.*

Au moment des adieux à mes parents, mon père me chuchota à l'oreille que de ses trois filles, j'étais celle qui avait trouvé le meilleur mari. Je restai dubitative devant cette remarque qui ne lui ressemblait pas.

J'avais tanné Raiden encore et encore pour savoir ce que les deux hommes s'étaient dit, en vain.

Dès le lendemain de leur départ, je dus dire au revoir à mon fiancé qui partait en mission d'espionnage.

« C'est rien de bien méchant, ne t'inquiète pas, Liz ».

Mais oui, bien sûr, pensai-je à ses dernières paroles tout en corrigeant les anciennes copies de mes élèves alors qu'ils étaient en pleine évaluation.

Raiden était parti en mission depuis un mois, autant dire une éternité.

Chiyome ouvrit la porte de ma classe à la volée. Le souffle court et les mains tremblantes.

Je compris que quelque chose de grave venait de se passer.

— Rai… Raiden, haleta-t-elle, il… il est… à l'hôpital.

Je sortis comme une furie de la salle et intimai l'ordre à la jeune *shinobi* de surveiller les bambins.

J'arrivai devant la porte de la chambre, les jambes flageolantes et les poumons en feu. J'hésitai à ouvrir ; la peur de le découvrir gravement blessé me parut une montagne infranchissable.

— Il va s'en remettre, ne t'inquiète pas, murmura Daku, le dos posé le long du mur.

Ne l'ayant pas remarqué, je sursautai.

— Tu l'as vu ?

Il hocha la tête d'un geste affirmatif.

— Et alors ?

— Il est pas en grande forme, mais ne t'en fais pas… répondit-il en posant sa main sur mon épaule, avant de disparaître au bout du couloir.

Je saisis la poignée, appuyai et entrai d'un pas hésitant.

Ce que je vis alors me coupa le souffle. Une machine relayait par des tubes les nombreux cathéters posés de part et d'autre de ses bras. Les infirmières s'affairaient encore autour de lui.

Je me tins dans le coin de la chambre, attendant d'être seule.

J'attrapai la chaise pliante à mes côtés et la déposai près du lit.

Je saisis sa main et l'effleurai avec tendresse. À travers ma vue troublée, je laissai courir mon regard sur son corps meurtri. Je baissai son masque pour y déposer un baiser, pour finir par laisser tomber ma tête près de son épaule où l'épuisement m'emporta dans les limbes du sommeil.

Je passai les jours suivants à l'hôpital, guettant la moindre réaction d'éveil.

Le bip strident d'une machine hurlante vint troubler mon repos. Les yeux à demi clos, je sentis une main chaude se poser sur mon épaule, ce qui y eut pour effet de m'éveiller totalement.

— Raiden !

Mon sourire disparut aussi vite lorsque je le vis endormi.

Akiko se trouvait de l'autre côté du lit, vêtue de sa blouse blanche, une seringue à la main.

— Ah… c'est toi, dis-je penaude, le cœur serré.

— Ne t'en fais pas, son état est stable et il ne devrait plus tarder à se réveiller.

Je soupirai tristement et me levai. Mes jambes cotonneuses eurent du mal à porter ma carcasse vissée sur la chaise.

Ma vue se troubla et un bourdonnement dans mes oreilles me fit comprendre qu'il valait mieux rester assise. Je n'eus pas le temps d'effectuer ce simple geste que tout devint noir.

Je m'éveillai lentement et je crus discerner les longs cheveux ébène d'Akiko.

— Où suis-je ?

— Toujours à l'hôpital. Tu viens de faire un malaise et tu m'as fait une belle frayeur.

Elle effleura mon front, les sourcils froncés.

— Aïe…

Je palpai l'endroit d'où provenait cette douleur et sentis avec effroi une belle bosse.

— Je peux savoir ce qui te rend si heureuse ? répondis-je devant son sourire radieux.

— Tiens, argua-t-elle en me tendant un bout de papier.

Assise sur le lit, les jambes en tailleur, je parcourus les résultats d'analyses en faisant mine de comprendre ce qu'elle essayait de me dire.

Elle émit un petit rire amusé devant ma mine renfrognée et elle reprit :

— C'est le résultat de ta prise de sang d'y a quelques jours. Tu es enceinte, Liz !

Je laissai retomber la feuille sur les draps et la scrutai, bouche bée.

Elle vient de dire quoi ? Moi, enceinte ? Non, elle doit se tromper ? Les médecins m'avaient pourtant dit que ça serait mission impossible.

— Ce n'est pas vrai, lâchai-je la gorge nouée. Tu as dû faire une erreur.

— Liz… je…

— Non ! Tu n'as pas compris quoi dans ce que je viens de dire !?

— Dans ce cas, répliqua-t-elle d'un ton autoritaire, passe une échographie, comme ça, nous serons fixées.

Je réfléchis un instant et laissai courir mon regard au travers de la pièce pour finir sur Raiden, toujours endormi sur ma gauche.

— J'accepte.

Elle se leva, tira les rideaux et revint s'asseoir. Le regard pointé vers l'échographe se tenant juste derrière elle.

Je relevai les sourcils et elle reprit :

— Je savais que tu dirais ça, tu es prête ?

J'inspirai un grand coup et hochai la tête d'un geste affirmatif. Je n'aimais vraiment pas les actes gynécologiques, c'était toujours froid et désagréable. À cause de tous mes problèmes, j'avais eu le droit à bien plus de rendez-vous que la moyenne.

Le cœur battant, je n'osai regarder l'écran.

— Liz, pointa-t-elle du doigt l'espèce d'ordinateur.

Je tournai la tête dans la direction qu'elle m'indiquait et des larmes se mirent à rouler sur mes joues. Elle me montra deux embryons d'à peine quelques millimètres.

— Félicitations ! Tu es enceinte de deux mois et de jumeaux !

— Li…z.

Je pivotai ma tête aussi sec vers le lit de Raiden. Je pensais avoir entendu sa voix et l'observai quelques instants pour être certaine de ne pas avoir rêvé.

— Li…z.

Akiko retira la sonde et me tendit du papier. Je l'attrapai et m'essuyai brièvement avant de bondir hors du lit.

— Rai…Raiden, bredouillai-je. Je suis là.

La gorge nouée, je lui serrai la main.

Akiko rangea le matériel et vint se poster près de nous.

— Raiden, demanda-t-elle, tu nous entends ?

Il serra ma main et hocha lentement la tête de haut en bas, en lâchant un faible « oui ».

Elle poussa un long soupir, soulagée, et quitta la chambre. Elle souligna au passage qu'elle n'était pas loin, au besoin.

— Tu m'as manqué, murmura-t-il avant de faire glisser son masque en dessous du menton.

— Toi aussi ! Ne me refais jamais ça ! J'ai cru t'avoir perdu !

Je plaçai sa main sur ma joue mouillée par les larmes et il grimaça en émettant un petit rire amusé.

— Il en faut bien plus pour me tuer, articula-t-il avec difficulté.

— Imbécile ! T'as pas le droit de dire ça et encore plus maintenant !

— Pourquoi ?

— Je… je suis enceinte.

Il restait abasourdi quelques instants avant qu'un immense sourire ne vienne illuminer son visage.

— Sérieux ?

Il retira sa main de ma joue pour venir la poser délicatement sur mon ventre et je hochai la tête.

— Approche, souffla-t-il avant de m'entraîner vers ses lèvres pour y déposer un baiser langoureux.

Entre deux étreintes, il me susurra à l'oreille que j'avais fait de lui l'homme le plus heureux de la terre et que nous devrions vite nous marier.

Hiroshi, ayant appris la bonne nouvelle, se déplaça l'après-midi même à son chevet pour l'informer qu'il le retirait des missions pendant un an. Il souhaitait que son meilleur *shinobi* connaisse les joies de la vie de famille.

Épilogue

Au bord du terrain d'entraînement, j'observais Raiden former Haru et Sakura au *taijutsu*[27].

Le regard brillant d'admiration de nos enfants, scrutant les moindres faits et gestes de leur père, me tira un sourire amusé. Perdu dans ses explications, il ne les vit même pas le dévisager.

Je les hélai et montrai le panier :

— C'est l'heure du goûter !

— Youpi, s'exclamèrent les enfants, en chœur, avant de se précipiter sur moi.

Du haut de leurs dix ans, notre fils ressemblait trait pour trait à Raiden, tandis que notre fille avait hérité de mes gènes, à l'exception des beaux yeux bleus des Hanzo, qu'ils détenaient tous deux, au grand dam de leur père qui voyait d'un très mauvais œil les prémices des premiers amours.

— Moi aussi j'y ai le droit ? demanda Raiden alors qu'il enroulait ses bras autour de ma taille en me piquant furtivement une crêpe.

---

27 **Taijutsu** : art martial d'origine japonais. Il s'agit d'une ancienne appellation générique aux méthodes de combat à mains nues.

Il lança un coup d'œil aux alentours, descendit son masque jusqu'à sa lèvre inférieure et l'engloutit en à peine deux bouchées, avant de se hâter de le remettre.

— J'avais prévu autre chose pour toi...

Je minaudai au creux de son oreille et fis glisser mes mains contre son torse. Le haut de ses pommettes s'empourpra sous son masque et il se racla la gorge.

Il fit courir ses doigts le long de ma colonne, pour atterrir sur ma croupe.

— J'espère que tu es en forme ? chuchota-t-il. Parce que ce soir, je compte bien te montrer à quel point je suis endurant.

— Salut la famille Hanzo ! rugit Daku au loin en nous saluant d'une main. Alors, prêt pour la passation de pouvoir, Raiden ?

Mon mari soupira et leva les yeux au ciel. Le mois dernier, Hiroshi avait convoqué tous les *shinobi* pour leur annoncer sa retraite. Sur ces entrefaites, il avait désigné Raiden comme digne successeur.

Ce dernier hésitait à accepter cette proposition. Il était parfaitement au fait des responsabilités qui incombaient au chef de clan. Cependant, je le connaissais assez pour savoir ce qui freinait sa réelle motivation. La fin des missions de terrain. Ce qui signifiait pour lui : « être inutile au village. » Chose complètement saugrenue étant donné l'importance du poste. Dès lors, il fuyait notre chef depuis plusieurs jours.

Las de son comportement puéril, j'avais fini par aller voir Hiroshi, lui faisant part de ses réticences. Il convoqua Raiden le lendemain même pour lui proposer un arrangement. Les missions seraient bel et bien terminées, mais il pourrait toujours instruire les plus jeunes. Ce détail parut lui convenir, car il accepta.

— Tu m'as l'air bien plus ravi que moi ? reprit Raiden d'un ton exaspéré.

Il faut dire que tout le monde attendait ça avec impatience et, sans s'en rendre compte, ils commençaient tous à lui mettre la pression.

— Oh, ça va ! T'inquiète pas, tout va très bien se passer !

Il lui administra une grande tape dans le dos. Raiden s'ancra dans le sol, afin de ne pas finir le nez par terre, et je pouffai devant sa mine déconcertée. Je me décidai à voler à son secours lorsque je croisai son regard affolé.

— Bon ! Ce n'est pas que ta présence nous dérange, Daku, mais nous devons encore terminer les préparatifs pour le futur Maître. Les enfants, nous rentrons ! appelai-je alors que ces derniers étaient repartis s'entraîner sur le terrain.

Nous dîmes au revoir à notre ami et, après quelques mètres, Raiden m'enveloppa la taille de son bras, tandis qu'il passait l'autre dans ses cheveux.

— Merci pour ton aide, soupira-t-il, je ne savais pas comment me sortir de ce bourbier.

Je plaquai un baiser sur sa joue masquée et lui souris.

Arrivé à la maison, Raiden ordonna aux enfants de partir se laver avant d'attaquer les devoirs. Au ton sec qu'il employait, je compris qu'il n'arrivait pas à se détendre. J'attendis que les petits soient couchés pour avoir une sérieuse discussion.

— Bon, fis-je en plaquant une main sur la porte du frigo qu'il venait d'ouvrir pour prendre une bouteille d'eau fraîche. Tu comptes me parler à un moment donné ? Et ne me dis pas que tu n'as rien, parce que je vais vraiment m'énerver.

Il poussa un long soupir avant de s'asseoir sur le canapé. Je m'installai à mon tour et me blottis dans ses bras.

— Tu crois que j'ai bien fait d'accepter ?

— Tu es sérieux ? Bien sûr ! Tu mérites cette place, Raiden.

— Liz, promets-moi que tu resteras toujours à mes côtés.

Je l'embrassai avec passion et il me fit basculer sur le canapé. Il glissa une main sur mon corps en fusion. Il le parcourait avec douceur et s'appliquait à jouer avec mes zones les plus érogènes.

— Raiden… les enfants… râlai-je à bout de souffle.

— Ils dorment depuis un bon bout de temps. Par contre, toi, je te promets que ta nuit va être courte, susurra-t-il au creux de mon oreille.

— Oh… vraiment ? le narguai-je d'un sourire aguicheur.

— Viens avec moi. Passons aux choses sérieuses.

Sur ces mots, il me porta jusqu'au *futon*.

Le lendemain, tout le village se trouvait convoqué pour la passation de pouvoir. Raiden portait un *kimono* azuré, affublé d'un nuage blanc dans le dos. Le symbole du clan Sora. On m'attribua le même, et alors qu'il se présentait à la foule en délire, il me fit signe de le rejoindre. Il attrapa mes doigts qu'il nouait aux siens, sous les applaudissements de tous.

— Embrasse-moi, me souffla-t-il au creux de l'oreille.

Je rougis de plus belle et tendis mes mains vers son visage afin que personne ne puisse voir ce que j'étais la seule à connaître. Il posa un baiser langoureux et désireux sur mes lèvres.

— Papa ! Maman !

Nous attrapâmes chacun un petit qui courait dans notre direction, vêtu de la même manière que nous. Un sourire radieux s'étendait le long de mon visage. J'avais tout ce que je désirais ici, un travail que j'adorais, un mari exceptionnel et des enfants adorables.

Raiden et moi échangeâmes un long regard empli de sous-entendus. Blottie dans ses bras, écoutant le rire cristallin de nos enfants, je repensai à la définition du bonheur.

Voilà ce qu'elle était : une vie simple, sans fioriture et remplie d'amour.

Fin

Remerciements

Je remercie tout particulièrement Charlotte et Chloé mes deux bêtas-lectrices en or.

Gaëlle pour son travail de correction et son œil aguérit.

Et enfin, Perrine qui a réalisé cette sublime couverture.

Merci à vous quatre. Sans une partie de vous, ce roman n'aurait jamais pu être publié.

Tilly

LEXIQUE JAPONAIS

- **Futon** : matelas traditionnel japonais.

- **Gaijin :** « personne de l'extérieur » sont des termes japonais utilisés pour désigner les étrangers au Japon.

- **Genin** : apprentie ninja.

- **Geta** : sont les chaussures traditionnelles du Japon. Elles sont encore portées avec des vêtements comme les yukata (kimono léger d'été), mais aussi avec des vêtements occidentaux et surtout lors des festivals. Les geta possèdent énormément de formes et donc d'appellations dérivées. Elles sont composées du corps (dai), d'une lanière (hanao) et peuvent ou non avoir des dents (ha) qui varient en nombre et en hauteur. Les plus connues sont celles en bois possédant deux ha.

- **Hakama** : est un vêtement traditionnel japonais qui ressemble à un pantalon large plissé.

- **Hara-kiri ou harakiri** : est une forme rituelle de suicide par éventration.

- **kakigori** : c'est une glace pilée très légère et rafraîchissante. C'est un dessert très populaire au Japon et qui peut impressionner par sa taille parfois.

- **Kunai** : Petit outil qui ressemble à un poignard et qui était utilisé principalement comme un couteau. C'est une arme secondaire, avec une pointe acérée et un manche court, ce fut une arme de jet, très usitée. C'était aussi une arme très utilisée pour le combat rapproché. Les Kunai avait d'autres utilisations, notamment comme dispositif d'escalade, ou comme outil de martelage, une pointe de lancer, etc...

- **Kunoichi** : femme ninja.

- **Ninjatō** : est une arme blanche à lame droite, d'une longueur approchant les 50 cm, maniée par les ninjas au Japon.

- **Mizu** : eau.

- **Neko-chan** : petit-chat.

- **Obi** : ceinture servant à fermer les vêtements traditionnels japonais, tels que les kimonos ou les vêtements d'entraînement pour les arts martiaux (keikogi ou dōgi).

- **Okonomiyaki** : Recette très populaire qui est originaire du Kansai. C'est une sorte de galette à base de choux et d'une pâte préparée avec de la farine de sarrasin et de poisson séché. On y place ensuite divers ingrédients tels que de la viande, du poisson, du poulpe, ... L'ensemble est préparé sur une grande plaque que l'on appelle le teppan. Une fois que tout est cuit, on rajoute un œuf et la fameuse sauce Okonomiyaki. Le fumet de cette sauce ouvre rapidement les papilles.

- **Sensei** : maître.

- **Shinobi** : ninja.

- **Shishi odoshi** : il désigne les dispositifs japonais conçus pour effrayer les oiseaux et les bêtes nuisibles à l'agriculture. Il est constitué d'un tube segmenté, habituellement en bambou, pivotant sur un côté de son point d'équilibre.

- **Shoji** : Ce sont des cloisons coulissantes faites de bois et de papier de riz, remplaçant les portes à l'intérieur des habitations.

- **Sora** : ciel.

- **Taijutsu** : art martial d'origine japonais. Il s'agit d'une ancienne appellation générique aux méthodes de combat à mains nues.

- **Taiyaki** : c'est un biscuit japonais en forme de daurade souvent fourré à l'anko, pâte de haricot rouge sucré, dessert très populaire.

- **Yukata** : est un vêtement d'été traditionnel japonais. Il est principalement porté pendant les feux d'artifice, l'Obon et d'autres événements d'été. Le yukata est un genre très officiel de kimono.

LES PERSONNAGES JAPONAIS ET LEURS SIGNIFICATIONS

- **Akiko Ishiwaka** : Akiko signifie « *enfant de l'automne* »

- **Chiyome Ishiwaka** : (je n'ai pas trouvé de signification)

- **Daku Ishiwaka** : (je n'ai pas trouvé de signification)

- **Hiroshi Tanaka** : Hiroshi signifie « *généreux* »

- **Raiden Hanzo** : Raiden signifie « *Tonnerre et foudre*»

- **Kiyo Suzuki :** Kiyo signifie *« génération d'espoir/ heureuse ou nuit d'espoir »*

- **Sakura et Haru Hanzo** : Fille et fils jumeaux de Liz et Raiden. Sakura signifie « *fleur de cerisier* » et Haru « *printemps* ». Tous deux sont nés au printemps, pendant la floraison des cerisiers.

- **Satoshi Fujimoto :** Satoshi signifie « *sage* ou *homme sage* »

- **Tatsuya Sato** : Tatsuya signifie « *dragon assertif* »

- **Udo Tanaka** : (je n'ai pas trouvé de signification)

LES PERSONNAGES FRANÇAIS

- **Candice Arnaud** : journaliste et ennemie de Liz.

- **Liz De Mesmond** : ancienne professeur de français devenue assistante journaliste.

- **Mary et Charles De Mesmond** : parents de Liz.

- **Pierre Grosjean** : cameraman amoureux de Candice.

Commentaire

Je vous remercie d'avoir acheté mon livre et n'hésitez pas à laisser un commentaire sur Amazon ou d'autres sites marchands tels que Booknode ou Babelio. Votre avis est précieux, afin de donner aux lecteurs vos impressions et il permet une meilleure visibilité à mes romans.

Contact

Pour suivre mes actualités et me joindre, retrouvez-moi sur :

- Site internet : https://tillycrowauteure.wixsite.com/website

- Instagram : **@tilly.crow_auteure** https://www.instagram.com/tilly.crow_auteure/

www.ingramcontent.com/pod-product-compliance
Lightning Source LLC
LaVergne TN
LVHW041146150826
845673LV00001B/84

* 9 7 8 2 9 5 7 8 7 8 9 4 9 *